La chimère des Fouquet

DU MÊME AUTEUR

Le marteau de Saint Eloi, S.R.E., Vérités Anciennes, 1982.
Les Cathares ou le Baiser de Lumière, Editions Pourquoi Pas... Genève, 1986.
Les Cathares ou la Flèche de Vie, Editions Pourquoi Pas... Genève, 1988.
Le Cinquième Sceau, Editions Gabriandre, 1994.

collection *Terres d'Histoires*, dirigée par Eric Audinet

Jean Broutin

La chimère des Fouquet

ÉDITIONS SUD OUEST

J'avertis que ce qui va suivre est un roman, et que comme tel, il n'a pas d'autre prétention que de divertir. Je souhaite qu'il serve peut-être à la réflexion, mais qu'on n'y cherche pas une rigueur que je n'ai pas ambitionnée.

Pour autant, peu de ses personnages sont issus de mon imagination et RIEN ne prouve que ceux qui ont existé et sur la vie desquels j'ai greffé l'ouvrage, n'ont pas connu cette aventure.

Car si rien n'est prouvé, tout est après tout vraisemblable.

Etrangement…

« Ne rien négliger. »
Devise de Nicolas Poussin

BERNARDIN-FRANÇOIS

*« Parce qu'on a vu souvent d'assez médiocres familles s'élever tout
d'un coup à une opulence que le négoce ne pouvait pas
produire si subitement. »*
Montfaucon de Villars
Le Comte de Gabalis

C'était, véritablement, un grand jour pour Bernardin-François Fouquet de la Bouchefollière.

A la réflexion (et la réflexion ne lui était venue que récemment) toute cette histoire, naturellement irrationnelle, lui paraissait à présent parfaitement magique.

D'abord, il y avait eu le séisme.

Le 5 septembre 1661, de triste mémoire, l'astre de la famille s'était éteint. Son attraction et son lustre étaient tels alors que beaucoup en France et même fort loin des frontières refusèrent d'y accorder crédit. Pourtant cet astre que personne n'aurait songé voir un jour simplement obscurci, était disparu soudain, en une heure peut-être, comme sous le boisseau d'un titan.

C'en était fini aucun n'en doutait, de la puissante lignée des Fouquet, de vague extraction certes, mais dont les branches directes et collatérales avaient insensiblement investi sous l'égide du flamboyant Nicolas[1] tous les rouages de l'Etat.

Beaucoup naturellement s'étaient empressés de gloser sur l'arrogante devise qu'avait cru bon d'affubler ses armoiries le fringant ancêtre, François IV, quand le vent pour le clan commençait de souffler en poupe : « Quo non ascendet ? » avait-on soudain lu sous l'écureuil éponyme… Jusqu'où ne montera-t-il pas ?

Beaucoup aussi comme c'est naturel, avaient participé à la curée, et là où celui que l'on nommerait bientôt Roi-Soleil et qui se targuait désormais de régner sans partage, avait parfois retenu son bras, d'autres bien moins puissants mais hélas sans vergogne aucune et sans frein s'étaient déchaînés.

Ce furent les années noires, qu'heureusement Bernardin-François lui-même n'avait pas connues.

L'épouse du Surintendant s'était vue assigner à Limoges sans espoir d'en revenir un jour. On ne lui laissa pas même la consolation de ses enfants dont le dernier n'avait pas deux mois. Gilles Fouquet, auquel on avait ôté avec fracas la charge enviée de Premier Ecuyer de la Grande Ecurie du roi, fut expédié quasi ruiné à Ancenis. Monseigneur de Narbonne, l'évêque, aussi frère du condamné fut relégué à Alençon où il crut mourir de honte et d'ennui, Basile lui-même, le turbulent, fastueux, onctueux et sulfureux autre prélat de la famille, malgré ses intrigues notamment

---

1. « Fouquet ou Foucquet (Nicolas). (Paris 1615, Pignerol 1680). Vicomte de Vaux, Marquis de Belle-Isle. Il acheta en 1650 la charge de procureur général au Parlement de Paris, administra les biens de Mazarin et devint Surintendant des Finances en 1653. Ambitieux, avide (nombreuses malversations), il amoncela une fortune considérable. Mécène des plus illustres écrivains et artistes de son temps, il fit construire (sur des plans de Le Vau) le magnifique château de Vaux où il reçut Louis XIV. La jalousie du Roi, excité par la haine de Colbert qui aspirait à diriger les finances, aboutit à son arrestation (5 septembre 1661) après la mort de Mazarin. Accusé d'avoir dilapidé les finances publiques, il fut condamné (1664) au bannissement (transformé en prison à vie) et ses biens furent confisqués. » *Dictionnaire Hachette.*

galantes et ses nombreux mais certainement fallacieux appuis, ne put échapper à l'ire royale et ne trouva refuge que dans les grasses prairies de Bazas où paissent depuis toujours dit-on, (mais c'était pour lui sans doute maigre consolation,) les plus beaux bœufs du Royaume.

Tous les amis, les plus chers, les plus zélés, les plus désintéressés (car il en était) eurent à souffrir. De Créqui à Mme du Plessis-Bellière, de Jannart à Pomponne, de Saint Evremont qui dut s'exiler en Hollande jusqu'à Bartet, le plus chanceux, qui ne fut que chassé de la Cour...

Tout était perdu semblait-il, et à jamais.

Pour Nicolas Fouquet, Seigneur de Vaux le Vicomte, émule accompli de Mazarin, et pour tous les siens, ses parentèle et clientèle.

Le bon La Fontaine était terrorisé : c'est en ces termes qu'il écrivait à son ami Maucroix : « Il est arrêté et le roi est violent contre lui, au point qu'il dit avoir entre les mains des pièces qui le feront pendre. Ah ! S'il le fait, il sera autrement cruel que ses ennemis, d'autant qu'il n'a pas comme eux intérêt d'être injuste... »

Puis Nicolas Fouquet, longtemps plus tard, disparut. A Pignerol ou ailleurs car rien n'est assuré. Le temps ayant fait son œuvre, le roi dit-on avait assoupli ses conditions de détention et aurait été volontiers disposé à le libérer, quoique aucun membre de la famille ne rapportât assurément rien de tel. Il mourut en odeur de sainteté (ce qui ne gâte rien), par une froide journée de mars 1680, après plus de dix huit années d'enfermement au secret absolu, peu après son frère Basile qui lui avait toujours pesé, en n'omettant point affirme-t-on de pardonner comme il sied à tous ceux qui l'avaient fait choir et aux autres bien plus nombreux qui s'étaient simplement réjouis de sa chute.

Quelle avait donc été la faute de Nicolas Fouquet ?

Avait-il, comme on le prétend, soigné à l'excès son érudition jusqu'à indisposer alors que la société ne sortait que fort mal dégrossie des règnes de Henri IV, de Louis le Treizième et des serres de Richelieu ? Qu'y pouvait-il alors qu'il avait depuis l'enfance l'esprit curieux et le jugement fin, et que son enragé lettré de père l'avait élevé au milieu des 15 000 volumes de sa bibliothèque, l'une sans doute des plus riches du royaume ?

Avait-il été fastueux ? Certes. Sans doute. Et ceci avait précipité sa perte. Saint Mandé, Belle Isle et Vaux regorgeaient d'œuvres d'art (toutes naturellement confisquées) qui avaient été soigneusement répertoriées. Outre d'étranges choses comme deux grands sarcophages égyptiens découverts à Saïd et acheminés à grands frais à Saint Mandé, son éphèbe de bronze, ses tableaux d'Antonio Moro et de Véronèse, sa Vénus aux Pigeons de Lambert Sustris, il s'enorgueillait des plus belles œuvres de Nicolas Poussin, dont La Manne qu'il affectionnait particulièrement.

Le faste de ses demeures avait indisposé les plus Grands.

Vaux surtout avait abasourdi.

Pour la construction du château, le Surintendant, à son zénith, avait acheté tout bonnement une vallée, fait raser un village, son église et son cimetière, déplacé les paysans, fait disparaître moulins et bois et détourné le cours d'une rivière… Chacun sait qu'il s'était attaché les services des trois plus fameux artistes de son époque, le Vau, le Brun et le Nôtre, qu'il avait résolu de dédaigner la brique rouge qui prévalait alors, exigeant de le Vau un matériau plus noble à ses yeux, la pierre blanche de Creil, infiniment plus coûteuse… On dit que certains jours, près de mille ouvriers s'employaient sur le chantier et qu'un millier d'autres s'affairait dans ses environs à le ravitailler…

Chacun savait cela. Personne n'ignorait aussi que la dernière faute de Nicolas Fouquet, la plus lourde sans doute, fut d'inviter le roi et la moitié de la Cour à Vaux-le Vicomte ce 17 août 1661 de triste mémoire. Quelle folle imprudence alors que tous, ravagés d'envie, cherchaient à le perdre ! Madame d'Huxelles ne lui avait-elle pourtant point écrit quelques jours plus tôt

(Bernardin avait retrouvé la lettre) « le roi aime d'être riche et n'aime pas ceux qui le sont plus que lui, puisqu'ils entreprennent ce qu'il ne saurait faire lui-même et qu'il ne doute point que les grandes richesses des autres ne lui aient été volées » ?... Oui, quelle suicidaire imprudence !

Mais pourtant, Mazarin qui lui, sans aucun doute avait éhontement prévariqué, avait-il un jour été réellement inquiété ? Exilé, certes, il l'avait été, mais pour d'éminentes et pertinentes raisons politiques. Vite rappelé aux affaires, il avait pris soin avant que de mourir, d'amasser une fortune supérieure au tiers du budget annuel de l'Etat, non content d'avoir mis la main sur les duchés de Rethel, de Nevers, de Mayenne, les Comtés de Belfort, de Ham, de Fère en Tardenois, des seigneuries de Thann, Altkirch, Delle..., et, dit-on une palette joliment répartie de vingt et une abbayes... Et Mazarin était mort, dans son lit, encensé...

Quelle avait été, véritablement, la faute du Surintendant Nicolas Fouquet ?

Bernardin-François, fils de François Fouquet de la Bouchefollière qui avait été en son temps Président de la Chambre des Enquêtes mais surtout dépositaire des documents les plus secrets du ministre lors de son arrestation et notamment de sa fameuse « cassette peinte » que les sbires du roi n'avaient pu découvrir, se piquait d'en savoir bien davantage que tout autre membre de la famille à ce sujet, à l'exception notable peut-être du cousin de Belle-Isle[2]. N'était-il en outre désormais, mais depuis peu, en

---

2. Louis-Charles Auguste Fouquet, Comte puis Duc de Belle-Isle (1684-1761). Fut aussi (ce qui ne gâte rien...) Comte de Gisors, Maréchal de France, prince d'Empire et Secrétaire d'Etat à la Guerre.

Pour l'anecdote, c'est le Maréchal de Belle-Isle qui introduisit à la Cour le mystérieux Comte de Saint Germain. (Voir peut-être à ce sujet : *Saint Germain, le Rose-Croix Immortel*, de Jean Moura et Paul Louvet, Gallimard 1934, réédition J'Ai Lu).

possession des documents les plus compromettants que l'oncle Nicolas avait confiés quelques jours avant sa disgrâce à Madame du Plessis-Guénégaud ?

Aujourd'hui, croyait-il, il savait tout.

Il savait que dès les premiers interrogatoires Fouquet avait désiré parler, car il craignait la prison :

« Représentez à sa Majesté que j'ai beaucoup de choses à lui dire secrètement. Dites-Lui que je La conjure de m'envoyer une personne de confiance à qui je puisse les expliquer, même Monsieur Colbert s'il lui plait... » Même Monsieur Colbert, son pire ennemi.

Le roi n'eut cure dans une telle affaire d'entremettre Colbert.

Plus tard, plus allusif, il dit encore :

« Demeurons dans le silence et le respect, ne disons pas au public ce que je serais consolé si je pouvais avoir l'honneur de dire à sa Majesté en secret, comme le plus important service de tous, et qu'il saura peut-être trop tard. »

Un fois encore, il lui fut interdit de s'épancher.

Louis savait-il ? Ce secret était-il celui, de polichinelle, qui faisait de lui, Louis Dieudonné, providentiellement donné au peuple de France après les vingt trois ans de stérilité du couple royal, le rejeton peut-être de Mazarin, peut être d'un gentilhomme empressé de la maison de Lorraine, en tout cas assurément le plus illustre bâtard de la terre, étant à présent parfaitement établi ne serait-ce que par le rapport d'autopsie de Louis le Treizième, que l'effeminé monarque n'était point conformé pour assurer sa descendance, ce dont le bon peuple qui savait être cruel dans ses refrains n'avait jamais douté ?

Cinq ans avant sa chute, Nicolas Fouquet avait flairé une affaire énorme. Son étourdissante érudition l'avait mis sur une piste.

Fouquet lisait beaucoup. Des 15 000 livres de son père, il était passé aux 27 000 volumes saisis lors de son arrestation, et parmi cette collection se trouvaient, en bonne place, les nombreux ouvrages d'astrologie et de sciences occultes qui, par sa jeune veuve qu'il avait serrée de près, lui étaient venus du fameux et inquiétant Jean-Emmanuel de Rieux, marquis d'Assérac[3], seigneur de l'Ile d'Yeu et Gouverneur de Guérande et du Croisic. A la lumière de ce qu'il avait pu puiser de la « cassette peinte », Bernardin-François avait compris pourquoi son illustre parent, fortement excité par l'un de ces ouvrages, avait envoyé son frère Louis à Rome, aux basques du fameux peintre exilé Nicolas Poussin.

Louis était le filleul du Surintendant et lui obéissait en tout. Chacun savait qu'il lui servait d'agent à l'étranger, comme à Lübeck en 1653, et personne ne fut étonné de le trouver à Rome deux ans plus tard, chargé de la surveillance discrète du Cardinal de Retz. Personne en revanche ne sut qu'il étudiait en fait avec Nicolas Poussin le sens profond des Carnets de Léonardo da Vinci. C'est à cette époque qu'il écrivit à son puissant frère la lettre que Bernardin-François considérait être l'un des deux trésors familiaux et qu'il conservait précieusement dans une pochette de cuir, sur sa poitrine :

« A Rome, ce 17 avril 1656.

J'ai rendu à Monsieur Poussin la lettre que vous luy faite l'honneur de luy escrire ; il en a témoigné toute la joie inimaginable... Luy et moy nous avons projeté de certaines choses dont je pourray vous entretenir à fond dans peu, qui vous donneront par Monsieur Poussin des avantages (si vous ne voulez pas les mespriser) que les rois auraient grand'peine à tirer de luy, et qu'après luy peut-être personne au monde ne recouvrera

---

3. « Les Rieux d'Assérac étaient un des plus anciens et illustres lignages de la province, descendants des rois et princes de Bretagne, et alliés aux Lorraine-Elbeuf. » Jean-Christian Petitfils (*Fouquet*, chez Perrin).

jamais dans les siècles advenir, et ce, qui plus est, cela serait sans beaucoup de dépenses et pourrait même tourner à profit, et ce sont choses si fort à rechercher que quoy que ce soit sur la terre maintenant ne peut avoir meilleure fortune ni peut être esgallé. »

Bernardin-François, pour l'heure simple prêtre au diocèse de Rennes en Bretagne, y était allé de sa propre érudition qui n'était pas mince, de sa perspicacité naturelle et de ses recoupements chanceux, certes, mais qu'il était à présent bien loin de penser hasardeux.

Nicolas Poussin savait tout de da Vinci (mais quelles avaient été ses sources ?…) dont partout il s'était appliqué à suivre les traces. A sa mort, il n'ignorait plus rien dit-on des activités secrètes du Maître qui avait été en son temps, tant en Italie qu'à la Cour de François Ier, initié à la Science Phisolophale, ce que du reste outre sa peinture souvent hermétique, l'éclectisme et la clairvoyance qui présida toujours à ses travaux, suffisaient à prouver.

Visita-t-il réellement l'Egypte entre 1472 et 1483 comme certains le prétendaient sans preuve, ou au contraire, demeura-t-il tout ce temps en Italie à y étudier le Coran pour enfin se convertir à l'Islam ? Ses notes écrites à l'envers et qui ne se pouvaient lire qu'à l'aide d'un miroir, étaient en tout cas strictement muettes à ce sujet. Mais elles ne l'étaient point précisément sur les raisons de cette singulière écriture, puisque le Maître s'en expliquait sans ambages :

« Ma manie avec les reflets a engendré une passion pour les miroirs. Quelque fois, je me regardais dans celui de mon grand'père. L'utilisais-je pour que me soit révélé en un murmure l'inconnu que je me sentais être ? Un peu plus tard, je crus que le miroir me trompait, qu'il inversait seulement les choses telles qu'elles étaient, comme j'inverse moi-même mon écriture. Mais l'idée ne me vint que beaucoup plus tard, quand je lisais en la Table d'Emeraude "ce qui est en haut est comme ce qui est en bas, ce qui est en bas est comme ce qui est en haut". Pour moi, ce fut très clair et se vit très distinctement. Oui, mais en inversé. C'était l'enseignement des anciens alchimistes : dans le miroir de l'art se reflète le macrocosme, le Grand Univers, dont le microcosme (le petit univers, le nôtre) est son royaume en miniature. »

Poussin n'était pas lui-même ignare qui avait, autant que la peinture qui exigeait la maîtrise de l'anatomie, de la perspective et de l'optique, abondamment étudié en sa jeunesse les mathématiques, la mythologie, l'histoire et la géographie. Un jour, dit-on, il se mit à peindre de nombreux tableaux « inversés » comme s'il voulait signifier qu'il fallait désormais chercher dans ses œuvres aussi les reflets. Et l'ombre du Maître…

C'est dans un vieux grimoire du Marquis d'Assérac que le Surintendant déjà s'était entiché de l'énigmatique famille occitane d'A Niort qui tenait toujours les rives du Rébenty au pied des Pyrénées, au sud de Carcassonne, et la seigneurie de Joucou dont da Vinci l'Initié avait tiré de l'origine latine « Jocundo » le nom d'un de ses plus célèbres tableaux. Le Maître, assurément, avait identifié et discrètement désigné les A Niort comme dépositaires mais surtout gardiens d'un redoutable secret, et Nicolas Fouquet qui paraissait l'homme le plus pragmatique de la terre avait enfourché la chimère, car le rêve, étrangement, était sa seconde nature. Est-ce ainsi qu'on le vit, trois ans avant sa chute, fouiner dans les parages de Carcassonne alors que son épouse s'y remettait d'une fausse-couche ?

Et Bernardin-François connaissait la raison de cet invincible intérêt car lui aussi à présent avait l'entendement de ces choses.

Les d'A Niort, farouches défenseurs des hérétiques albigeois qui avaient investi les terres occitanes cinq siècles plus avant, n'étaient certes point les premiers venus. Peu à cette heure le savaient encore, mais ils étaient et de façon certaine de la Souche Sacrée : celle des anciens Comtes de Foix et des rois d'Aragon. Ils pouvaient s'enorgueillir (mais s'en gardaient bien) du sang de Clovis et de son ancêtre éponyme et presque légendaire Mérovée...

Bernardin-François caressa de sa main blanche, presque diaphane, un épais volume relié de peau qui sans doute avait traversé les siècles jusqu'à lui. Les Mérovingiens... Les Maîtres de droit divin du pays de France... Tout monarque après eux qui ne pouvait se targuer d'une goutte de leur sang n'était qu'illégitime et usurpateur, quel que fût le prestige de son extraction.

La famille d'A Niort, qui avait eu toutes les audaces et bravé à toutes époques tous les interdits était là, toujours, quoique silencieuse. Elle avait traversé les siècles sans trop souffrir des conséquences de ses frasques, même les plus graves. Elle était toujours là et, dit-on, veillait. Sa fonction prestigieuse sans doute, était réduite à ce rôle de custode des sacrés attributs des rois Velus, ces fameux Reges Creniti Mérovingiens dont la lignée dit la légende remontait tantôt au commerce d'un monstre marin et de la mère de Mérovée, tantôt et plus vraisemblablement à la maison de David elle-même... Avec le temps elle avait tissé son réseau et fortement serré les mailles. Elle avait l'œil sur le piedmont Pyrénéen, du Rébenty aux Corbières et jusqu'au lointain Minervois. Judicieusement, elle s'était alliée aux Félines, aux Nègre et aux Hautpoul dont l'antiquité certaine n'était pour elle qu'anecdotique. Elle avait le regard posé, sinon la main, sur cette partie de la vieille mouvance Wisigothe de Septimanie et rien ni personne, jamais, n'avait pu déjouer cette vigilance.

Personne ? Nicolas Fouquet, peut-être ?... Mais à quel prix ?

Car la queste, sans doute, était effroyablement périlleuse. Le roi lui-même après Fouquet, quoique dûment informé, n'avait voulu la mener à son terme, n'y trouvant d'ailleurs plus vraisemblablement aucun intérêt. En effet, si les Frondeurs avaient pu nier sa légitimité et si le Secret des A Niort dont ils connaissaient semblait-il au moins l'existence avait pu les conforter dans la certitude que Louis-Dieudonné n'était qu'un usurpateur, on pouvait aussi penser aujourd'hui, eu égard à la conduite scandaleuse de Anne d'Autriche et des indiscrétions que laissait complaisamment courir à ce sujet son auguste fils, que le véritable géniteur était un gentilhomme de la famille de Lorraine de la lignée mérovingienne des Bouillon... En tout cas, le fait est que la Fronde s'était soudain couchée.

Le péril n'était pas imaginaire, et voici un demi-siècle tout juste l'abbé Nicolas Montfaucon de Villars, par ailleurs compatriote des A Niort, que l'on avait retrouvé assassiné sur la route de Lyon, eût été bien inspiré de le mesurer mieux, lui qui pourtant dans le préambule de son imprudent Comte de Gabalis ou Entretiens sur les Choses Secrètes avait écrit : « ce genre de mort est ordinaire à ceux qui ménagent mal les secrets des Sages, et que depuis que le bienheureux Raymond Lulle en a prononcé l'arrêt dans son testament, un ange exécuteur n'a jamais manqué de tordre promptement le col à toux ceux qui ont indiscrètement révélé les Mystères Philosophiques... »

Mais faut-il le dire, les Mystères Philosophiques qui pouvaient bien gésir dans les gorges du Rebenty ou toute cavité quelconque du Pays Cathare n'intéressaient que peu Bernardin-François Fouquet. Trop compliqué.

Les secrets dynastiques aussi le laissaient de marbre, de même que le prestige et les prétendus pouvoirs divins des Mérovingiens ou leur merveilleuse ascendance...

Ce qui l'excitait au plus haut point demeurait l'immense trésor wisigoth qui sans aucun doute se trouvait accessoirement occulté avec ce fatras de sulfureuses inepties.

Sa motivation était ce qui d'après lui avait permis à l'oncle Nicolas, au moyen d'un modeste mais néanmoins trop peu discret prélèvement, de devenir l'homme le plus riche du Royaume, bien devant le roi lui-même.

Le cousin de Belle-Isle dont il avait des raisons de se méfier (ne venait-il, et de façon inexplicable, d'obtenir de la Couronne le troc de son Marquisat de Bretagne contre les leudes de Carcassonne et de Lézignan-Corbières où il n'avait jamais mis les pieds ?) parlait de chimères, d'élucubrations, de fantaisies… Mais le cousin Louis-Charles de Belle-Isle n'avait pas eu, lui, entre les mains ce que Bernardin-François considérait comme « le » trésor familial…

Le fameux manuscrit de François Michel.

Ce document, comme la lettre de Louis Fouquet à propos de Poussin, avait curieusement aussi été remis à Bernardin-François par « la Famille », alors que bien entendu le Surintendant lui-même ne pouvait en avoir eu connaissance.

Quand Bernardin-François évoquait « la Famille », il songeait certes aux Fouquet de toutes branches et d'abord aux hoirs du ministre : les Balaguier de Crussol d'Uzès, les Béthune et les Belle-Isle, ces derniers fort documentés et dont la parenté proche avec les Lévis-Mirepoix d'Ariège, Seigneurs de Montségur, était à considérer… Mais il pensait aussi aux alliés et aux amis inconditionnels qui avaient d'abord eu à souffrir (c'était un euphémisme) de leur fidélité au Surintendant. Curieusement beaucoup d'entre eux retrouvèrent assez rapidement leur place à la Cour comme le cher Pellisson qu'on sortit de la Bastille dès 1666 et qui devint historiographe du roi, Simon Arnauld de Pomponne, mouillé jusqu'au cou, qui accéda néanmoins aux Affaires Etrangères en 1671, ou Créqui qui fut promu Maréchal de France en 1668… Pourtant, tous ces personnages, faveur retrouvée, avaient de notoriété publique conservé leur révérence à Nicolas Fouquet qui croupissait à Pignerol. Il ne s'en cachaient point et, sans intriguer, avaient toujours œuvré sans trop de secret à son hypothétique réhabilitation.

C'est précisément par le fils aîné de Simon de Pomponne, à nouveau disgrâcié mais cette fois en raison de ses amitiés jansénistes et décédé peu avant la fin du Siècle, que le précieux manuscrit était échu aux Fouquet de la Bouchefollière.

Et ce manuscrit était véritablement à lui seul un trésor.

Il parlait aussi de choses étranges, de chimères et d'élucubrations. Mais à sa lecture, Bernardin-François s'était senti se glacer. Car tout se recoupait. C'était, pensait-il, un signe du Ciel.

Il connaissait à présent l'histoire de ce document.

En avril 1697, un étrange personnage s'était présenté à la Cour de Versailles. Il était las, hirsute, couvert de guenilles et ses pieds étaient en sang. Il disait être maréchal ferrant de son état, se nommer François Michel et venir d'une traite, accompagné d'une mauvaise mule, de Salon de Provence.

Il exigea de voir le roi et quoi qu'on le moquât et le rabrouât d'abondance il refusa de s'éloigner des parages du château, se disant calmement mais fermement investi d'une mission divine.

Informé, le roi s'en amusa bientôt mais consentit pourtant à le voir. Et vite, dit-on, l'entrevue devint secrète.

Louis ne parla pas. On ne sut pas ce que le maréchal était venu lui dire. Toutefois Louis confia à Simon Arnaud de Pomponne qui était alors de ses intimes, l'épais manuscrit dont l'étrange prophète était porteur pour en prendre rapidement connaissance et en peser le contenu avant que de le restituer.

Pomponne fit mieux que le lire : en secret et au moyen de quatre ou cinq de ses amis lettrés les plus discrets qui agirent avec vélocité et simultanément, il en fit prendre copie en quelques heures, se lamentant prétendit-il de ne pouvoir l'offrir à son vieil ami Nicolas Fouquet, l'emmuré de Pignerol disparu dix sept ans plus tôt mais demeuré dans toutes les mémoires, et dont il le savait les propres recherches touchaient aux sujets évoqués dans le texte antique qu'il s'était subrepticement approprié. Tout naturellement son fils crut bon, plus tard, suivant ses dernières volontés, de le remettre à celui qui semblait se charger des documents de la famille du Surintendant.

– Lisez ceci secrètement, Monsieur, avait dit l'aîné des Pomponne à Bernardin. Sans doute serez-vous à-même comme à n'en pas douter l'eût été votre oncle qui fut fort versé en ces choses, d'en faire un profitable usage. En tout cas, n'en ayez surtout pas mépris car aux dires de l'érudit marquis de Sourches qui était des amis de feu mon père, ce François Michel de Salon était le pénultième de la race de Nostradamus[4]...

Bernardin-François avait lu d'une traite l'étrange ouvrage. Le style effectivement était quelque peu archaïque et selon toute vraisemblance attestait d'une ancienneté de trois siècles ou plus. Tout toutefois était parfaitement lisible puisque fraîchement recopié.

Il commençait par ces mots :

« L'an mille trois cent trente cinq, de l'Epiphanie aux Avents, Vitalis de Carcassonne, dit de Notre-Dame, a écrit ceci pour servir à la mémoire de son Illustre Père, de son nom véritable Béranger de Prato, qui fut le plus secret des hommes mais, qui à la fin de ses jours lui permit, pour le profit de sa lignée de coucher sur le vélin mais sans plus de lumière, l'un des épisodes les plus étranges de sa merveilleuse existence... »

---

4. On a longtemps cru que la souche de Nostradamus était en Provence, dans la région de Salon. C'était facile. Mais on sait aujourd'hui qu'il ne s'agissait que de la branche maternelle. J'emprunte à Patrick Ferté (*Arsène Lupin, supérieur inconnu*, Guy Trédaniel éditeur) : « ... grâce au fonds notarial de Beaulieu, aux Archives Départementales du Vaucluse, grâce aussi aux copies manuscrites de la liste pour la contribution au Roi de France due par les chrétiens de Provence issus de source judaïque depuis moins de 50 ans (1512), E. Lhez prouva non seulement la judaïté des aïeux de Nostradamus, mais encore remonta toute sa généalogie paternelle jusqu'au XIVᵉ siècle. Et force est bien de constater que le plus ancien aïeul connu du mage est de Carcassonne ! Vital de Carcassonne est, autour de 1350 le grand'père de Davin, le bisaïeul de Nostradamus qui se convertit au christianisme vers 1453 sous le nom de Arnauton de Vélorgues... »

BÉRANGER DE PRATO

Sur le pas de sa grosse porte de chêne ferrée, appuyé au bâti, il avait laissé son regard errer au loin sur la chaîne crêtée de neige des Pyrénées. Devant elle il distinguait, mais avec bien moins de netteté, la ligne des Corbières et la masse sombre au nez busqué de la Montagne d'Alaric. Que la neige, éternelle sur le Canigou, persistât en mai sur ses sommets voisins n'avait rien pour l'étonner. L'hiver avait été clément en Minervois, sec et ensoleillé comme souvent, mais bien des voyageurs venus des marches d'Espagne avaient décrit en arrivant à Caunes, dès décembre et jusqu'à la fin de mars, de furieuses tempêtes dans lesquelles se mêlaient pluie, grêle et neige et qui balayaient sans cesse les Albères et la Cerdagne.

Si l'on découvrait si précisément les Pyrénées ce matin, c'était, il le savait bien, que le marin était entré durant la nuit. Le marin et le cers se partagent avec équité cette sorte d'amphithéâtre qu'est le Minervois, adossé au nord à la Montagne Noire et qui semble glisser en pente douce vers le midi en présentant impudemment toute sa nature au soleil. Quand le cers règne en maître, les matrones courent aux lavoirs, celui d'en bas, du chemin-le-long-des-caves, ou celui d'en haut, de la Porte de Trausse. Vite étendu, le linge sèche en un clin d'œil et fleure bon l'air de la montagne qui s'est frotté aux forêts de châtaigniers et de chênes verts. Quand « c'est cers », surtout d'ailleurs à la saison chaude qui ne tarderait plus, les hommes ont le souffle profond, les membres agiles et le cœur conquérant. Les vieux disent d'ailleurs que lorsque le vent du nord entre par la porte le mire se sauve par la fenêtre, tant il est vrai qu'en comparaison le marin est malsain, chargé d'humidité, de miasmes et d'angoisses.

Tout en fixant toujours l'horizon bien au-delà de la rivière qui coule vers la Prade, un peu cassée derrière les jardins par une toute petite chute, il tenta de s'imaginer la journée qui commençait. Pierre de Pélages, naturellement, reprendrait aujourd'hui les macérations qu'ils avaient abandonnées brutalement voici une grosse semaine à l'arrivée inopinée du vent de Cers. Dans ces opérations où il intervenait peu, il était vraisemblable que Pélages se suffirait et qu'il le laisserait à ses livres de comptes.

De son pas lourd, s'aidant peu toutefois de son bourdon de rosier sauvage, il se mit à remonter la rue étroite vers la placette qui menait à main droite, au Tarissou. Ce n'était pas en fait en direction du ruisseau qu'il se dirigeait, mais comme chaque jour vers la puissante abbaye vers laquelle il lui faudrait bientôt redescendre et assez rudement. Car en effet s'il pouvait bien plus aisément accéder à l'enclos des moines par le raidillon qui par le lavoir couvert mène à la poterne des jardins, il préférait depuis toujours traverser la petite cité en prenant vers le nord de façon à longer les murs massifs de l'hôpital.

Par en bas il ne rencontrerait personne. Les manants courbés dans les jardins n'avaient que faire de ce quidam austère et claudiquant qui frappait le sol de son bâton noueux. Ils vaquaient à leurs menus travaux, penchés sur la terre comme sur l'essence de leur vie, attentifs et inquiets comme s'ils l'avaient eux-mêmes fécondée et en attendaient déjà les fruits. Jamais ils ne levaient la tête, absorbés qu'ils étaient par le souci de mener avec exactitude et parcimonie par les étroits réseaux de maçonnerie qu'ils avaient imaginés, l'eau précieuse qu'ils avaient su capter à la source qui alimentait le lavoir et qu'ils dirigeaient par de savants et fructueux détours à travers leurs lopins vers le lit de l'Argent Double.

C'était vers le bourg qu'allait Béranger de Prato ; non qu'il recherchât la compagnie des hommes, mais parce qu'il se sentait le besoin sans se l'avouer de faire partie d'une masse, d'un corps… d'un troupeau se disait-il parfois. Etait-ce pour se jauger ?

Evidemment, comme chaque jour, il fit halte devant la porte de l'hôpital où il savait se rendre utile. Depuis quelques années on n'y soignait heureusement plus de lépreux, même si une pierre gravée de quatre croix encerclées, au dessus du linteau, semblait en attester. La bâtisse n'avait certes rien d'engageant et plus d'un voyageur ou pèlerin que l'on avait dirigé vers elle lui préférait la belle étoile dans l'herbe fraîche et même quelque peu humide de la Prade. En fait, pour l'heure, il restait peu de malades à l'hôpital et Dieu merci, sa fonction était désormais principalement d'accueillir les gens de passage pour peu qu'ils montrassent patte blanche et quelque saine religiosité.

Guilhem-la-Soga, qui binait le thym dans la cour le vit et, lâchant son outil, relevant sa bure jusqu'aux cuisses, courut vers lui.

– Le bonjour, Maître Béranger, lança-t-il de loin. Dieu vous bénisse et vous garde en lui dans tous les siècles qui viendront !

– Le bonjour à toi Guilhem. Je n'en demande point autant mais t'en sais gré. Qu'en est-il, ce matin de tes douleurs cervicales ?

– Elles y sont, elles y sont, maître Béranger … et grâce à vous. Sans votre secours, à cette heure je ne souffrirais certes plus ! Dieu vous bénisse…

– Cesse donc. Ce jour-là je n'ai fait que couper la corde qui te serrait incongrûment le cou...

– Incongrûment, point ! Qu'il me semblait alors miséricordieux ce licol ! Deux fois, beau sire, vous m'avez sauvé : en le tranchant opportunément de votre coutel, et en m'apprenant plus tard à vivre.

– Sot que tu es, La-Soga ! Tu cherchais alors Dieu dans tous les recoins de ton petit monde et puais la peur de l'enfer par tous les pores de ta peau. Mon remède ne fut qu'un conseil... que tu as abondamment suivi, je crois.

– Ah certes, maître Béranger ! Lorsque j'ai repris mes esprits, quelque peu déjeté du col, lorsque j'ai pu ouvrir les yeux, je vous ai vu penché sur mon visage aussi grave que vous l'êtes à présent et que vous serez toujours il me semble, et vous m'avez dit froidement, comme si simplement je relevais d'une mauvaise affection :

– Désormais bois du vin à satiété. Dieu se chargera du reste.

Là, La-Soga s'esclaffa soudain et se mit à se battre les côtes en rugissant, le doigt majeur pointé vers le ciel, furieusement comblé du bon tour qu'ensemble ils avaient joué à Celui d'En Haut, Dieu ou diable, qui avait suggéré la corde et en était resté avec les deux bouts.

Amusé sans doute mais comme toujours imperturbable, de Prato détourna ses yeux gris du bossu et reprit son chemin tandis que l'autre riait encore à perdre haleine.

Cette fin mai annonçait un bel été. A main gauche un bosquet de chèvrefeuille frissonnait dans le vent à l'entrée d'un petit patio. L'air embaumait. Déjà les hirondelles et les martinets chassaient les insectes en glissant haut dans le ciel, bien au dessus des remparts. Sur la placette, le bruit de son bâton ferré sur les galets dispersa quelques Clefs-de-Saint-Georges qui se plaquaient au soleil sur la margelle du puits. Rien n'échappait à son regard même s'il semblait ne pas s'attarder. Ses yeux clairs extrêmement agiles captaient tous les mouvements, les plus infimes et les plus fébriles. Pélages disait de lui que comme le pape Innocent qui avait naguère réduit le Midi, il pouvait voir derrière son crâne jusqu'à percer de son acuité le cœur et la cervelle des hommes. Il laissait dire. Il laissait toujours dire à son sujet, et le bien et le mal ; personne ne savait rien de lui, c'était sa coquetterie et il en jouissait un peu.

Tout de suite, il fallait redescendre assez rudement vers le parvis. Il ne s'arrêta que le temps de prendre un petit pain rond à l'auvent de Pons Tailhant, le boulanger. C'était, comme chaque jour son unique viatique sur le chemin de l'abbaye. Il mangeait peu et d'ailleurs ne s'en souciait point véritablement, ce qui ne le rendait pas pour autant moins robuste et délié de membres. N'était cette claudication marquée, il laissait dès qu'on l'avait vu une impression de calme puissance, de vrai force virile.

L'abbaye, lovée dans la courbe sud des remparts qui encerraient la cité ne la dominait pas. Bien au contraire, elle semblait avoir poussé l'humilité jusqu'à occuper le point le plus bas de Caunes, et d'ailleurs, de nombreux édifices bourgeois prenaient sur elle et de beaucoup. Mais cette fausse modestie frôlait la franche hypocrisie eu égard à la taille et à l'opulence ostentatoire des bâtiments abbatiaux. Tout avait, paraît-il, été édifié voici près de trois siècles et les maîtres maçons sans doute n'avaient point ménagé leur peine non plus que les seigneurs leurs deniers. Le chevet d'abord, avait été construit en moellons disposés régulièrement, épaulé de contreforts et agrémenté de colonnes de pierres de taille dont les motifs prétendait-on mais sans preuves, avaient été réalisés par un prestigieux maître Catalan dont on ignore le nom mais dont on trouve la trace depuis Rieux toute proche jusqu'en Lombardie en passant par Cabestany et le Boulou. L'abside, d'après les témoignages conservés aux archives, avait été élevée un peu plus tard. On l'avait armée d'arcatures en plein cintre et éclairée de grandes fenêtres. Plus récemment encore, le chevet avait été agrandi par l'adjonction d'un faux transept.

L'abbaye de Caunes était justement célèbre et certainement caractérisée par ses deux tours carrées, l'une abritant le clocher et l'autre le trésor, qui lui donnaient comme une farouche assise et imposaient le respect que l'on ressent naturellement pour les œuvres réellement monumentales. Ce n'était que sous l'abbatiat de Hugues Ier de La Livinière que l'on avait pris l'heureuse décision d'accueillir les fidèles par un remarquable narthex voûté d'ogives en boudins désormais célèbre dans tout le Minervois et sans doute au-delà. Naturellement à Caunes comme à Lagrasse, comme à Fontfroide, les moines disposaient de logis, de jardins qu'irriguait un frais béal, d'un cloître ombragé qui donnait voie au chapitre, et de leur nécropole.

Voici peu, Béranger de Prato avait pu enfin accéder au Trésor. Longtemps il l'avait cru fabuleux car les moines n'en parlaient qu'à voix basse, en levant les yeux vers les derniers créneaux de la tour. En fait, il se trouvait tout bonnement au rez-de-chaussée et s'il n'était point négligeable il ne méritait certes ni mystères ni fascination : ne se trouvaient au vrai dans la tour outre naturellement les reliques des Saints Martyrs, qu'une grande pièce d'ivoire sur laquelle était gravée l'histoire des rois de France, une très vieille bible et deux reliquaires anciens. Les abbés y conservaient également l'Agnus pour les futures mères et la « santo peiro » qui guérissait les maladies des yeux, et qui de toute antiquité faisait la réputation des mires successifs du monastère.

Les villageois ne pénétraient que très rarement dans l'église abbatiale à la nef unique. C'est qu'ils avaient leur propre lieu de prière sur le point haut de Caunes : l'église Saint Genes, pauvre édifice bien délabré flanqué du cimetière du même nom et sur le mur duquel de Prato avait pu déchiffrer dès que dans son plus jeune âge il eût appris le latin, la sentence qui était devenue sa pensée profonde : « Debemnus morti nos, nostraque » : « nous et nos œuvres sommes tributaires de la mort. »

Les Caunois depuis longtemps, n'étaient en fait tolérés dans l'abbaye que lors de la sortie des fameuses reliques des Saints

Martyrs, quatre frères dit-on, exécutés pour leur foi par le proconsul Aurélien et dont on avait exhumé les corps fort opportunément peu avant l'An Mil dans l'enceinte du vieux village, près de la rivière et de son pont, sur les indications d'un moine inspiré. Ces reliques faisaient naturellement la prospérité des bénédictins qui les gardaient farouchement et ne les aéraient qu'une fois l'an en les promenant en grande pompe dans les ruelles sinueuses de la cité, logées dans des chasses gigantesques et somptueuses dorées à l'or fin.

Riche était l'abbaye, chacun le savait ou pouvait s'en douter lorsque l'on songeait que le monastère possédait en propriété les villages voisins de Lespinassière, Citou, Montbounous, Castanviels, Combaleide, Pujol de Bosc dans la montagne, la campagne opulente de Villerambert et ses vignes réputées, les bergeries du Cros et de Trausse, et plus loin Fabas, Saint Frichoux et encore Villarzel, Bagnoles, l'étang de Marseillette certes peu poissonneux et nauséabond, mais aussi et surtout les salins de Narbonne et jusqu'au gros bourg de Saint Amand Valthoré vers cers. De Prato le savait mieux que quiconque qui précisément, tenait les comptes de l'abbé. Tout revenait au monastère, en nature ou en espèces, comme drainé dans un flot intarissable de richesses : les produits de la vigne, des oliviers et des mûriers, de l'élevage des moutons, chèvres et plus rares bovins. Au beau milieu de Caunes les moines entretenaient un gigantesque moulin à huile qui à la saison tournait sans interruption du petit matin jusqu'aux dernières lueurs du jour ; ils s'échinaient aussi volontiers dans leurs champs car ils ne rechignaient pas à la tâche, n'omettant point en outre de poster l'un des leurs à toute heure du jour et de la nuit sur le pont de l'Argent Double pour y percevoir le droit de passage des marchandises.

Et tout ceci était peu, à l'égard de l'impôt sur le sel que percevait l'abbé dans cette cité qui était véritablement une plaque tournante du commerce de ce précieux condiment que faisaient enlever par charretées au « Plô de la Sal » les charcutiers de la Montagne Noire, de Lacaune et de Brassac.

Caunes n'était que l'abbaye. Le reste ne comptait pas. Hors quelques constructions bourgeoises fort disséminées, le reste n'était que masures blotties autour de ses remparts, agglutinées, dépendantes, parasites. Les gens vivaient ici pour et par l'édifice qui ne les dominait d'ailleurs que par son opulence, se tournant et s'enfonçant presque vers la rivière, n'offrant à la vue du village que son imposante église de gros appareil.

Caunes n'était certes que l'abbaye, mais en ces temps troublés, le Minervois tout entier n'en était-il dépendant ? L'abbé n'était-il le seigneur temporel le plus puissant parce que le plus riche, surtout depuis que pour financer leur « grande passata » les féodaux locaux, deux siècles plus avant s'étaient mis à lui céder sans barguigner et presque frénétiquement celles de leurs possessions qui ne leur semblaient point indispensables ? Si quelques uns rentrèrent de la Croisade et tentèrent avec la mauvaise foi qui les caractérisait dans leurs traités et contrats de récupérer ce qu'ils avaient si légèrement bradé, l'abbé saisissait systématiquement son Autorité qui n'était rien moins que la Curie, pour se faire immanquablement confirmer ses possessions par une bulle pontificale.

Quant à l'hérésie...

Il régnait autour de l'abbaye une telle prospérité, une douceur de vivre si appréciable sinon dans l'opulence du moins dans la satiété, que les faméliques hérétiques n'avaient point trouvé de grain à moudre soit d'âmes à séduire, et s'étaient employés avec davantage de profit dans le plus pauvre Lauragais et les villages circonvoisins du Carcassès plus populeux et opprimés. Il est vrai aussi qu'aucun des scandales de la nature de ceux mis à jour dans la plupart des établissements religieux d'Occitanie ne se pouvait imputer ici, où la règle pour l'heure ne semblait pas faiblir et où pour le moins, il n'avait jamais été prouvé ou sût qu'elle le fût un jour.

Quoi qu'il en soit, ne souhaitant courir aucun risque, l'abbé Hugues de la Livinière à la fin du dernier siècle avait eu à cœur de mobiliser ostensiblement contre « les renards qui ravageaient la vigne du Seigneur » et c'est ainsi qu'il accorda souvent l'hospitalité aux redoutables Gui et Pierre de Vaux de Cernay, envoyés du pape. Il en fut toutefois si mal récompensé par les Croisés qui confisquèrent à son frère suspect de sympathie avec les hérétiques son château de La Livinière, qu'il tempéra bientôt son zèle, n'en faisant désormais étalage que par crainte et calcul. Apparemment acharné à la perte des Cathares dans ses terres, on prétendit toujours que Hugues vouait en son for intérieur une réelle admiration aux faydits de la contrée dont les plus célèbres étaient Pierre Roger de Ventajou qui avait tenu le château voisin de Félines, et surtout l'effroyable Guiraud de Pépieux, fils du vicomte Frézoul de Lautrec qui défendit Minerve, rasa moult châteaux croisés, participa à la boucherie de Montgey ou mille cinq cents croisés perdirent la vie et qui fut pendu, exténué et chenu à Buc, quatre ans seulement avant la chute de Montségur.

C'est toutefois à son successeur, Géraud II de Villeneuve, que l'on doit l'idée de génie, la décisive initiative de solliciter de l'Archevêque de Narbonne et du Sénéchal de Carcassonne le brûlement de l'énigmatique et emblématique évêque Cathare Pierre Isarn devant le narthex de l'église abbatiale, pour l'exemple. Cet événement, toujours présent dans les mémoires alors que d'innombrables bûchers oubliés avaient noirci les placettes de Laurac, de Fanjeaux ou de Bram, éloigna semble-t-il le catharisme du Minervois d'une manière radicale et détourna aussi pour longtemps de cette région les regards aigus des inquisiteurs, ce qui semblait être le véritable dessein de l'abbé. Car en effet, si l'on exceptait l'itinérant Pierre Isarn qui avait couvert toute la Montagne Noire, qui avait jamais vu dans les parages plus d'un couple à l'année de ces prédicateurs faméliques qu'on brûlait naguère avec autant de hargne que de ferveur dans les lices de Carcassonne ou au milieu des champs de bataille du début du siècle ? A Azille peut-être y eut-il un « foyer » ; on se souvient ainsi des prêches de Bernard Coulouma et de Brice qui l'hébergeait. On dit aussi que vers couchant, à Laure, la sœur du seigneur avait autrefois tenu une maison de Parfaites. Mais à Caunes, rien. Point d'hérétiques. A tel point que Gérard de Villeneuve, plus actif en ce sens (ou plus avisé) que son prédécesseur, décida de s'en procurer un par tous les moyens pour le brûler devant l'abbaye, pour marquer les esprits, et en quelque sorte par manière de prévention.

Il y eut bien, et voici peu, ou en tout cas à portée de mémoire humaine, la rébellion de Trencavel le faydit, fils du Vicomte de Carcassonne que Montfort avait fait mourir ignominieusement disait-on, au début de la Croisade dans les cachots de sa propre cité, et qui s'était réfugié en Aragon. Là, le Minervois et surtout ses nouvelles autorités, tremblèrent. Tombèrent successivement et presque sans coup férir Azille la bien remparée dont la puissance égalait ou surpassait même celle de Narbonne puis Laure, la Redorte, Rieux, Puichéric… Mais Caunes qui s'apprêtait à résister ne fut pas même approchée par les révoltés qui se contentèrent de détruire en hâte les récoltes avoisinantes, ce qui bien que ne constituant qu'un moindre mal, suffit à provoquer les gémissements de l'abbé une semaine de long.

Mais il y eut aussi une grave alerte. Le danger paradoxalement n'était pas venu des hérétiques mais du roi de France Louis le Neuvième lui-même que l'on disait pourtant sage et pondéré mais qui, trompé par de faux rapports attestant d'un développement alarmant de l'hérésie à Caunes quelques années après la chute de Montségur, avait donné ordre au Sénéchal de Carcassonne de raser les remparts de la Ville. Abasourdi, Pierre IV Pélages avait tout juste eu le temps de courir auprès du roi muni d'une lettre signée de tous les abbés des monastères languedociens et même catalans, le suppliant de s'en abstenir afin d'éviter l'irrémédiable ruine de l'abbaye qui n'était pas close de murs. Il fut agréé sans beaucoup de mal, mais le coup était passé très près, et Pélages ne put par la suite que conjecturer sur les raisons qui avaient alimenté cette fausse rumeur.

L'abbaye à cette heure, pouvait pavoiser. Elle avait résisté aux évènements qui avaient ravagé le Midi entier, et loin d'en avoir souffert, avait ajouté à sa prospérité comme réceptacle naturel des richesses locales qui s'y étaient insensiblement réfugiées, directement ou indirectement. Désormais, il ne pouvait en être différemment, elle pouvait résister à tout car le souffle qui n'avait osé que l'effleurer avait été la plus terrible tourmente qui affecta jamais du chef de chrétiens une contrée chrétienne.

Béranger de Prato pénétra dans l'édifice par la petite porte aménagée à la droite du narthex et qui donnait accès au cloître par un sombre et assez long couloir. Cette porte n'était pas véritablement gardée car il ne sied pas certes aux bénédictins de se défier du monde. Toutefois et comme chaque jour à cette heure-là, son regard accrocha quelques furtives ombres brunes aux angles des murs et à l'encoignure des portes. Il traversa le cloître baigné de soleil et monta lentement l'escalier qui menait au logis des frères. Lui était lai, comme beaucoup d'entre eux d'ailleurs. En tant que tel, il n'avait pas de ministère mais à la différence des autres, il n'avait jamais même postulé le noviciat et n'était donc point frère convers. Il n'était pas davantage oblat, n'ayant fait aucun don à l'abbaye, pas même celui de sa personne. Il n'avait en réalité au monastère aucun statut.

Sa cellule se trouvait immédiatement à main gauche sur le palier, juste au-dessus du laboratoire de Pierre de Pélages. Son pas, volontairement, n'était point discret et il ne pouvait davantage manifester sa présence.

Il sortit lestement une clé noire longue de cinq pouces de la manche de son vêtement et ouvrit la lourde porte de son antre de scribouillard.

Scribouillard certes il était. Il n'en avait ni fierté ni dégoût, et comme de bien des choses sans importance il n'en pensait rien. Sans doute était-il le meilleur pour cet office dont il s'acquittait fort habilement malgré son extrême complexité, car

Pélages, après y avoir essayé de nombreux moines, les avait toujours congédiés avec force récriminations voire bordées de jurons fort mal seyantes au saint homme qu'il affectait d'incarner en toutes circonstances. Lui, de son air à jamais désabusé, s'était emparé rapidement de tous les registres, les avait soupesés, examinés, tout de suite appréhendés et en était devenu sans doute sans le vouloir le maître incontesté. Personne ne songeait certainement aujourd'hui à lui disputer cette charge peu convoitée à vrai dire de régisseur de l'abbaye.

Sa cellule dûment chaulée, donnait par un fenestron sur le cloître et y prenait sa clarté. Elle n'était point véritablement meublée : une grande table blonde, comme taillée d'une pièce dans un tronc d'olivier millénaire occupait brutalement tout le centre de la pièce et un siège du même bois à l'assise tendue de lanières de cuir de Cordoue en constituait l'appendice. Les fameux registres étaient simplement alignés à-même le sol, tenus serrés verticalement entre le bâti de la porte et le mur d'angle. Ils avaient noms : droit de banderage ou de police champêtre, droit d'albergue représentant les sommes dues à l'abbé contre son abandon de la coutume d'ailleurs jamais exercée de se loger lui et ses gens chez ses vassaux, droit de lods relatif aux échanges de terres pratiqués dans la mouvance de l'abbaye, droit de tasque ailleurs appelé champart qui, comme son nom l'indique consistait en parts de fruits, droit de censive qui était la rente seigneuriale que l'abbé entendait recouvrer personnellement, droit de dîme, droit de foriscape... Tous ces prélèvements, toutes ces taxes, dûment consignés dans les grands ouvrages de parchemin couverts de peau d'agneau et gainés de bois, faisaient la fortune considérable du monastère, ou plutôt celle personnelle de Pierre IV de Pélages qui ne faisait avec elle qu'entretenir son monde et ses bâtiments sans jamais naturellement accorder que l'aumône aux lépreux de passage.

Ces registres d'ailleurs faisaient plus qu'aligner les chiffres. L'un d'eux, le plus gros, le plus vétuste, était véritablement la mémoire de l'abbaye[1]. S'y trouvaient consignés les faits les plus marquants qui l'avaient affectée depuis sa fondation par Anian, sous l'égide de Charles-le-Grand lui-même. De Prato l'avait soigneusement compulsé et ne pouvait se cacher l'admiration qu'il avait ressentie devant la montée en puissance irrésistible et jamais ralentie de cette entité de pierre dans laquelle il vivait. Ce n'était dans cet ouvrage que compilation des donations faites à l'abbé par les seigneurs, mais aussi les hommes libres même peu fortunés du Minervois en rémission de leurs péchés. Ces dons pouvaient aller de quelques sols, d'un serf ou d'une bergère, jusqu'à des vignes de milliers de pieds voire des hameaux ou villages entiers. Par exemple, en 869 disait le livre, sous l'abbatiat de Egika, Quifred et sa femme Rikisinda offrent une vigne ; en 1155 sous Casto, Arnaud de Ventajou délaisse aux moines sa villa et d'autres biens ; en 1195 sous Hugo Ier de la Livinière, Raymond de Villerouge fait don de sa personne et de ses avoirs...

---

1. Le 27 décembre 1761, un prisonnier nommé Tailhades, de Siran, enfermé dans la prison de l'Abbaye de Caunes « pour cause d'attentat aux mœurs » s'évada pendant le tumulte que causa l'incendie provoqué par lui à cette fin. La grande salle et les archives placées à côté furent brûlées ; on ne sauva que quelques registres... lesquels ne surent résister cette fois à l'incendie provoqué par les révolutionnaires en 1793 (qui, au passage, massacrèrent les médaillons de pierre de la galerie intérieure de l'Hôtel d'Alibert).

« Le monastère fut pillé par le peuple avec une sorte de fureur sauvage. On gratta les armoiries sculptées sur la pierre ; on enleva jusqu'aux cheminées, jusqu'aux serrures de portes, jusqu'aux pitons des fenêtres, et ce pillage rappelle à l'esprit ce vers écrit, plus de six siècles auparavant, par le troubadour Guilhem de Tudela : "Et on ne leur laissa rien qui valût une châtaigne".

Alors cette même place qui, en 1226, avait vu le supplice de l'évêque albigeois Pierre Isarn, vit encore un nouvel auto-da-fe, salué par les acclamations joyeuses d'un peuple en liesse. Ce qui brûlait, c'était les chartes, les registres de reconnaissance, les titres de possessions, tous ces instruments d'un pouvoir tyrannique et odieux, qui disparaissaient avec lui ; et, cette fois au moins, aux vives lueurs des flammes n'étaient pas mêlés les sombres reflets du sang. »

Louis Béziat. Histoire de l'Abbaye de Caunes.

Plus récemment d'ailleurs, en 1203, un certain Pierre Béranger de Prato que l'on prétendait être son aïeul, avait laissé au monastère tout ce qu'il possédait dans la cité pour le prix de 600 sols melgoriens et deux boisseaux de seigle, ce qui devait être une bouchée de pain et qui expliquait que sa famille d'adoption ne possédait plus, après avoir refait surface, que la méchante masure du quartier de l'Hôpital avec vue certes remarquable sur les Pyrénées dans laquelle il gîtait.

De tous les abbés qui s'étaient succédés à Caunes, Pierre IV de Pélages dit « La Bible », qui était le 32e, n'était sans doute pas le moins avisé. Béranger n'en voulait pour preuve que l'accord qu'il passa benoîtement dès son avènement avec les édiles de la cité et une centaine de ses plus représentatifs habitants, en présence de dix-huit moines et de nombreux témoins et au terme duquel il fit un trait définitif sur le droit monacal exorbitant qui faisait échoir au monastère tous les biens meubles et immeubles de quiconque décédait sans postérité. Sous certaines strictes conditions les Caunois qui se trouvaient dans ce cas pouvaient désormais tester, quoique jamais en faveur d'églises ou établissements religieux autres, étant entendu que les légataires devaient alors acquitter un droit de foriscape non négligeable pouvant aller jusqu'à engloutir un bon tiers de l'héritage. Cette libéralité rapporta à Pierre de Pélages comme dit le livre, la bagatelle de dix mille sols melgoriens que ses fidèles lui versèrent sinon sans sourciller du moins avec quelque soulagement. Avec ces fonds, Pélages acheta encore quelques terres qu'on résistait à lui offrir, dont un jardin magnifique planté de vieux oliviers, enclavé entre l'Argent Double et le mur d'enceinte de l'abbaye qu'il fit alors déplacer.

De Prato travailla deux bonnes heures d'affilée, ne cessant de gratter le vélin de sa plume d'oie que pour la tailler souvent car il aimait l'entendre crisser, et suivre de temps à autre sur le mur de sa cellule les progrès du soleil vers son apogée. De sa main gauche, fréquemment, et sans doute par manie, il serrait le pendentif qu'il portait au cou, fait d'une pepite d'or grossièrement polie percée d'un trou dans lequel passait un lacet de cuir noir.

Au vrai, depuis plus d'une semaine et en prévision de son prochain départ, ses comptes étaient achevés et au net et nul ne s'en souciait. Le livre qu'il avait ouvert, absolument semblable aux autres, qu'il ne cachait point mais au contraire glissait toujours en sortant de son antre dans la pile plaquée contre le mur songeant que c'était ainsi le meilleur moyen de l'occulter, était le sien ; et ce n'était certes point l'histoire de sa vie qu'il y relatait, mais la progression de ses travaux avec l'abbé dans le laboratoire du dessous.

Car tout se trouvait rangé dans sa tête aussi exactement que les chiffres du monastère dans les registres et c'était sans effort aucun qu'il pouvait laisser aller sa plume, sans avoir à biffer ni revenir, ni renvoyer en marge. Pélages ignorait cela et c'était mieux ainsi, car sans doute ne l'eût-il pas admis. La démarche en soi était sans doute utile mais évidemment risquée même si l'on savait que seuls les deux hommes avaient accès à la cellule. Le régisseur malgré cela ne pouvait se résoudre au risque de perdre dans l'oubli une parcelle quelconque d'un savoir ou d'une expérience. Sa mémoire il le savait, était prodigieuse et Pélages s'en servait abondamment, mais les opérations menées en bas, les livres anciens ingurgités et les matières travaillées étaient si divers et variés qu'aucun cerveau humain n'aurait sû les ranger avec exactitude dans ses circonvolutions.

D'ailleurs, il ne craignait pas l'abbé et ne redoutait point sa réaction s'il venait à apprendre sa pratique ; il ignorait encore pourquoi mais il savait avec certitude que Pélages qui tout à la fois semblait le redouter et l'admirer, ne pouvait œuvrer utilement qu'en sa présence et sous son regard. Ceci le laissait perplexe mais ne suffisait pas à l'intriguer.

Il eut à cœur de lire encore quelques passages de la vie de Tassi, le noble abbé Catalan qui avait consacré la majeure partie de son existence à l'édification du monastère Sant Pere de Rodes qu'il aurait à visiter prochainement, parcourut encore des yeux un vieux cartulaire des marches d'Espagne, puis sortit sans bruit de la cellule.

Dans celle qui la suivait à main gauche dans la galerie, le vieux cellérier Guillaume Sicard achevait sa vie.

Il descendit vers le cloître.

PIERRE IV DE PELAGES, 32ᵉ ABBÉ DE CAUNES

Pierre Pelagos qui, depuis l'installation définitive des Français dans le Carcassès se faisait volontiers appeler « de Pelages », était très vieux. Certes, rares étaient les vieillards qui connaissaient même approximativement la date de leur naissance, mais pour un abbé de Caunes il ne pouvait y avoir de doute ; chacun savait qu'il avait succédé à Pierre III Raimond en 1240, quatre ans juste donc avant la prise de Montségur, et qu'à cette époque alors qu'il avait quarante ans ou environ, il se trouvait être déjà l'un des hôtes les plus anciens du monastère.

Quarante trois ans plus tard il était encore à sa tête, sans doute moins rigoureux dans ses tâches officielles et soucieux du détail, mais toujours aussi attentif et prompt semblait-il, à la défense de la Foi. Preuves en étaient ses contributions de toute nature à l'extirpation des relents de l'Hérésie sur ses terres et au-delà, en relation toujours étroite comme il se devait avec l'inquisiteur de Carcassonne Jean Galand.

Ce zèle apparent jamais n'avait fléchi, depuis ce jour où voici plus d'un demi-siècle le prêtre cathare Pierre Isarn que l'on avait chassé dans la Montagne Noire avait été brûlé devant le porche de l'abbaye sous ses yeux, sous l'abbatiat du féroce Gérard II de Villeneuve. Pierre Isarn avait longtemps nargué le monastère du haut de sa montagne et des trois châteaux de Lastours où il avait trouvé refuge, protégé par le fantasque et redoutable Pierre-Roger de Cabaret, allant ici et là à sa guise, de Cabrespine à Trausse et Peyriac en passant par Villeneuve et jusque sous les remparts de Caunes, sans que curieusement on apprenne sa présence que bien des jours plus tard.

Des bûchers, Pélages en avait connu bien d'autres, plus certes à Caunes qui n'avait pas vocation à ce genre de spectacle, et qui du reste comme on l'a vu n'était pas véritablement terre hérétique, mais souvent à Carcassonne où on l'invitait pour la circonstance, ce dont il se serait très aisément passé s'il l'avait pu, n'ayant que peu de goût pour ces rassemblements sauvages où des foules hérétiques hurlaient à la mort de ces hommes noirs qu'elles avaient naguère adulés. Il est vrai qu'il évitait autant qu'il le pouvait de s'éloigner de l'abbaye et son grand âge à présent l'y aidait. Quoiqu'il fût toujours aussi alerte et résistant à la fatigue, il n'avait aucune peine à prétexter quelque indisposition pour s'affranchir de ce qu'il appelait ses corvées officielles et demeurer dans son « oratoire ».

Pélages était donc plus qu'octogénaire, mais gérait bien jusqu'à présent cet inconvénient. Comme il devait se reposer davantage mais ne savait travailler que tôt le matin, il s'allait coucher à la fin de l'après midi, laissant la conduite des vêpres à Guilhem de Russol qui n'en demandait pas tant et en tirait naturellement des traits sur la comète. Comme il devait surveiller sa diète il mangeait moins mais mieux, envoyant ses serviteurs à sillonner quotidiennement le Minervois en tous sens à la quête des meilleurs produits du terroir, des vins les plus digestes aux charcuteries les plus fines. Les frères jardiniers exploitaient pour lui avec une compétence enviée à des lieues les terrains enclos du monastère derrière le cloître et le long des remparts, et savaient en tirer, quelque fois même devançant ou passant la saison, les fruits les plus charnus et les légumes les plus replets sans y apporter autre chose que leur sueur puisque l'abbé ne tolérait aucune fumure d'origine fécale.

Pierre IV était devenu ridiculement petit. Il le savait et guettait toujours la moquerie dans les regards. Il la rencontrait souvent, affectait de ne point s'en offusquer, mais en prenait note. Il jugeait ses proches à la façon dont il se voyait dans leurs yeux et beaucoup eussent gagné s'ils l'avaient pu, à se contrôler mieux sur ce point lorsqu'ils conversaient avec lui.

Réellement petit il était, mais depuis peu. Depuis que la vieillesse soudain avait chu sur ses épaules comme une chape de plomb, l'obligeant à courber l'échine et comme à se tasser sur ses jambes. Rien d'autre n'avait pour l'heure changé. Il se sentait toujours aussi ardent à l'ouvrage, curieux de tout, avide de savoir et de tenter d'autres expériences, passionné par ses recherches. Il pouvait encore réciter la bible tout de long à un auditoire ébahi, indifféremment en latin ou en patois ce qui était rare, en commençant le récit à quelqu'endroit que par défi on avait souhaité qu'il le fît. Il se reconnaissait une véritable passion pour le Livre des Chrétiens, même s'il avait quelque fois admis dans un cercle très fermé, qu'il n'y trouvait aucun enseignement édifiant. Il se disait simplement fasciné par la poésie de ses versets et la hardiesse de ses allégories, et ponctuait très souvent d'un air entendu ses courts propos de sentences qu'il lui empruntait, qu'il servait à toutes les sauces mais qui s'articulaient toujours correctement dans son discours.

Sa peau, certes, qu'il avait longtemps conservée saine et sans taches, souple et grasse, s'était soudainement flétrie et fripée de partout et son visage chafouin, encadré d'une chevelure étonnamment blonde, longue et raide, en semblait tout chagriné. La bouche était tombée aux commissures et les yeux, toujours brillants, s'étaient marqués de brun. Mais cela il ne le ressentait pas, et n'étaient les regards furtifs qu'il accordait à son miroir dans sa cellule avant le coucher, il n'en eût discerné aucun signe. Ceci, tout ceci qui affectait son corps à présent, le pressait d'achever son œuvre. Bientôt il le savait, il serait trop tard.

Il abandonna dans un coin une cornue en forme d'urinal qu'il venait simplement de nettoyer et s'approcha du fenestron. Sans avoir vu même la nette ondulation des Corbières il avait senti à quelques pincements dans sa hanche droite que le marin avait investi la plaine. Le ciel incroyablement bleu n'en laissait rien paraître, mais l'air déjà ne se respirait plus comme la veille et au moindre effort les aisselles et le creux de la poitrine devenaient moites. D'ailleurs, les matières qu'il travaillait pour l'heure semblaient s'assoupir avec volupté dans l'humidité ambiante et ne donnaient plus rien que l'impression d'entrer en putréfaction.

Soixante ans… Le bûcher de Pierre Isarn n'était peut-être pas aussi lointain. Trois ans plus tôt, Pélages faisait le grand voyage de sa vie, à la suite de son prédécesseur médiat Gérard de Villeneuve. A Montpellier, ils avaient assisté à la conclusion de la paix du Comte de Toulouse avec l'Eglise et avaient été désignés pour porter au pape les actes du concile. Certes, ceci avait été le plus grand périple de sa vie et non pas seulement en raison des lieues couvertes en Provence et en Lombardie jusqu'à Rome… A Rome, il n'avait pas, lui, Pélages, rencontré que le pape. Pendant que Villeneuve hantait la Curie et y intriguait comme un forcené à toutes fins utiles, il avait flâné dans les rues de la ville et si quelques garces l'avaient promptement déniaisé, il avait aussi approché les adeptes qui naviguaient nombreux dans les eaux troubles qui cernaient la cour pontificale et qui lui avaient définitivement mis la cervelle en feu.

A présent il s'impatientait. Car à vrai dire, avait-il de toutes ces années avancé d'un pouce ? Et pourtant quel acharnement, quelle énergie déployés ! Que d'heures passées à œuvrer ou à cogiter, même et sans qu'il en conçoive honte durant les offices alors qu'il affectait de prier les yeux fermés, roide comme une statue de marbre. Plus d'un demi-siècle était ainsi passé sans qu'il en sût jamais les joies et les plus nombreux tourments, sans qu'il progressât réellement dans l'Œuvre, mais sans pour autant que jamais l'abandonnât la certitude d'aboutir un jour. Il disait qu'il sentait « des choses » sous ses doigts, une puissance latente, un chaud embryon. Il disait qu'il suffisait à présent de peu et qu'il ne manquait qu'une pierre à son édifice, ce à quoi de Prato répondait froidement comme à son habitude, que par malheur cette pierre se trouvait être la clef de voûte et que tout le reste importait peu. Cette répartie et d'autres du même acabit agaçaient l'abbé au plus haut point. D'ailleurs, il n'aimait pas de Prato mais il le craignait comme un être étrange, apparemment inoffensif mais qu'il se gardait de courroucer, ainsi ne faisait-il que se renfrogner ostensiblement et s'éloigner à pas lents comme dompté, en murmurant invariablement, les yeux au ciel : « Homme de peu de foi, pourquoi as-tu douté ? »

Trois légers coups de heurtoir, puis deux, puis trois encore. Un peu fébrile comme à chaque fois, il ouvrit la lourde porte et le régisseur boiteux apparut immense devant lui, le soleil dans le dos, les traits figés, les yeux vides. Il entra, et Pélages claqua précipitamment la porte non sans avoir furtivement examiné dans les deux sens la galerie du cloître.

– Béranger, Béranger, se lamenta immédiatement le vieux prélat, « il » est encore venu cette nuit…

– Ah, cessez donc, l'abbé ! Vous savez que cela ne se peut puisque nous seuls avons les clefs. Naturellement vous n'avez constaté aucune effraction ni aucun désordre…

– Les clefs… Vois-tu bien les clefs que nous avons ?

Il sortit la sienne de dessous sa bure. L'objet lourd et noir devait bien mesurer la moitié de son avant bras. Le panneton en était ridiculement rudimentaire.

– Combien de temps crois-tu qu'il faudrait à un quelconque charron pour en faire la réplique ?

– Encore lui faudrait-il détenir l'original...

– Précisément. La mienne en tout cas ne sort jamais de ma bure...

De Prato planta ses yeux gris dans ceux du vieil abbé. Cela suffit pour clore le sujet. Pélages, comme soudain fatigué, haussa les épaules et revint à son laboratoire.

Autour de l'athanor de briques réfractaires de mauvaise facture, appuyés contre le mur et naturellement juste sous la grande cheminée, ne se trouvaient dans toutes les positions et dans un désordre indescriptible à hauteur de ceinture, sur des étals de bois noirci reposant sur des équerres métalliques, que cornues, alambics en forme de courge que l'on appelait cucurbites, récipients plats ou profonds de cuisine, vaisselle en terre vernissée, bols ou creusets avec leurs pilons de bois, pinces, coupelles, pierres de touche, hachoirs et cruchons, aludels, pélicans et matras... Sur d'autres étagères plaquées au mur s'alignaient des bocaux de verre grossier emplis de matières diverses colorées et parfois glauques et de nombreux pots de céramique blanche aux dessins bleus et verts que de Prato savait provenir de Grenade la Maure. Plus haut encore mais éloignés du four trônaient et c'était à ses yeux l'intérêt du laboratoire, les précieux ouvrages qu'avait su discrètement rassembler l'abbé en plus d'un demi-siècle. Les deux hommes les avaient certes lus à satiété et pouvaient, le régisseur en particulier dont la mémoire était prodigieuse et point encombrée en son entier par les versets de la Bible, en réciter de larges passages sans en omettre un iota. Beaucoup étaient rédigés en latin, certains l'étaient en grec ancien et d'autres, peu nombreux sans doute, étaient arabes et couverts comme tels des signes étranges et élégants dont usaient les Mahométans. Sans même y jeter à nouveau un regard, de Prato pouvait dire qu'il y avait là, sur cette étagère près du plafond, dans l'ordre : la *Shedula Diversorum Artium* du Moine Théophile qui semblait au premier abord n'être qu'un ramassis d'âneries, le *Timée* de Platon dans sa traduction de Macrobe, *De Compositionne Alchemiae*, le premier fascicule traduit de l'Arabe en latin, la *Summa Pertestionnis Magisterii* du grand adepte Hâbir ibn Hayyan, le *Livre des Septantes* où sont décrits l'acite nitrique et l'eau régale, le *Cheirokmeto* de Zozime le Panapolitain, la *Turba Philosophorum*, quelques opuscules attribués à Basile Valentin, les œuvres de Démocrite qui dit-on « savait colorer les métaux, les ramollir et les changer d'état par cuisson », et celles réputées plus classiques d'Aristote... Ne pouvaient y manquer aussi le *livre du Secret des Secrets* de Al Razi que l'on prétendait être mort centenaire, la *Table d'Emeraude* d'Hermes Trismégiste, ou les œuvres récentes de l'anglais Roger Bacon qui, comme de Prato du reste, distinguait alchimies spéculative et opérative...

En lettres noires, appliquées, tracées au cordeau sur le mur chaulé au dessus de la bibliothèque, Pélages avait écrit voici longtemps mais il s'en repentait : « Festinatio ex parte Diaboli » ce qui veut dire « Se hâter est le propre du Diable » et qui amusait beaucoup le jeune régisseur.

Dans leur dos, à l'opposé, se trouvait une série de fours de taille réduite qui n'avaient d'exutoire qu'une large fenêtre toujours ouverte. Ces appareils en terre cuite n'étaient que rarement activés et chacun avait sa fonction : la calcination, la sublimation, la distillation, la décantation... Alors que Pélages utilisait le charbon de bois pour l'athanor, ces fours, de plus subtil usage, exigeaient tantôt un mélange de sciure et de marc de raisin, tantôt du fumier de cheval fermenté, ainsi que le préconisait sans ambages le *Livre des Aluns et des Sels*.

Puisque comme il s'y attendait, Pélages qui ne faisait aujourd'hui que ranger ses ustensiles et chasser les araignées, ne le retenait pas, il sortit sans bruit, descendit dans le cloître, traversa les communs sans rencontrer personne, happa un grand panier d'osier tapissé de toile écrue dans la cuisine, et quitta l'abbaye avec le soulagement d'un malandrin qui sortirait de prison. Il irait aux asperges sauvages sur le chemin de Citou. Avec La Soga, il en casserait soigneusement les tendres extrémités sur une douzaine d'œufs en omelette dans la plus grande poêle de la cuisine, au dessus d'un bon feu de souches, en n'omettant pas durant la cuisson de caresser un flacon de vin noir du Tinal. Car s'il mangeait peu (la Soga aurait de ce festin bien plus que sa part), il savait ce qui lui était bon.

Mais avant, il voulut visiter ses vieux amis du Casserot, un couple de brassiers anciens qui gîtait dans une cabane collée à l'antique église Saint Genes. Il y parvint par le Plô de la Sal où s'affairaient les sauniers qui le saluèrent rapidement sans cesser de charger de gros sacs les chariots postés devant le magasin. Le commerce du sel n'était pas, certes, la moindre ressource de l'abbaye. Toute la Montagne Noire envoyait chaque jour de vigoureux gaillards et de petits équipages à Caunes pour y enlever la précieuse denrée provenant de Narbonne, et si ces hommes avaient de larges épaules et des bras comme des cuisses, c'était moins sans doute pour charger aisément les faix que pour dissuader les brigands de les en soulager sur le chemin du retour. Un large coutelas traversait d'ordinaire leur ceinture et un bâton noir, luisant et noueux rythmait leur marche. On disait qu'ils avaient le don de distinguer un voleur d'un honnête homme à un jet de pierre et qu'il était impossible de se jouer de leur vigilance. D'ailleurs, ils ne voyageaient au retour qu'en colonnes et correspondaient entre eux avec exactitude au moyen de savants coups de sifflets.

Le sel ne servait pas qu'à la conservation des viandes et fromages ; dans la région des Ilhes en Cabardès et à Mazamet, on l'utilisait bien plus copieusement pour le tannage des peaux dont il empêchait la putréfaction. Sans lui, point de harnachements pour les chevaux **des** seigneurs, de tabliers pour les forgerons, et surtout de gants fins pour les prélats... De moindre qualité et parfois en petits blocs gris ou jaunâtres, on le jetait dans les prairies de Lacaune aux brebis qui s'y usaient la langue avec délice.

De Prato nota aisément qu'on le surveillait ici et là de l'œil avec quelque inquiétude ; rien ne lui semblait plus normal attendu ses fonctions à l'abbaye. Il n'ignorait pas naturellement le petit trafic illicite auquel s'adonnait tout saunier du Plô de la Sal ; il en connaissait même l'exacte amplitude pour l'avoir quantifiée par simple curiosité. Il savait que ces indélicatesses de faible importance n'étaient pas de nature à nuire véritablement à l'abbé (ce dont il est vrai, il se moquait parfaitement) ni susceptibles d'être mises à jour par tout autre que lui.

Il pressa le pas.

Au Casserot, Arnaud Arsendis et Brune l'attendaient tout en affectant toutefois de s'affairer chacun dans son coin, lui taillant de petits pieux pour la clôture, elle cuisant le pain, sans lever le nez. Pourtant, ils l'attendaient parce que c'était marin et que sans doute l'abbé ne le retiendrait pas. Ils pensaient ainsi tout savoir de sa vie, en tout cas de l'emploi de son temps. Mais ils savaient aussi méconnaître tout de ses pensées, de ses joies et de ses peines, de ses raisons de demeurer ici, à Caunes, alors que ses aptitudes et la force de son esprit l'auraient pu pousser plus loin, là où les hommes dit-on initient ou subissent de grandes choses et font bouger le monde.

Lorsqu'il apparut gravissant le raidillon qui mène à la vieille église, ils sentirent à nouveau ce frémissement qu'ils connaissaient bien, comme un doux épanchement qu'ils se gardaient de combattre et dont jamais ils ne s'étaient entretenus. Ils l'aimaient et ceci se voyait à la flamme de leurs yeux, à leurs mains qui s'ouvraient, à leurs bras qui se fermaient sur lui.

Lui ne montrait rien. Lui ne montrait jamais rien. Mais dans leurs bras ils sentaient son corps chaud, et au fond de lui, ils savaient aussi cette vibration d'amour, ténue mais si résolument volubile.

Le jeune régisseur avait été confié à Brune jusqu'à l'âge de raison. Ensuite on l'avait ballotté d'année en année et jusqu'à la fin de son adolescence chez les matrones du village qu'employait l'abbaye, avant de lui donner un nom, celui de Pierre Bérenger de Prato qui n'avait pas d'enfant et qui cherchait à la fin de sa vie, pour son salut, à complaire par tous les moyens à Pierre IV. De Prato lui avait aussi abandonné cette petite maison du quartier de l'Hôpital où il vivait seul, entretenu par une jeune lavandière qu'il n'avait peut être jamais vue et qui n'apparaissait que lorsqu'il avait quitté les lieux pour se rendre à son office.

Toutes les matrones, il les rencontrait quasi quotidiennement dans la cité, mais il les avait oubliées. Il s'était appliqué à les effacer de sa mémoire. Brune, la première, qu'il avait longtemps crue être sa mère, était la seule qui avait pleuré lorsqu'on l'avait, il ne savait toujours pas pourquoi, encore une fois « déplacé ».

Brune ne parlait pas, ou très peu. Encore n'était-ce que du bout des lèvres, sans phrases, comme par onomatopées. C'était comme si elle avait fait vœu de silence et ne consentait à s'exprimer qu'à regret, pour complaire à ceux qui ne comprenaient que les mots. Elle disait « oui », « certes », « ah ! »… et souvent aussi, lorsque devant elle il s'emportait ou s'inquiétait : « paix, fils… » et de sa main légère, douce comme un souffle de l'autan elle lui caressait les cheveux, un peu au-dessus de la nuque. Béranger ne montrait rien. Mais il l'aimait, comme jamais jusqu'alors il n'avait aimé. Ils savaient l'un et l'autre qu'ils n'auraient jamais de mots pour cela ; et d'ailleurs, ils n'en cherchaient pas.

Comme chaque jour qu'elle le voyait, ses beaux yeux sombres se mouillèrent. Elle affecta bien de gérer au mieux la braise sous la pâte, mais sans la regarder les deux hommes la sentaient malhabile à l'ouvrage et gênée de ses gestes empruntés.

Elle était petite et rondelette et son visage lisse respirait la santé. Son âge toutefois était une énigme ; elle n'avait pas certes l'âge de Arnaud, mais peu s'en fallait sans doute car disait-on, tous deux étaient installés à Caunes depuis près de quarante ans, et pourtant elle était belle encore et radieuse, le front clair, le visage serein qu'entourait le cheveu noir comme l'aile d'un corbeau, qui couvrait les oreilles et tombait sur sa nuque en une longue tresse forte et luisante. Elle n'avait pas eu d'enfants et Béranger se savait la prunelle de ses yeux. Autrefois son cœur en était simplement gonflé de joie ; à présent et alors que Pélages lui avait dit enfin ce qu'il savait de sa naissance, il mesurait l'amplitude de cet amour à l'aune de ses propres sentiments et en demeurait fortement ému, ce que pourtant son comportement trahissait peu.

Arnaud et Brune formaient dans la cité le couple idéal que chacun prenait en exemple. Jamais on ne les voyait descendre vers le monastère, ni au marché ni aux lavoirs pourtant tout proches ; il est vrai que leur jardin leur suffisait en tout et que Pélages qui les aimait fort disait-on et semblait les protéger, leur faisait ponctuellement porter ce qui outre les vivres pouvait leur manquer. Toutefois, on les connaissait bien pour les fréquenter souvent aux alentours de la vieille église qu'ils entretenaient avec soin et qui était donc le sanctuaire de la paroisse. Toujours ils avaient un peu de miel pour les enfants, quelques fleurs pour les anciennes, quelque fois une rasade de vin blanc pour les gaillards du bourg qui s'attardaient dans l'atelier d'Arnaud après la messe. Ils comptaient désormais parmi les vieux du village et beaucoup devaient penser sûrement qu'ils en étaient originaires ; c'est ainsi en tout cas qu'ils avaient pris leur place dans la cité abbatiale, appréciés de tous et associés à jamais sans doute au site du Casserot.

Ce couple idéal pourtant, Béranger et lui seul le savait, avait un comportement étrange. Jamais Arnaud et Brune ne se touchaient, ou, s'ils le faisaient ce n'était que par accident. Brune dormait dans le grand lit près de la fenêtre où souvent lorsqu'enfant il était souffrant elle l'accueillait, et Arnaud se couchait un peu plus loin, contre le mur opposé de la chambre, à-même le sol, enveloppé l'hiver dans une simple couverture de laine.

Du vieux bavard Guillaume Sicard qui mourait à présent dans une cellule au dessus du cloître, il avait appris voici peu que Arnaud était un hérétique réconcilié. Dans les grandes envolées lyriques que chacun lui connaissait, Sicard en rajoutait toujours certes à foison, mais ce que l'on pouvait appeler l'épopée d'Arsendis se passait de fioritures. Sans doute son histoire avait commencé à Toulouse, au moment où l'évêque Foulques de triste mémoire avait établi Dominique l'Espagnol et ses compagnons dans le Comté pour « extirper l'hérésie, éliminer le vice et enseigner la règle de la Foi... » Ses parents semble-t-il étaient alors meuniers au Bazacle, sur la Garonne qui voyait passer sur son cours toutes sortes de gens aux idées les plus diverses, le plus souvent gagnés à celles des albigeois. Vit-il, enfant, les litanies de moines investissant la ville rose, les bûchers, les cadavres exhumés traînés sur des claies derrière les chevaux des laboureurs ? Eut-il à souffrir de quelques brimades ou violences ? Il ne semble pas, car les Arsendis, se sentant probablement justement suspectés, abandonnant moulin, meubles lourds, parents et amis, quittèrent nuitamment les bords du fleuve pour s'installer fort inconfortablement dans une masure d'un faubourg de Mirepoix où ils s'employèrent du mieux qu'ils le purent, mais non certes à la meunerie, office où on ne les attendait pas.

Arnaud Arsendis n'avait ni frère ni sœur et sa mère, chétive et valétudinaire depuis sa naissance, ne connut que trois saisons à Mirepoix, anéantie qu'elle avait été par cette fuite précipitée. A l'âge où l'on cesse de s'amuser de tout il vit souvent chez lui, dans la pièce unique, sombre et enfumée, les grands hommes noirs qui semblaient ne porter que leur peau tendue sur leurs os, dont les yeux brillaient toujours et qui parlaient à voix basse de choses si abstraites qu'il s'endormait bientôt près du feu dans le bourdonnement des mots et la quiétude des longs silences.

Les Cathares de Mirepoix et d'ailleurs ignoraient sans doute que bien plus au nord, dans un pays étranger, dans une petite ville qui ne se pouvait comparer par la taille qu'au moindre quartier de Toulouse, une quinzaine d'archevêques, une bonne centaine d'évêques et plus d'abbés encore, avaient tenu concile et déclaré et le Comte Raymond, et le Vicomte Trencavel de Carcassonne, et le Comte de Foix lui-même, ennemis du roi et de l'Eglise. Cette sentence entraînait pour eux l'excommunication, l'interdit sur leurs terres et ravivait la croisade déclenchée près de vingt ans plus tôt à Béziers. La mort en Auvergne du roi de France Louis le Huitième ne fit que retarder l'assaut de quelques semaines. Avignon sut tenir trois mois, mais Carcassonne qui n'avait pas oublié le massacre immédiatement postérieur au sac de Béziers, terrorisée, se soumit sans résister.

C'est alors qu'à Caunes, en Minervois, on brûla Pierre Isarn. Il précéda de peu mais sur un autre bûcher Gérard de la Motta que le Sénéchal de Carcassonne avait pris, d'ailleurs non loin de Mirepoix, à la Bécède dans le pays de Laurac.

Toutes ces nouvelles parvenaient difficilement aux Arsendis, et quand elles arrivaient par les colporteurs et les brassiers qui vagabondaient dans la région, elles se trouvaient immanquablement déformées, exagérées ou tronquées, confuses et contradictoires, ce qui ajoutait à l'angoisse des citadins de Mirepoix qui tous ou à peu près, avaient à voir directement ou non avec les Patarins. Et certes, dans ce contexte, la nouvelle de la mort de Gui de Montfort, le frère de Simon, percé d'une flèche à Varilhes, n'avait suscité que joie mêlée d'inquiétude.

Le père de Arnaud avait décidé pour lui : il avait toujours volontiers accueilli les Cathares, au Bazacle comme à Mirepoix. Il le savait, il n'avait pas le jugement sûr et d'ailleurs les bons hommes ne lui embrumaient point l'esprit de sermons alambiqués ; comme beaucoup de gens simples autour de lui il les recevait, les écoutait et les aimait, davantage encore depuis qu'on les chassait partout pour les torturer et les brûler enfin sur les places publiques alors qu'ils ne faisaient que semer l'amour, proclamant même qu'ils chérissaient leurs bourreaux. Toutefois lui manquait le cœur d'engager son fils.

L'année de la mort de Foulques, peu après la promulgation par le pape Grégoire de la bulle qui condamnait systématiquement au bûcher les hérétiques dans les états de l'Eglise, il prirent leurs balluchons et crurent bon de s'installer, comme beaucoup, à Niort de Sault dont les seigneurs, les frères Raymond et Bernard Othon étaient sans doute avec Bernard de Foix et plus loin Géraud de Pépieux, les plus farouches et féroces défenseurs des Cathares. Tout le monde, soldats du Nord et Occitans, les appelaient « les Maudits », les uns avec tant de haine que de crainte, les autres par mimétisme et parce que ce surnom au fond leur allait bien. Eux s'en amusaient ostensiblement, s'appelant même l'un l'autre « Maudit Raymond », « Maudit Bernard » tant en privé qu'en public, en lorgnant leur auditoire de cet air goguenard qu'on connaissait déjà à leur père qui avait naguère écumé le pays au nez et à la barbe des papistes.

Depuis le début de la croisade les nobliaux de Niort, qui forçaient même l'admiration du Comte de Foix et peut être aussi un peu sa propre conduite, menaient sans crainte ni atermoiements leur guerre privée contre l'armée du Nord, et pas seulement sur leurs terres. En 1211, Bernard Othon aidé du fameux Guilhem de l'Isle et de Bernard de Sancto Martino, avait libéré l'évêque cathare Guilhabert de Castres assiégé à Castelnaudary par Simon de Montfort en personne, et par la suite, souvent et durant de longues années, il avait organisé le ravitaillement en vivres et en armes de Montségur sans jamais souffrir de représailles. Arnaud Arsendis naturellement fut embrigadé par les Maudits dès qu'il sût quelque peu manier un bâton puis un coutelas. Il ne participa pas toutefois au sac du Palais Episcopal de Narbonne ; il n'avait alors que douze ans ou environ et fut jugé trop tendre pour l'entreprise. Il n'eût pas donc à trucider les moines ni à nettoyer l'évêché, ce que firent promptement sans lui les routiers d'A Niort, n'omettant pas de faire disparaître dans les flammes les gros registres de l'Inquisition. La stature des Frères Maudits était telle que quoique complètement avérée, leur participation au massacre ne leur valut qu'une théorique « peine de prison à vie », un seigneur français, au grand dam de Guy de Lévis, s'étant opposé à la peine capitale de crainte de soulever le pays.

C'est plus tard, adolescent, que Arsendis donna la pleine mesure de son habilité aux armes et à sa férocité à l'égard des croisés. Il fut employé dans tous les coups de main par ses maîtres, souvent à l'insu de son père qui ne faisait que le chercher en vain des semaines entières dans les ruelles du village et les bories avoisinantes. Arnaud Arsendis taillait et occisait sans états d'âme tout ce qui portait bure et croix pectorale, et tout quidam attardé dont le parler guttural offensait ses oreilles. Il fuyait aussi avec application les hommes noirs qui cherchaient, il le savait, à l'entretenir.

Arnaud ne suivait alors que les Maudits et les vénérait comme étant les seuls à ses yeux à lever encore le front. Il ne faisait en cela que suivre le sillon tracé devant lui par les jeunes brassiers ariégeois qui s'imaginaient alors par leurs embuscades et escarmouches, éloigner l'inexorable chute de Montségur où vivaient, disait-on, les hommes et les femmes les plus saints de la Terre, quelquefois nobles, souvent manants, qui possédaient la clef de toutes les choses visibles et invisibles et que les papistes vouaient aux bûchers.

Quelques années s'égrenèrent ainsi, sans plus d'alarmes pour lui que quelques blessures parfois fois graves dont il guérit promptement, et à la faveur desquelles il ne put éviter le commerce des hérétiques puisque ceux-ci qui connaissaient le secret des plantes et des flux du monde avaient la charge de l'hôpital de la Maison d'A Niort. Est-ce ainsi qu'il fut aussi gagné à l'hérésie ? Prit-il la mesure de la duplicité foncière des Maudits qui toujours avaient su échapper à la justice de l'Ost de France ? En 1243 en tout cas, Arsendis fut de l'escorte de Raymond d'A Niort qui à sa grande surprise rencontra mystérieusement à Tarascon sur Ariège le Sénéchal Hugues des Arcis qui assiégeait alors Montségur. Peu après, Niort, sans vergogne aucune, prêta publiquement serment de fidélité au Comte Alphonse et à la Comtesse Jeanne de Toulouse ce qui lui valut ensuite d'être protégé par le Sénéchal Pierre d'Auteuil... Toujours est-il que Arnaud Arsendis, alors que tout était consommé, s'offrit soudainement à Raymond de Péreille, coseigneur de Montségur, et intégra la famélique garnison du Pog. Quelques jours avant la reddition de la Citadelle il vit venir à lui Escot de Belcaire qu'il savait être à Othon d'A Niort et qui, au nom de son maître, l'engagea à quitter secrètement la place pour sauver sa vie. Il rit alors, assez sottement lui sembla-t-il, et demeura dans les gravas, au milieu des cabanes éventrées, sur les tumulus où pourrissaient les morts que la roche n'avait pas permis d'enfouir.

Pourtant sa vie fut épargnée. Et sa vie depuis demeurait un mystère. N'ayant pas été jeté aux flammes, on pouvait penser qu'il s'était converti in extremis ainsi que cette grâce fut offerte aux défenseurs de la citadelle. Vraisemblablement réconcilié avec l'Eglise, il avait été amené à Caunes pour servir de sacristain au vieux sanctuaire du Casserot, dans les bagages de Raymond d'Autignac et Raymond de Faric, respectivement supérieur et aumônier du monastère et qui avaient présidé aux interrogatoires des hérétiques au pied du pog.

A cette heure donc, Arnaud Arsendis devait avoir soixante cinq ans, guère plus. Son visage marqué et buriné, souvent grave et triste en attestait, mais non certes son grand corps râblé et robuste, son torse large, ses bras ronds et sa taille bien prise. Beaucoup ne pouvaient le regarder qu'avec admiration et envie, et les femmes les plus effrontées ne s'en cachaient point ce dont il n'avait cure et qui surprenait un peu. Béranger, c'était peu fréquent, pouvait planter son regard dans le sien sans avoir à baisser la tête. Car les deux hommes avaient peu ou prou la même taille, notablement au-dessus de la moyenne.

Arnaud toujours, s'était coupé le cheveu ras suivant l'usage des hommes d'armes de l'Ariège où le soleil tanne si bien les cuirs dès le début de l'été. Il était gris comme l'argent ou la cendre d'un foyer de souches, et ses yeux extrêmement mobiles étaient sombres comme la nuit. Il semblait sourire toujours, mais Béranger savait qu'il s'était ainsi formé un masque rigide quoique aimable sur le visage, et que derrière ce masque, pour qui savait voir se trouvaient occultées les fatigues, les douleurs et l'amertume d'une longue vie d'errance, de combats et de désillusions.

De Prato n'ignorait rien de la Croisade contre les Albigeois et de ses péripéties. Il savait que depuis son adolescence jusqu'à la chute de Montségur, Arnaud en avait connu les étapes les plus sanglantes et il pouvait penser que même, à certaines d'entre elles il avait participé. Ainsi avait-il été, après le sac du Palais Episcopal de Narbonne, à celui l'an suivant, du couvent des Dominicains de cette ville, orchestré par les Maudits avec la participation de la foule qui protestait contre les agissements de l'inquisiteur Ferrier, ainsi s'était-il trouvé à Toulouse avec ses maîtres, lorsque le jour de la canonisation de Dominique les Frères Prêcheurs avaient fait brûler vive une moribonde sur son lit, ainsi avait-il battu la campagne durant tout le rude hiver 1234 pour organiser avec les A Niort et ses amis Pons de Villeneuve et Alaman de Roaix une quête de vivres pour les hérétiques qui crevaient de faim à Montségur, ainsi participa-t-il quatre ans plus tard à la construction des cabanes chétives qui entouraient le château, sur la crête du Pog…

Plus tard, prêté par ses maîtres à Raymond Trencavel « le Jeune » il avait avec lui libéré Limoux, Minerve, Montréal, Azille, Caunes et Pépieux, avant que le Vicomte s'incline encore devant Carcassonne, non sans avoir fait massacrer ce jour-là dans sa retraite une trentaine de prêtres dans l'Eglise Notre Dame…

Tout, Arnaud avait tout connu, du simulacre du siège de Montségur en 1241 par Raymond VII au moment de la mort de Roger-Bernard de Foix, jusqu'à la brouille dangereuse et inopportune de Ramon de Perella et Pierre Roger de Mirepoix au sujet de leurs droits sur la forteresse, en passant par la prise du château d'Hautpoul où toute la garnison fut massacrée, la scandaleuse excommunication de Raymond VII et plus tard sa soumission au roi et la surprenante restitution du château de Saverdun par Hugues des Arcis au Comte de Foix, en présence de Raymond d'A Niort et de Isarn de Fanjeaux…

De ces subtils lacs et entre-lacs diplomatiques sans doute Arnaud n'avait-il pas tout compris. Mais Béranger savait que ce qui était resté dans sa mémoire et gravé au fond de son crâne et dont il ne disait rien, en aurait épouvanté plus d'un pour le reste de ses jours.

Les Cathares…

Bernardin-François Fouquet de la Bouchefollière à cet égard était circonspect. En fait et comme beaucoup d'hommes et de femmes de son époque, de l'hérésie albigeoise il ne savait naturellement rien ou fort peu, le clergé, dispensateur de tout enseignement dans le Royaume et par ailleurs strictement encadré par l'Inquisition puis le Saint Office s'étant gardé depuis plus de quatre siècles d'en faire état autrement qu'avec horreur, ne l'évoquant que comme la plus grande abomination jamais vomie par Satan sur la chrétienté. Pourtant il savait que de tous temps avaient circulé sous le manteau, souvent favorisés par la Réforme, certains écrits qui prétendaient remettre les choses à leur place, et dans lesquels l'Eglise ne tenait certes pas le beau rôle.

Mais en dépit de son état qu'il n'avait d'ailleurs pas choisi, Bernardin-François goûtait peu aux choses de la religion qui l'avaient toujours ennuyé et pour tout dire, dans le feu de ses recherches du moment, il s'en moquait éperdument.

Supputant néanmoins que tout, dans le grimoire qu'il tenait sous les yeux devait avoir son importance, il résolut de maintenir vive son attention.

Il se leva péniblement parce qu'un peu engourdi, jeta deux belles bûches de chêne vert dans le feu, attendit leurs premiers crépitements, et regagna son fauteuil non sans avoir longuement étiré ses membres en tous sens. Il n'aimait pas la position assise et ceci naturellement l'avait desservi dans ses longues études.

La Cantimplora

Dès qu'il l'eut dans ses mains, qu'il la caressa lentement contre son ventre, Jordi se sentit de retour.

Il l'avait achetée sans marchander au Pertuis des Pyrénées à un berger hirsute qui la tenait accrochée avec bien d'autres dans sa soupente ouverte au nord. Des gourdes comme celle-là, on n'en trouvait guère chez les occitans ni même chez les catalans d'outre-monts qui privilégiaient toujours la peau de chèvre. La « calebasse » espagnole avait la forme d'une courge à deux corps ou plutôt très cintrée en son milieu, séchée, vidée, puis souvent vernie et munie d'un bouchon de liège percé d'une petite tige de roseau effilée qui servait à boire. On prétendait que le vin y conservait mal et on la réservait ordinairement à l'eau claire qu'elle pouvait tenir fraîche toute une matinée dans la garrigue, même au plus fort de l'été.

Autour de sa taille de guêpe, on enroulait invariablement une corde solide que l'on pouvait se passer au cou ou fixer à un bourdon de marche à la façon des pâtres ou des roumieux de Compostelle ; Jordi y avait placé un lacet de couleur rouge sang qu'il avait dans sa besace.

Comme beaucoup de son pays, il avait bu à la « cantimplora » dès qu'il avait été sevré, et toujours et partout elle l'avait suivi, pendante à son flanc, à portée de la main. Il s'en était séparé toutefois dans le pays des Cathares car il se savait traqué par les sbires de l'Inquisition et n'ignorait pas que cet équipement faisait partie de son signalement. En revanche, en Catalogne et de ce côté-ci de la montagne, il ne se trouvait que peu de paysans qui ne l'arboraient sur leur vêtement ou accrochée à leur bâton, et de ce chef il n'avait plus rien à craindre.

De Prato l'examinait du coin de l'œil sans rien dire. Jordi le savait. Il l'appelait depuis le début « ojos grises » car il n'aimait pas les patronymes et se focalisait volontiers sur les particularités physiques des gens qu'il croisait. Il savait bien que l'intendant de l'abbaye scrutait avec précision quoique affectant toujours l'indifférence, tout ce qui pouvait passer dans son champ de vision ; il n'en avait cure et pour l'heure s'en trouvait plutôt rassuré, car leur mission, en ces temps troublés, ne tolérait pas la décontraction.

Après s'être légèrement restaurés, ils reprirent le chemin de La Jonquière. Il était tôt encore et le soleil ne semblait point perdre d'ardeur en tombant vers la Garotxa.

Jordi savait qu'il se trompait, mais il ne pouvait se défendre d'un sentiment de sécurité ; du moins se sentait-il plus léger depuis qu'à nouveau il foulait sa terre. Il n'était pas loin de penser que le pouvoir du pape s'arrêtait à Perpignan, au pied des Albères et que les frères maudits de Dominique ne pouvaient plus l'atteindre. Pourtant, et de Prato n'avait cessé de le lui dire sur le chemin, l'Inquisition ravageait de la même façon les deux Catalognes comme le Pays Toulousain entier, et il se trouvait autant à craindre pour un Cathare à Figueres, à Gérone, à Barcelone, ou même dans les îles que l'on appelait Baléares. Si d'ailleurs les Dominicains s'activaient avec tant de zèle dans ces régions c'est qu'ils y avaient trouvé de l'ouvrage : chacun savait que « le souffle fétide de l'hérésie » se propageait communément dans les rangs des tisserands, lesquels pérégrinaient librement de Marseille à Valencia, s'installant aussi parfois par dizaines à Perpignan, Villefranche de Conflent, Prats de Mollo, Puigcerda, la Bisbal, Olot, Ripoll ou Gérone... Beaucoup venaient du Languedoc, et beaucoup avaient été touchés de loin ou de près par l'Hérésie.

De Prato qui semblait connaître tout, ce qui souvent exaspérait son compagnon, acheva de le convaincre de se tenir à chaque instant sur ses gardes sans se relâcher plus qu'en Minervois ou Narbonnais, en lui faisant remontrer dans une longue diatribe et presque sans reprendre son souffle, que des Cathares furent récemment saisis à Lérida, que le Val d'Aran par ailleurs pays de langue gascone, était gagné aux Patarins comme l'avait été le Comte Nuno Sans qui avait combattu en son temps Simon de Montfort. Il ajouta que l'évêque d'Urgel avait été récemment destitué par le pape comme fauteur d'hérésie, et que depuis plus de cinquante ans était en vigueur dans ces régions une bulle de Grégoire IX qui chargeait l'évêque de Vic et le Prieur des Dominicains de Barcelone de faire une inquisition générale en Catalogne à la demande expresse de l'Archevêque de Tarragone... Quand de Prato entreprit la longue liste des seigneurs occitans ingénument réfugiés en Catalogne et qui traînaient à leurs basques des cohortes de limiers de l'Inquisition : Durfort, Santa Coloma, Cessariac, Peyre Ramon de la Livinière, Pierre Roger de Cabaret, Jordi, fatigué voire quelque peu excédé, lui demanda de cesser. Il en avait assez entendu.

Ils laissaient derrière eux, encore éblouis mais sans regrets puisqu'ils se dirigeaient vers Sant Pere de Rodes, les plus beaux édifices religieux qui se trouvaient au nord des Pyrénées, de ce côté méditerranéen : Brouillas, Saint Genis les Fonts, Sant Marti del Fenollar... Partout, munis des recommandations de Pierre IV Pélages, ils avaient été reçus par les Frères des abbayes sinon les bras ouverts, du moins avec les marques évidentes du plus profond respect. L'abbé de Caunes les avait prévenus ; il faudrait user de toute la perspicacité possible, regarder et épier, écouter, tendre l'oreille, s'insinuer dans les conversations, questionner, espionner. Mais dans quel but ?

Jordi n'était que curieux car si cette affaire l'intriguait un peu, elle ne l'intéressait pas, ayant d'autres préoccupations. Quant à de Prato qui ne savait pas ce qu'il cherchait, s'il attendait un signe, c'était sans trop y croire.

Un peu plus loin, ils avaient gîté à Sant Pere del Pla de l'Arca et les moines les avaient volontiers menés dans l'abside où ils avaient pu examiner le plus bel « opus spicatum » qui leur avait été donné de voir jusqu'alors. Béranger s'abîma toute la matinée devant le mur ouvragé entièrement fait de pierres disposées de manière inclinée, en épi ou en arêtes de poisson. Il s'était assis en tailleur à-même les dalles noires du sol, et pas un de ses muscles n'avait bougé jusqu'à l'heure de sexte où son compagnon affamé et las, était venu le tirer par la manche. Il se sentit alors comme fondu dans la muraille, pierre parmi les pierres, aussi froid qu'elles, mais, comme il s'y attendait, aussi perplexe que la veille.

Quel pouvait bien être l'enseignement de l'Opus ? Pourquoi Pélages y voyait-il la Voie ? Pourquoi cette technique qui ne semble avoir été employée que dans les établissements religieux de cette région et seulement deux ou trois siècles, avait-elle été brutalement et définitivement délaissée sous le règne de Charles-le-Grand ou peu après ?

Et par quelle vertu serait-elle la clef de l'Œuvre ?

Après La Jonquière, ils se dirigeraient vers la Mer, prévoyant de demander asile à la cure de Sant Climent Sescebes où ils étaient immanquablement attendus, précédés sans doute et comme à chaque fois depuis leur départ par un courrier véloce et invisible, ce qui à la longue commençait de les irriter. Car, dans ces grandes étendues de l'Ampurdan aux rares masias et semées de troupeaux de vaches faméliques, ils ne se sentaient point libres mais comme forcément invités, aussi sûrement menés d'un endroit à l'autre et sans écart possible que bovins au licol, de l'étable au pré. De Prato, qui n'avait jamais connu que les aimables collines du Minervois plantées de vignes de bas en haut, s'étonnait de ne point voir ces interminables rangées de ceps qui comblaient encore le paysage au sud des Corbières, car le terroir et les conditions climatiques lui semblaient parfaitement idoines à cette culture, mais Jordi lui avait fait valoir que peu ou prou la contrée se trouvait encore sarrazine, en tout cas qu'elle l'avait si longtemps été que le vin n'y serait pas produit sans doute avant des siècles.

Sant Climent effacé, l'itinéraire tracé par Pélages devait les mener à Sant Quirze de Colera mais de Prato décidément excédé, décida soudain de se diriger vers le Cap de Creus, vers Sant Pere de Rodes dont l'histoire lui était connue et qui l'attirait invinciblement. Il pensait aussi rompre de cette façon le fil d'Ariane tendu pour eux par l'abbé et qui l'indisposait à présent.

Ils n'étaient pas seuls, certes, sur les chemins.

Voyageaient ici d'abondance, comme d'ailleurs en Languedoc, par tous les temps et à toute heure du jour et de la nuit, quantité de marchands, brassiers, pélerins, vagabonds déguenillés, estropiés vrais ou feints, filles follieuses par grappes, troubadours hilares et pieds poudreux de toutes sortes et de tous acabits dont parfois il convenait de se méfier. Si tous ces gens ne s'agrégeaient pas volontiers, ils veillaient souvent par prudence bien comprise mais sans illusion, à demeurer les uns des autres à portée de voix, sachant toutefois qu'en cas d'agression ils avaient peu de chance d'obtenir assistance de ceux qui les précédaient ou suivaient dans la poussière de la sente.

Parfois, mais fort rarement, les deux hommes marchaient un bon moment en compagnie de colporteurs volubiles quoique chargés comme des baudets, fatalistes mais pleins d'espoir qui, en parlant de tout et de rien, roulaient en tous sens leurs yeux inquiets et disaient invariablement s'en remettre à leur bonne étoile pour avaler sans encombres les quelques lieues qui les séparaient du prochain bourg. Ils portaient au cou, pendue à un cordon, une sorte d'amulette censée représenter leur saint patron, ou une grossière image de Notre Dame dans un petit sac de toile. Ils n'étaient pas armés et chacun le savait, de sorte qu'il était facile et en tout cas peu risqué de les dévaliser. Leur charge valait peu ; la subsistance peut-être de quelques jours. Aussi reprenaient-ils la route après l'assaut, se frottant les membres et haussant les épaules, et en remerciant le ciel de leur avoir conservé et point trop tuméfiée, la tête sur lesquelles elle reposait. S'ils voyageaient sans armes, c'est naturellement qu'un coutelas à la hanche eût amené les agresseurs à user des leurs, et qu'ils considéraient que le jeu n'en valait pas la chandelle ; ils n'avaient en fait au monde outre leur balluchon que leur vie, et leur seul souci n'était que de se remplir honnêtement la panse quelques jours dans la semaine.

D'autres quidams qui hantaient désormais aussi la campagne étaient plus inquiétants et ce n'était point leur habit religieux qui les rendait aimables, surtout lorsqu'il était pie : le blanc et le noir caractérisaient certainement les Frères de Dominique, et ceux-là à tous les coups et depuis fort longtemps faisaient trembler tout un chacun. C'est, comme n'avait cessé de le dire de Prato, qu'ils pérégrinaient toujours avec fréquence dans les régions Occitanes et Catalanes, le cou mobile du gallinacée et le regard aigu et scrutateur, pieds nus, secs et roides comme ces statues faméliques plaquées le doigt levé sur le trumeau des églises.

De Prato en avait rencontré plus d'un à l'abbaye de Caunes car nombreux ils composaient l'escorte ordinaire de l'inquisiteur dans tous ses déplacements. Jordi au contraire ne les connaissait que de réputation n'en ayant curieusement croisé aucun depuis le début de son périple ; aussi fut-il ostensiblement troublé lorsqu'un soir dans une taverne de Garriguella l'un d'eux qu'il n'avait pas vu venir avait brutalement abattu sa main sur sa nuque. Le malaise du jeune homme n'avait pu échapper au Frère Prêcheur qui arbora dès lors un large sourire, découvrant ainsi les dents aiguës du chien qu'il était.

– Le bonjour, fils. Que la grâce du Seigneur soit avec toi et ton compagnon !

Jordi demeura lamentablement muet, cherchant ses mots. De Prato ne cilla pas, mais il pensa qu'il fallait répondre, et vite.

– Que sa bénédiction vous protège, Frère, vous et les saints hommes qui vous entourent...

Le dominicain ne détacha pas pour autant son regard de Jordi ni ne desserra son étreinte.

– Voilà qui est aimable... et toi, petit, serais-tu aphone ?

De Prato ne pouvait plus rien. Soulagé, il entendit son compagnon répondre à son tour, d'une voix malgré tout assez ferme et presque enjouée :

– Que non, Seigneur. Le fait est que votre manière abrupte de m'interpeller m'a laissé coi et presque sans souffle. Convenez que votre bonjour est rude comme une taloche de mon père ou l'adoubement d'un chevalier !

Il parvint à dire ceci dans un large sourire, et l'autre sembla se détendre un peu. De Prato aussi, qui souffla entre ses dents.

– Mes frères et moi ne nous présentons pas... serait-ce utile ?

– Votre question porte en elle sa réponse, aussi bien que l'œil est enchâssé dans son orbite... dit doucement le régisseur, le nez baissé, en signe de déférence.

– Mais toi, le boîteux, qui es-tu ? Ta volubilité m'intrigue...

– Elle ne le doit pas, Frère, si vous songez que je suis Béranger de Prato, secrétaire particulier de Pierre IV Pélages, abbé de Caunes dans le lointain Minervois. Voici mes lettres...

Frère Imbert lacha lentement le col de Jordi et prit les documents, qu'il examina longuement. Sa stature n'avait rien à envier à celle de Béranger, mais il était bien plus large d'épaules et sa face aplatie, blême et vérolée, effrayait. Les cinq dominicains qui l'accompagnaient se tenaient prêts à tout et ceci se notait au raidissement soudain de leurs membres. Ceux-là étaient des chasseurs et c'était net. Ils venaient de la Seu d'Urgell, missionnés sans doute dans cette région par l'inquisiteur de Pamiers qui se piquait, au mépris des juridictions établies, de régenter en leur entier les terres Occitanes et les Marches d'Espagne.

– Ces babillards me semblent francs, lâcha-t-il enfin avec quelque mépris, mais tu me parais bien capable d'en fabriquer de toutes pièces de plus convaincants encore…

– Dans ces conditions, frère, retournons donc ensemble à Caunes que mon compagnon et moi avons quittée depuis de longues semaines, envoyés par notre maître auprès de son ami cher l'abbé de Sant Pere de Rodes tout proche. Ceci néanmoins serait fâcheux, convenez-en, car déjà dans notre voyage nous nous sommes considérablement attardés, les rencontres inopinées comme celle-ci et qu'exige évidemment la sûreté de Notre Mère la Sainte Eglise n'ayant point été rares…

– Et que ferez-vous à Rodes ?…

– Ce n'est point un secret. Il nous est ordonné, à ce jeune ici présent qui est Aragonais et me servira d'interprète, et à moi-même qui sais latin et vernaculaire, de prendre connaissance de certains titres attestant paraît-il des possessions des Comtes de Barcelone en Minervois, terres qu'ils disputent âprement à l'abbaye de Caunes.

Frère Imbert s'emporta un peu.

– Quand donc cesseront les abbés de ces territoires toujours infestés d'hérétiques de chicaner à propos de misérables vignes et vergers alors que la Bête sévit encore et déverse sa bave immonde jusqu'au pied de leurs murs ?

De Prato affecta de regarder les poutres noires du plafond de l'auberge comme pour invoquer le Ciel, et ne dit mot. Jordi déglutissait douloureusement.

Le dominicain sembla toutefois plus amène.

– Mais laissons cela, mes amis. A ceci, pas plus que moi vous ne pouvez rien. Quant à nous, nous ne faisons que notre office et avec la belle ardeur croyez-le, qui animait jadis Dominique lui-même et ses premiers frères sur lesquels crachait sans vergogne la populace acquise aux Cathares...

Son regard de prédateur tomba sur la table à laquelle étaient installés les deux jeunes hommes.

– Voilà un bien maigre repas, qui ne sied guère à de solides gaillards qui viennent à marches forcées du Minervois... Des légumes bouillis, des olives, du pain et un cruchon de vin... Seriez-vous courts de ressources ?

– Que nenni, crut bon de répondre Jordi. Le Père abbé a correctement pourvu à nos dépenses, à vous nous pouvons le dire sans crainte. Il se trouve que chaque matin nous nous levons tôt et qu'une laborieuse digestion nous desservirait. Béranger et moi préférons faire bonne chère au milieu de la journée.

– Excellente hygiène... que les Cathares d'ailleurs, qui étaient il faut bien le dire d'infatigables prédicateurs observaient strictement, tout en la durcissant encore puisqu'ils s'abstenaient de toute nourriture carnée, quelles que fussent les circonstances...

Nous-y voilà, pensa de Prato.

– Excellente hygiène à laquelle il vous faudra pourtant aujourd'hui déroger, car mes frères et moi qui, Dieu merci tenons ce soir bonne table, vous y invitons avec plaisir...

– Mais...

– ... et insistance.

Béranger et Jordi, quelques jours plus tard, riaient encore (le premier, comme on le devine, plus discrètement que le second) du bon tour qu'ils avaient joué aux « Chiens de Dieu ».

Car la bonne table n'était point pour tous trop fournie, même s'il y trônait trois bons poulets rôtis. Sous les yeux effarés des religieux, les deux hommes avaient bâfré à s'en faire péter la panse, en s'envoyant entre deux rots de longues rasades de bon vin pourpre du Roussillon. Frère Imbert qui était bilieux et mangeait peu, avait eu l'élégance d'en rire, sous les regards navrés de ses acolytes. Son rire pourtant s'était éteint lorsqu'en se retirant Béranger de Prato, s'essuyant la bouche grasse d'un revers de manche, avait sussuré :

– Ce « coup du poulet », vieux comme la croisade contre les Albigeois, j'en rêvais depuis longtemps. S'il a confondu de nombreux hérétiques, il nous a permis de faire un excellent repas sur le compte de Monseigneur l'inquisiteur de Pamiers, ce qui ne doit pas être si fréquent... Mille fois merci, Messeigneurs... »

Pierre IV Pelages à l'œuvre

Seul, Pélages se sentait des lacunes mais travaillait davantage, en tout cas plus fébrilement. Lui, jamais n'avait pris de notes, se fiant à tort à sa mémoire qui ne faillissait point lorsqu'il s'agissait d'asséner des passages entiers de la Bible à ses auditeurs ébahis et lassés. Mais, alors que le Livre Saint, ingurgité dès l'enfance, se trouvait marqué de façon indélébile au fond de son crâne et s'y était à jamais comme fossilisé, il n'avait jamais pu, sans trop savoir pourquoi synthétiser de manière satisfaisante les préceptes des adeptes qu'il avait recueillis çà et là dans ses lectures passionnées. Lorsqu'il s'était jeté en Alchimie comme on peut indifféremment se précipiter dans le vice ou la vertu et avec la même fougue, il jouissait déjà de la vaste culture générale qui n'est que le viatique indispensable pour entreprendre ce périple semé d'immenses désillusions, de petites joies et de chausse-trappes. Outre le dogme qu'il maîtrisait absolument, il possédait le droit canon et le droit romain, de même que la médecine d'Hippocrate et de Galien et n'ignorait rien d'Aristote, l'ayant lu dans le grec, le latin et même l'arabe. Il croyait fermement servir Dieu et s'en référait souvent sur ce point à la « Turba » où il est dit « Celui dont le dos s'est voûté sur nos livres et qui, fidèle à notre art, ne se laisse pas égarer par des pensées frivoles, celui qui s'est confié à Dieu, a trouvé un royaume qu'il ne perdra qu'avec la mort ». Ceci le ravissait et avait su radicalement gommer sa peur lorsqu'il s'était voici longtemps engagé dans la Voie. D'ailleurs et naturellement, comme il confrontait systématiquement les écrits des adeptes à la Bible, il ajoutait en écho : « Si tu es bien disposé, ne relèveras-tu pas la tête ? Mais si tu n'es pas bien disposé, le péché n'est-il pas à la porte une bête tapie qui te convoite ? Pourras-tu la dominer ? »

Bien disposé, il l'était sans doute. Il ne cherchait certes pas le secret de l'or par la poudre de projection ou tout autre artifice. Il ne voulait pas la puissance, le luxe ou la gloire ; il avait de tout ceci ce qui lui suffisait. Il disait ne désirer que s'approcher du Mystère Divin, s'efforcer de connaître le monde dans sa contexture intérieure, et tant mieux s'il aboutissait enfin, s'il pouvait faire l'admiration de ses « Frères des abbayes » et... prolonger quelque peu ses jours.

Sans doute était-il de la lignée de ces adeptes qui, d'Egypte, de Babylone ou d'Iran avaient naguère véhiculé les saints préceptes de Hermès le Trismégiste, trois fois grand car grand prêtre, grand roi et grand philosophe, scribe d'Osiris, et qui s'étaient ostensiblement détournés des fastes du siècle auxquels ils pouvaient aisément accéder pour se consacrer à la seule étude des forces vives de la nature. C'est d'ailleurs en examinant le monde, en humant l'air du petit matin, en distillant la rosée de mai et en interrogeant les astres qu'il avait commencé ainsi qu'on le lui avait conseillé à Rome lors de son périple initiatique. Et même s'il travaillait aujourd'hui des matières complexes, même si son modus operandi pouvait sembler obscur à force d'expériences croisées, complémentaires ou contradictoires, il ne quittait jamais son laboratoire le soir, sans réciter à haute voix ce passage de l'enseignement de Albert le Grand :

« Toute sagesse vient de Dieu notre Père ; il la possède de toute éternité. Celui qui aime la sagesse doit la rechercher auprès de Dieu et la recevoir de Dieu, car Il est la grandeur et la profondeur de toute science et le trésor de toute sagesse. »

La sapience pour lui, était tout simplement le souffle de Dieu. Peu de ses moines toutefois qui immanquablement le savaient occupé à ses cornues et creusets, connaissaient la singularité de sa foi. Sans doute ne l'eussent-ils compris, et en ces temps troublés par l'hérésie et la suspicion qu'elle engendrait dans toute la société ses travaux étalés au grand jour eussent-ils été pour lui des plus périlleux, quels que fussent son entre-gent et l'étroitesse de son commerce avec l'inquisiteur. Les Dominicains et leurs sbires, nombreux et fouineurs pourtant, l'angoissaient moins que celui qui furetait dans l'abbaye, qu'il n'avait pu identifier ni même efficacement piéger et qui, il le sentait bien, scrutait avec exactitude l'avancée indéniable ces derniers jours de ses recherches.

Depuis le départ de de Prato qu'il avait précipité, il s'était littéralement barricadé dans son antre, laissant décidément à Guilhem de Russol qui en bavait d'aise la conduite intégrale de l'abbaye, de matines à complies. Il se faisait apporter les trois repas de la journée au laboratoire, n'entrebaîllant la porte que de quelques pouces pour happer les plats et cruches et les redéposer bientôt presque en l'état, à-même le sol du couloir. Confiné dans l'ambiance glauque de ses coctions et fumigations et négligeant l'hygiène la plus élémentaire, il se sentait au soir puer l'ours à dix pas et courait avant le coucher aux latrines et aux étuves comme un prisonnier juste libéré du cachot. Fébrile, anxieux d'aboutir au plus vite avant de ne plus pouvoir ni savoir avancer, il en était venu ainsi à s'affranchir de toute prudence ; il ne présidait plus aux cérémonies et ne recevait plus les quelques personnages pourtant incontournables de passage, lesquels ne manquaient pas à présent de s'étonner ouvertement de son étrange attitude. Dérangé certes dans son esprit, il avait néanmoins conservé suffisamment d'acuité pour se résigner à laisser croire qu'il sombrait lentement dans la démence pour qu'enfin on le laissât tranquille. Ses travaux et leur aboutissement l'importaient désormais plus que tout au monde. Il savait que même fou ou présumé tel il ne risquait pas la destitution et par ailleurs ne se croyait pas vraiment indispensable à l'abbaye qui fonctionnerait il est vrai de toutes façons, appuyée sur ses rites et ses habitudes séculaires.

Il se remit à l'étude de Burraburiash qui fut roi de Babylone plus de mille ans avant Notre Seigneur et qui, ayant suivi lui-même avec bonheur les Egyptiens, avait enseigné aux arabes l'art de séparer l'or de l'argent qui l'accompagne souvent en son état naturel. Burraburiash utilisait comme Pélages aujourd'hui, l'adjonction de substances minérales qui contenaient du souffre. Le souffre se combinant avec l'argent donnait un sulfure très fluide qui, passant au travers des pores de matériaux réfractaires, ne laissait subsister que l'or. Ce procédé appelé coupellation, n'apportait certes rien de concret au propos de l'abbé, mais prouvait le sérieux de l'adepte et sa capacité à éprouver l'or. Et au stade actuel, Pélages produisait précisément des matières jamais encore obtenues, qu'il lui fallait définir avec exactitude.

C'est dans des ouvrages espagnols qu'il avait découvert les préceptes du roi de Babylone. L'Espagne en effet, aujourd'hui encore riche en manuscrits, exerçait un attrait tout particulier sur les alchimistes et constituait souvent la source privilégiée de leur savoir. Les Arabes dans leur fuite récente avaient laissé leurs écoles et souvent leurs enseignants aux chrétiens, comme à Tolède ou à Salamanque. Leurs savants étaient tout naturellement adeptes et étudiaient l'œuvre en toute quiétude, comme une discipline en rien démoniaque aux yeux du Prophète. Il s'agissait pour eux, indifféremment et presque banalement, de réaliser des placages métalliques, de distiller les alcools, d'élaborer des parfums et des remèdes, de concocter des confitures et accessoirement... de faire de l'or. Les chercheurs lombards ou occitans, ébahis, les avaient souvent cotoyés sur le chemin de Compostelle et leur savoir négligemment étalé les avait laissés pantois, comme l'était demeuré Pélages lors de son pèlerinage en Galice vingt ans plus tôt. N'avait-il notamment appris à cette occasion que le « compostum » est l'étoile qui se forme à la surface du creuset lors d'une des premières opérations du Grand Œuvre ?

A ce stade de sa lecture, Bernardin-François qui souffrait depuis son plus jeune âge de légers maux d'estomac s'était fait servir un gros bol de lait de brebis. Tandis qu'il le savourait, plutôt d'ailleurs comme coupe-faim qu'à titre de remède, son regard s'était égaré sur les étagères dangereusement chargées de sa bibliothèque de sapin rouge.

L'Alchimie...

Ce n'est pas qu'il en riait. Cette « pratique » qu'il ne savait pas bien qualifier, n'était-elle dans l'air du temps ? Ce qu'il en avait lu l'avait laissé sur sa faim, mais il devait bien reconnaître qu'il n'avait point véritablement approfondi le sujet, ayant depuis longtemps en matière d'étrangetés d'autres chats à fouetter... En tout cas ne pouvait il ignorer ce qu'on en colportait dans les salons, des plus huppés aux moins courus, chez les érudits clercs ou lais et même à l'Université. Ainsi se re-mémorait-t-il sans effort la fameuse « Affaire Helvetius » qui avait su mettre la Cour en émoi alors que depuis des lustres rien ne semblait plus la dérider.

Un abbé alchimiste, au fin-fond du Languedoc encore albigeois, secondé par un étrange boîteux aux yeux gris, en tout cas, n'avait rien encore pour l'étonner. Tout ceci commençait pour lui comme une nouvelle assez plaisante pour collégien crédule ou mieux, assoiffé de merveilleux. Lui aussi, et il n'en concevait point honte, en dépit de son âge et de son érudition aimait assez ce genre d'ouvrage.

Il se cala plus confortablement encore dans son fauteuil à haut dossier et reprit sa lecture avec quelque avidité.

De toute façon, Pomponne qui était de notoriété publique la gravité-même, ce que son visage toujours chiffonné et blafard ne dissimulait point, ne pouvait lui avoir mis entre les mains un recueil de billevesées.

Tout en soutenant d'une main le lourd grimoire de Burraburiash qu'il avait à grand'peine descendu de l'étagère, Pélages surveillait l'aludel, son petit vaisseau sublimatoire en verre épais, naturellement dépourvu de pores et duquel en conséquence les esprits ne pouvaient s'échapper. Il ne négligeait pas non plus son fameux four à sublimation, laborieusement fabriqué avec de Prato, souventes fois brisé comme inefficace et reconstruit rageusement et sans méthode jusqu'à ce que le grand Geber lui-même vienne à travers les siècles à leur secours dans un de ses écrits les plus lumineux, déniché providentiellement à Tarragone par un des « Frères des abbayes » :

« Le four doit comporter au sommet une ouverture suffisante pour recevoir le récipient à sublimation. Tous les joints doivent être renforcés avec la terre glaise afin d'empêcher les retours de flamme. Mais il faut percer dans le haut quatre petites fenêtres qu'on puisse ouvrir ou fermer si besoin est, et par lesquelles on puisse tisonner le charbon. Il faut aussi quatre autres ouvertures dans les parois par où on puisse recharger le poêle et enfin six ou huit ouvertures de la grandeur d'un petit doigt qu'on laisse toujours ouvertes et par où s'échappe la fumée. Les trous sont placés au point de rencontre du mur et du toit du poêle. Le four doit donner une grande chaleur. Ses parois doivent être hautes de deux aunes. Au milieu, il doit y avoir une grille avec beaucoup de petits trous et solidement assujettie avec de la terre glaise. Les trous sont étroits vers le haut, plus grands vers le bas, de façon que les cendres et les scories puissent facilement tomber. Ils facilitent ainsi la circulation de l'air frais. »

Indéniablement il avait avancé, et ceci le rendait fébrile.

Jamais il n'avait obtenu de si tangibles marques de frémissement de l'œuvre. Le « compustum », il l'avait dépassé depuis longtemps et en vibrait encore, comme juste après les rares orgasmes qu'il avait connus avec les putains de Rome et plus tard certaines matrones de Olonzac où il avait un temps discrètement établi ses habitudes. Ce signe avait été déterminant alors que peut-être il s'abandonnait au doute, bien que chaque matin au lever, mais presque machinalement, il avait coutume de clamer à voix haute, tant pour s'éveiller que pour entretenir son hygiène mentale :

« Car je vous le dis en vérité : si vous avez de la foi comme un grain de sénevé, vous direz à cette montagne : déplace-toi d'ici à là, et elle se déplacera, et rien ne vous sera impossible... »

Après la vision univoque du « compustum », il avait repris posément les huit opérations du modus operandi, seul ou aidé de de Prato qui, lui semblait-il et cela ne laissait de le navrer tant ceci était irrationnel, était un élément essentiel de l'Œuvre. En effet, son « disciple », tout en affectant à tout moment un scepticisme narquois, travaillait les matières avec une telle dextérité et une telle sensibilité intuitive que toute démarche, même hasardeuse, entreprise en sa présence portait son fruit.

Après avoir passé la sublimation et la descension, la distillation qu'il maîtrisait à présent parfaitement, puis la calcination, il avait à nouveau entrepris dans ses cornues la précieuse distillation sans laquelle la coagulation ne se peut envisager. Dans sa hâte lors de ses précédentes expériences, il lui semblait avoir négligé ce stade et s'y appliquait désormais avec maniérisme, y consacrant à présent un temps infini, exagéré il le sentait bien, conscient qu'il était que sa fallacieuse perception du temps l'avait toujours desservi.

Pourtant, sur ce point aussi les adeptes s'étaient montrés charitables et n'avaient point ménagé leur conseils, depuis le philosophe Morien qui conseillait de commencer le travail quand le soleil est sous le signe du Bélier au début du printemps, en passant par Geber qui prétendait que tous les phénomènes de la nature sont influencés par la révolution des planètes et par leur position dans le ciel, et jusqu'à Albert le Grand dont on n'avait que l'enseignement oral et par là-même sujet à caution, et qui prétendait distinguer deux sortes d'heures, l'égale et l'inégale. « L'égale, disait-il, est celle que l'on appelle d'horloge puisqu'elle est toujours semblable et de même durée, l'inégale se prend à mesure que les jours augmentent ou diminuent car les astrologues regardent le temps auquel le soleil est sur l'horizon, qu'ils appellent le jour, et celui auquel il n'y est pas et appelé la nuit ; de plus, ils partagent le jour en douze parties égales qui sont les heures et tout ce que l'on dit du jour doit aussi s'entendre de la nuit, quoique d'une manière tout opposée et contraire. »

Certes, ils se méfiait un peu de Albert, précisément parce que jamais il n'avait pu lire aucun de ses écrits. Ce qu'il en savait lui avait été dévoilé par « les Frères » qui avaient prétendument reçu son enseignement à Paris et avaient cru bon de le lui transmettre puisqu'il était sans doute le meilleur et le plus avancé de tous dans le Magistère. Toutefois en tout état de cause, par prudence, et comme le conseillait le Docteur Parisien, il travaillait plus volontiers le samedi dominé par Saturne qui règne sur la Science, et le mercredi sous l'influence de Mercure qui régit la santé et les maladies, et en tout cas jamais le jeudi, jour de Jupiter, propice aux richesses et peut-être à la luxure.

Il ne négligeait en fait aucun auteur et les suivait tous, dans la mesure où ils ne se contredisaient point trop fortement, mais revenait immanquablement à son maître Geber qui pour lui, avait eu le mérite de clore le débat en affirmant qu'il suffit de provoquer l'action créatrice de la nature et que si l'expérience est bien conduite, la transmutation s'accomplit avec les lois de la nature sans que les hommes aient besoin de s'occuper de la position des astres : « … de même si nous recherchons pour quelles raisons les vers se développent sur une charogne nous ne pensons pas que la position des astres puisse avoir une influence sur ce phénomène. Nous pensons simplement que les vers se développent sous l'influence de l'air et des autres causes de la putréfaction. La nature seule sait de quelle constellation s'aider pour arriver à ses fins… »

La nature... C'est qu'il l'avait étudiée. Dans les livres certes, il n'en manquait point on l'a vu ; ils étaient de toutes sortes, profanes ou religieux, approuvés ou non par l'Inquisition, Arabes, Araméens, faits de parchemin ou de peau d'agneau, riches ou mités, édifiants ou sulfureux. Dans les cieux aussi car il était féru d'astronomie et suivait en cela les maîtres de l'ancienne Egypte, dans ses manifestations les plus étranges enfin comme les éruptions volcaniques dont il se délectait des narrations antiques ou modernes, ou les pluies rouges qui souvent tombaient sur le Minervois en provoquant l'effroi des plus simples. A ce stade de ses travaux il n'ignorait plus rien des éléments de base des métaux qui sont le soufre, l'arsenic et le mercure, et des métaux eux-mêmes, or, argent, étain, cuivre et fer et dont, comme Geber naturellement il excluait le mercure puisqu' « il ne peut être travaillé au marteau ». Dans Platon, il avait lu que la nature n'est qu'un échange continu : le feu se condense en air, qui, sous forme de pluie et de rosée se condense en eau, et l'air en se solidifiant devient terre. Platon disait que le Grand Œuvre, la transmutation des métaux, se produit continuellement dans la nature et de Prato (comment l'avait-il su ?) lui avait appris, en haussant les épaules, que cinq siècles avant Notre Seigneur, Empédocle d'Agrigente le proclamait déjà haut et fort.

Les esprits ensuite, vif-argent, soufre, orpiment, arsenic, sel amoniac , il les avait éprouvés, l'un après l'autre et en connaissait les propriétés. Puis vinrent dans son étude les sels communs, alcali, tartre, vert de gris, azur de cuivre, céruse et minium et ensuite encore les corps volatils qui sont le mercure, le soufre, les sulfures, le réalgor. Il avait compris, sans d'ailleurs qu'on lui enseignât, mais par l'expérimentation, que l'orpiment et l'arsenic sont à la fois esprit et corps volatils.

La nature… Qu'avait-elle encore pour lui de secret sinon le plus Grand, l'Ineffable ?

Et celui-là, le conserverait-elle, s'il pouvait enfin entrer dans le sillage de Pierre Isarn ?

Cette nuit, « il » était venu, comme chaque fois à présent. En témoignaient les cheveux sectionnés demeurés collés de part et d'autre du chambranle. Pélages n'avait pas trouvé mieux pour piéger l'espion mais ce procédé puéril était bien suffisant et les preuves de son efficacité le glaçaient d'effroi tout en l'emplissant de rage. Bien sûr « il » possédait une clef, bien entendu il était l'un de ses moines, et sans aucun doute il ne reculerait devant rien pour parvenir à ses fins. Mais que faire ? Impossible de veiller nuit et jour devant l'athanor et d'ailleurs il n'en avait ni la force ni le courage. Impossible naturellement de s'ouvrir à quiconque ; de Prato s'était moqué, les autres pourraient bien le recommander à l'inquisiteur… Impensable de vider les lieux ; à ce stade de ses travaux, rien ne se transporterait plus, ni discrètement ni sans dommages. Alors il affectait de mener son espion sur de fausses pistes, laissant traîner sur son siège ou sur le coin d'un meuble des notes griffonnées de signes cabalistiques, des formules séduisantes et plausibles, ou en omettant de vider un creuset de telle matière visqueuse et malodorante aux reflets incertains.

Mais il le sentait bien, il ne le trompait pas. Celui-là qui l'espionnait de si près en savait autant que lui, ou presque. Depuis peu il visitait chaque nuit son antre, et s'il le faisait à présent, ce n'était pas sans raisons. Car lui, Pierre IV Pélagos, dit Pélages, abbé de Caunes en Minervois, avait, dans le silence de son laboratoire à la jubilation de tout son être, voici six semaines ou un peu plus, juste après le départ de de Prato qui donc en ignorait tout, obtenu la Teinture Blanche. Et d'un clou vulgaire, émoussé et déjà rouillé qui peut être était destiné au fer d'une de ses mules, trempé et chauffé dans la teinture, il avait obtenu une petite masse dense et lourde, brillante et grise comme un trait de lune qu'il avait vite éprouvée et qu'il avait reconnue comme étant d'argent le plus pur.

Enfin. Enfin un signe. Certes, il n'était pas parvenu à ce stade sans avoir obtenu quelques succès, mais dans des opérations déjà abondamment décrites avant lui. Par exemple, voici deux ans ou peu s'en faut, en plongeant une once de fer dans une solution saline de cuivre, il avait provoqué pour la première fois une précipitation et transmuté le fer en cuivre ; certes, plus récemment, en utilisant le fameux Kenotakis de Marie-la-Juive qui est un récipient fermé où l'on expose des métaux réduits en minces feuilles à l'action de la vapeur, il avait observé comme une mixtion, inexplicable, des corps. Mais jamais encore il n'avait pu s'approcher ainsi de l'Œuvre, se hisser à la dernière marche, obtenir le symbole lunaire. Son premier mouvement fut de hurler sa joie au monastère, à Caunes, au Minervois et au monde entier enfin, mais il sut se reprendre car comme disent les Ecritures « tout homme qui s'élève sera abaissé mais celui qui s'abaisse sera élevé » et Pélages, dès lors ne rêvait plus, comme jamais, que d'ascension.

Le petit « clou » d'argent, il ne le trouvait plus. Il aurait pourtant juré l'avoir glissé dans une poche de sa bure. Mais peu importe, il l'avait vu, soupesé, mordu, et poli à satiété. Il n'en avait nul besoin et en ferait aisément d'autres et de plus lourds s'il le fallait. Cette étape était passée et loin déjà, et sa fièvre grandissait.

C'était bien de fièvre qu'il souffrait à présent. C'était comme si son être entier avait été jeté dans l'athanor avec les matières nobles et brutes et en éprouvait le feu. Il en rageait mais il le sentait bien, sa récente découverte lui avait tourné la cervelle et même s'il tentait de se rasséréner, il peinait depuis à se concentrer et à reprendre les rênes de son esprit. Comme agacé et confus de l'être, il mit fin assez abruptement à la distillation en cours, s'assura comme à chaque fois de l'extinction de ses fours et quitta son laboratoire sans autres précautions car il était jour, que de fermer l'huis à double tour.

Quand même, ce clou d'argent, cette preuve certaine de son succès, il lui faudrait le retrouver... Non qu'il pût songer un instant avoir rêvé ! Cette perte l'agaçait, voilà tout. Au fait, quel jour de la semaine avait-il réussi cette transmutation ? Car ceci avait certes son importance. Il pensait bien avoir commencé la Teinture Blanche au sixième jour de la lune qui comme chacun sait est un jour heureux pour toutes choses. Albert le Grand ne prétend-il qu'alors « les étudiants profitent beaucoup dans les sciences, que les songes que l'on fait ce jour-là doivent être tenus secrets et que les enfants qui naissent ce jour auront longue vie » ?

Il chercha dans son vêtement une autre clef et monta à la cellule de Béranger de Prato. Là, sans hésiter, il s'empara rapidement du gros volume que consultait souvent son acolyte, s'installa à l'écritoire, ouvrit l'ouvrage presque immédiatement à la page qu'il désirait et qu'il connaissait si bien, et lut à voix basse :

« Au nom du Père, du Fils et du Saint Esprit, ainsi soit-il.

Nous, Frère Amaury, par permission divine ayant licence spéciale du Révérend Père en Dieu, Pierre, évêque de Carcassonne et son remplaçant en ces lieux, jour et heure, dans son diocèse et nous, Frère Pons de Cazilhac, de l'Ordre des Frères Prêcheurs, inquisiteur de la dépravation hérétique dans le royaume de France, député de l'autorité apostolique résidant à Carcassonne pour les recherches de tous les infectés et suspects du venin hérétique, nous avons trouvé et il nous est démontré que vous, Pierre Isarn appartenant de façon sûre à la secte des hérétiques et prétendant à tous vents mener vie exemplaire tout en professant que votre sus-dite secte est salutaire et que tout être humain peut se sauver par elle, en faisant remarquer que notre Saint-Père le pape et les prélats de la Sainte Eglise sont des mécréants, en réprouvant notre foi catholique et tous ceux qui la conservent, en voulant donner aide et protection à tous vos affidés ainsi que le tout est attesté par deux témoins requis en jugement ; que pour prévenir les faits ci-dessus mentionnés vous avez été averti, prié, supplié et exhorté à plusieurs jours d'intervalle de prêter serment de vérité sur la foi et le fait d'hérésie, que vous avez refusé de prêter ledit serment et que vous refusez encore de le prêter, avec opiniâtreté comme impénitent et hérétique.

C'est pourquoi nous, évêque et inquisiteur sus-dits, après avoir pris l'avis de beaucoup d'hommes de bien, tant religieux que séculiers, versés dans l'un et l'autre droit, ayant Dieu seul devant nos yeux, nous vous prononçons et déclarons criminel, fauteur et protecteur d'hérésie, comme hérétique impénitent. Et comme l'Eglise n'a que faire d'un hérétique comme vous, nous vous abandonnons à la cour séculière, en priant néanmoins cette cour d'une manière instante comme le recommandent les sanctions canoniques, que l'on vous conserve la vie et les membres sans péril de mort. »

Ceci remontait à quelque soixante ans.

Pour la première fois, et alors qu'il ne s'était depuis passé de mois sans qu'il relise en secret cette sentence, Pierre IV Pélages, dit « La Bible » sentit une larme couler sur sa joue. Il en demeura longtemps étonné, et s'entendit murmurer :

« Tu peux manger de tous les arbres du jardin. Mais de l'arbre de la connaissance du Bien et du Mal tu ne mangeras pas, car, le jour où tu en mangeras, tu seras passible de mort. »

Il s'affaissa un peu, posa sa tête dans le creux de ses bras croisés sur la table blonde et, chose rare, s'assoupit.

Le soleil écrasait Caunes et la plaine alentour.

L'abbaye, certes, souffrait moins de la canicule qui s'était abattue sur la région tout entière depuis le début de l'été. Ses murs épais faisaient aisément échec aux ardeurs du soleil et la trentaine de frères, entre none et vêpres, vaquait mais sans hâte à ses occupations, qui pétrissant le pain, qui rangeant le cellier ou soignant la vigne vierge qui grimpait derrière le chevet. Il ne leur était pas coutumier d'établir de longues conversations, même s'ils n'en étaient pas empêchés ; c'était souvent des hommes taciturnes, quelquefois même sauvages, qui se délectaient de leur solitude et affectaient de la défendre farouchement dès qu'on tentait de les approcher, ce qui ne se pouvait du reste qu'à l'extérieur de l'édifice où les appelaient parfois certaines de leurs fonctions. Guilhem-la-Soga, dans cette frèrerie faisait tache, désormais constamment réjoui, guilleret et facétieux, certes méprisé de tous les moines mais fort cordialement accueilli dans les tavernes avoisinantes où l'on se payait le luxe de dégoiser à l'envi devant l'un d'eux, tout ce qui le vin aidant venait à l'esprit à propos de ces gras bénédictins qui ne faisaient que se repaître des richesses du pays en ne laissant que quelques miettes à ceux qui chaque jour, à la sueur de leur front, avaient à le mettre en valeur.

Certes, les moines de l'abbaye, on ne les aimait pas. On n'aimait pas non plus la grêle qui hache la vigne ou la maladie qui la tache et la brûle, la sécheresse qui crevasse la terre ou le gel qui fait gémir les oliviers. On n'aimait pas aussi les loups, encore nombreux dans la plaine, les sangliers au groin ravageur qui divaguaient dès le début de l'automne au pied de la Montagne Noire, ou les fourmis volantes les soirs de marin. On ne les aimait pas, mais comme tout ceci, tous ces maux graves ou bénins que Dieu ou le diable avaient versés sur la terre, on les supportait.

Eux le savaient, naturellement. C'était ainsi partout, de Fonfroide à Lagrasse, de Saint Hilaire à Saint Papoul, et sans doute bien au-delà, dans toutes ces contrées chrétiennes qu'ils ne connaissaient pas et dont peut-être, il n'avaient jamais entendu le nom. Cette animosité, ils la mettaient hâtivement sur le compte des hérétiques qui avaient infesté naguère le pays, qu'à ce qu'il semblait, le peuple avait adulés et que leurs prédécesseurs n'avaient pu que réduire en cendres parce que Rome en avait décidé ainsi. Au vrai, ils n'avaient jamais vu de Cathares ; il n'en existait plus depuis de nombreuses années et leur doctrine n'était pas certes de celles qu'on enseigne ni se remémore. Ils rêvaient des temps d'avant la Croisade où à ce que l'on prétendait tout moine était traité partout comme un seigneur auquel on offrait avec déférence le meilleur de son courtil ou de sa basse-cour, sans barguigner parce que c'était tout simplement un honneur que de le servir. A présent, ils rasaient les murs même s'ils ne se sentaient pas vraiment menacés. En tout cas n'entretenaient-ils aucune sorte de commerce avec la populace et vivaient-ils pour de bon quasiment cloîtrés, ce qui valait mieux pour tout le monde. La vocation des plus jeunes était des plus douteuses car le clergé séculier ou régulier, par qui tout le mal était arrivé, était demeuré dans l'esprit de tout Occitan objet de scandale. Ceux qui à présent se donnaient à l'Eglise ne le faisaient certes pas de l'aveu de leur famille ; c'étaient souvent de pauvres hères qui ainsi s'assuraient à vie le gîte et le couvert, des malandrins qui fuyaient l'Inquisition toujours active ou simplement des fainéants de la pire espèce. Ils étaient à Caunes cinq ou six ; l'abbé savait ne pouvoir rien en tirer et ne les sollicitait d'ailleurs en rien, ce qui semblait parfaitement convenable à tous. Les autres peut-être conservaient au fond d'eux-mêmes le sentiment confus d'être des hommes de Dieu, affectaient d'y songer souvent et d'éviter les actions mauvaises, ce qui leur était aisé, sans songer aucunement à œuvrer pour leur prochain, occurrence pour eux bien plus rare. Leur vie glissait benoîtement entre les vieux murs et toute leur énergie était tendue vers un seul but : éviter la sentence souvent rappelée par l'abbé et qui frappait invariablement le pécheur au dernier jour :

« Tu as été pesé dans la balance, et ton poids se trouve en défaut... »

Tous en tout cas lorgnaient l'abbé du coin de l'œil dès que de plus en plus rarement il apparaissait, et s'ils ne dissertaient pas sur le sujet ils n'en pensaient pas moins et s'échangeaient presque involontairement de longs regards entendus et vaguement ironiques. Car si les paysans n'aimaient pas les moines, les moines n'avaient que peu d'affection pour Pélages, sans d'ailleurs se l'expliquer car au fond, il n'était point méchant homme ni même mauvais abbé. Sûrement avait-il trop duré et en était-il venu à lasser. Ils pensaient aussi avec amertume que ses travaux dans la cellule qui surplombait le cloître et dont personne n'ignorait la nature, les auraient immanquablement menés eux, sans atermoiements au « mur strict » de Carcassonne voire directement au bûcher car les hérétiques se raréfiant, les Dominicains se rabattaient à présent fréquemment sur tout ce qui passait pour sentir peu ou prou le soufre. Ils s'imaginaient naturellement que l'inquisiteur ménageait son ami Pélages et le protégeait même pour des raisons qui leur paraissaient plus qu'évidentes. Car enfin, n'était-il immensément riche ? L'abbaye pouvait-elle être, seule, la source inépuisable de ses revenus ? Que faisait donc auprès de lui de Prato qui n'était ni ordonné ni convers mais qui pourtant portait bure et dont les origines, cela se savait, étaient des plus troubles ? Et celui-là, pourquoi avait-il disparu voici quelques semaines sans prendre congé de quiconque, flanqué d'un quidam famélique et inquiétant qui ne baragouinait que dans la langue des Espagnes ?

Un jour, et point trop lointain sans doute, il se découvrirait quelque chose d'énorme dans cette abbaye. Ils s'en délectaient à l'avance tout en tremblant à l'idée qu'on pût les impliquer en quoi que ce soit, bien décidés de toute façon à charger allégrement Pélages de toutes les turpitudes en cas de nécessité.

Le vieux cellérier Guillaume Sicard, après avoir longtemps hésité, était enfin mort et on ne l'avait pas remplacé. Qui l'aurait fait d'ailleurs, puisque l'abbé désormais se désintéressait absolument de la marche du monastère ? Russol n'avait en fait aucun pouvoir même s'il en gémissait, (car Pélages n'avait plus depuis longtemps désigné comme le suggérait la Règle, pour partager son fardeau, ni prieur ni doyen « élus d'après les mérites de leur vie et la sagesse de leur doctrine ») mais rien pourtant n'allait à vau-l'eau car au vrai, chacun connaissait son office qui n'était que d'engranger les denrées et deniers qui convergeaient ici du Minervois entier, transformer et engloutir le périssable, et verser au Trésor ce qui ne pouvait être consommé sur l'heure. Rien ne ressortait du monastère que par les latrines et les fosses à purin. Il n'était qu'un gigantesque réceptacle que le pays alentour avait pour mission de remplir jusqu'à la fin des temps et qui semblait bien être un puits sans fond. Certes, autour de ses murs altiers les gens vivaient, et peut-être ici un peu mieux qu'ailleurs parce que les chemins étaient plus sûrs et les intempéries plus rares. Au surplus, l'abbé, tout féroce en matière de taxes qu'il se présentait était le seul maître, alors que souvent comme dans le Carcassès ou le Lauragais, il convenait d'engraisser une pléthore de chevaliers et de petits seigneurs dont les fiefs se croisaient et se chevauchaient à l'envi, sans qu'on cherchât à y remédier autrement qu'en s'étripant de temps à autre, sans profit pour quiconque et pour le plus grand malheur en tout cas des paysans.

Certes, à Caunes, on pouvait vivre ; on n'en maudissait pas moins les Bénédictins qui, dans leur grande bonté, le permettaient.

Frère Raimon qui, de son couvent de Calstelnaudary était chu à Caunes voici plus de dix ans pour d'obscures raisons qui n'intéressaient personne, officiait aux cuisines. Tout naturellement, il arborait une panse scandaleuse, qui commençait curieusement après l'estomac relativement plat, pour culminer au niveau du sexe qu'elle devait vraisemblablement, mais la bure ne permettait pas d'en juger, repousser sous lui. Il se mouvait dans les cuisines qu'il ne quittait jamais, comme une barrique encombrante que l'on roule sur le cerclage, happant çà et là d'une main encore prompte bien que lestée de doigts boudinés tout ce qui paraissait vaguement comestible, cru ou cuit, pour se l'envoyer au fond du gosier à toute heure du jour et de la nuit. Car, du moins le prétendait-il, il ne dormait jamais, ayant à surveiller sans cesse les victuailles qu'il mettait en œuvre, qu'il considérait comme la seule et véritable richesse du monastère, et qui, si l'on voulait l'entendre et en faisant fi de sa propre consommation, fondaient inexplicablement à vue d'œil. Naturellement il avait désormais aussi la charge du cellier et avait à se garder des assauts sans cesse répétés de La-Soga qui rôdait continuellement autour du caveau les yeux exorbités et la bave aux lèvres, prétextant que son état mélancolique, comme l'avait abondamment établi de Prato, nécessitait une prise régulière de remèdes fortement spiritueux.

Raimon engraissait encore depuis que l'abbé ne fréquentait plus le réfectoire ; et les autres moines aussi. Oubliant toute retenue et par ailleurs libérés de toute contrainte, tous s'empiffraient désormais avec allégresse et application aux deux grands repas du jour, allant quelquefois comme les plus jeunes, jusqu'à rouler sous la grande table commune sans vergogne aucune, hilares et gorgés de vin jusqu'aux yeux. Hugues du Pont qui certes était trop bilieux pour s'abandonner à ces excès, n'en avait cure et se détournait ostensiblement de ce navrant spectacle en avertissant, le doigt pointé vers la voûte, (mais personne ne l'écoutait), que lorsqu'on lui confierait enfin un jour davantage que la conduite des vêpres, plus d'un frère aurait à pleurer toutes les larmes de son corps devant un quignon de pain sec, deux figues et une cruche d'eau claire.

Car depuis les errements caractérisés de l'abbé, insensiblement, mais non sans quelques délicieux remords, le monastère entier avait tout au moins sur ce chapitre jeté la règle de Saint Benoît aux orties sans que ce coupable relâchement fût heureusement perçu hors les murs. Si la cloche s'ébranlait encore à la première heure du jour, on ne se levait plus depuis longtemps pour chanter matines ou vigiles puis se livrer à la méditation et aux laudes avant la première messe. Foin à présent de la lecture dans la salle capitulaire d'un chapitre de la règle que devait commenter l'abbé ! On n'oubliait point naturellement le déjeûner mais on y conversait tout à fait librement. La sieste « d'une heure » prenait ensuite une bonne partie de l'après midi, et si l'on assistait bien encore à l'office des vêpres, on s'allait coucher à l'heure que chacun estimait le plus convenable, non sans avoir pris une autre solide collation. Les frères toutefois, et bien volontiers, entretenaient soigneusement leur « maison », comme vachers ou saisonniers ils l'eussent fait de la grande propriété agricole qui leur assurerait fort convenables gîte et couvert.

Le plus noir de tous sans doute était Trophyme. Scrofuleux, édenté, taveleux, sale et puant, il était soigneusement tenu à l'écart, naturellement à table, mais aussi à la bibliothèque peu fréquentée il est vrai, et même aux offices. A tous ses défauts physiques et à ses navrantes lacunes hygiéniques, il ajoutait l'inconvénient suprême, aux yeux du chapitre entier, d'être de loin le plus cultivé de tous et incorrigiblement enclin à faire étalage de son savoir. On le fuyait ainsi implacablement mais il s'en accommodait si bien que Pélages et lui seul qui avait l'entendement, le suspectait de s'en délecter. Il ne le suspectait pas d'ailleurs que de cela...

Restait Hugues du Pont[1]. Plus racé, plus soigné et plus onctueux ne se prouvait trouver à des lieues à la ronde, dans les Ordres ou dans le Siècle. Il faisait l'unanimité contre lui, car outre ses membres invraisemblablement longs et décharnés et son crâne chauve et oblong de mante religieuse, on lui prêtait des mœurs singulières qui pour n'être pas rares dans les communautés religieuses à ce que l'on savait, n'avaient jamais jusqu'alors été déplorées au monastère. A tort ou à raison, les jeunes moines décelaient immanquablement dans ses propos des double-sens scabreux et dans chacun de ses gestes des manières effeminées et alanguies qui mettaient mal à l'aise. Pourtant, et ceci n'était pas aisé tant il se montrait avec tous scandaleusement et dangereusement affectueux, on s'efforçait de ne pas le rejeter car on le sentait en embuscade, guignant

---

1. On lit dans le MAHUL : « An 1285. Kal, Septembr. Le même jour, l'abbé et la communauté élisent les procureurs chargé de demander la confirmation du nouvel abbé, à Pierre, archevêque de Narbonne, lequel l'accorde le IV des calendes d'octobre de la même année. Trois jours après son élection, Hugues partit pour Rome.

1286. IX. Kal Februar. A son retour, il dressa un réglement concernant le régime de la nourriture du monastère doit voici quelques dispositions curieuses : "Toute personne du monastère recevra chaque jour du cellerier, quatre œufs et une tranche (frustum) de fromage d'une valeur égale à trois tranches d'ancien usage ; sont exceptées les fêtes solennelles et celles à deux chappes, ainsi que les jours où l'on célèbre l'obit de Maître Bernard de Bellin, et autres obits établis ou à établir, lesquels jours, rien ne doit être donné par le cellerier. Afin que la tenue de la communauté soit d'autant plus ré-

sans trop de retenue le siège vraisemblablement bientôt vacant de l'abbé, et l'on ne pouvait ignorer qu'il était bien en selle. En y pensant Russol se tordait de rage, tout en reconnaissant que sa naissance dans une vulgaire métairie de Laure et la conduite éhontée de ses deux sœurs dans les vieux quartiers de Carcassonne, ne plaideraient certes pas le moment venu en sa faveur.

Les autres ne faisaient que graviter autour de Russol, Trophyme, Raimon et Hugues du Pont, attirés tantôt vers l'un, tantôt vers l'autre, supputant leurs chances en cas d'élection et envisageant déjà le meilleur profit à tirer de leurs suffrages. Au vrai, il n'ambitionnaient que demeurer ainsi jusqu'à leur fin, abrités, copieusement nourris, soignés quand il le fallait, à l'abri des murs colossaux de l'abbaye, sans soucis de femmes et d'enfants, éloignés au mieux du vacarme du monde et de ses vicissitudes.

---

gulière au réfectoire, l'abbé veut que les prêtres, qui auparavant étaient dans l'usage de manger avec les simples Frères, mangent désormais avec l'abbé lorsqu'il est présent ou avec les Baylles de la communauté lorsque l'abbé est absent ; lesdits prêtres seront tenus d'assister chaque jour aux Heures, à l'église, avec les Frères. Pendant l'Avent, le Carême, les jours de jeûne, les jours de Quatre-Temps et de Saint Michel jusqu'à l'Avent, il sera donné à chaque individu une tranche suffisante (*congruum frustum*) de poissons frais et salé. A certaines vigiles et d'autres jours où il était d'usage de donner une portion (*frustum*) et demie de poisson, il sera donné désormais deux portions (*frusta*) entières. A la fête de Saint Pierre de Juin où le souper du monastère ne se composait que de cinq fruits (*poma*) il se composera dorénavant, outre lesdits fruits, de ce qui est d'usage dans les autres solemnités.

Il était d'usage, d'après la règle établie autrefois par Raimond, abbé de Saint Papoul, lors visiteur du monastère, que l'abbé eut le quarts des léguats faits à la table du couvent et en outre, double portion lorsqu'il assistait au repas ; Hugues voulant favoriser dans le monastère par tous les moyens que Dieu permet, l'habitude du repas commun au réfectoire avec lecture, concéda son quart et sa double portion à ceux des membres du couvent qui prendraient leur repas en commun et pendant la lecture. Il établit enfin que les vêtements des Frères défunts qui auraient reçu la sépulture ecclésiastique seraient distribués au Chapitre, entre les frères indigens, pour le salut des défunts ». (Gallia christana. VI. Col : 471.E).

Jean Galand, inquisiteur de Carcassonne[1]

« *Carcassonne* »... *pensa rêveur Bernardin-François. L'Oncle Nicolas en parlait disait-on souvent, avec une nostalgie certaine et un respect non dissimulé. Cette ville qu'il avait visitée lors d'un périple dans le Midi et dans des circonstances malheureuses puisque son épouse s'y était alitée pour une fausse-couche, lui avait plu et avait sû le retenir plus que nécessaire alors qu'il n'était certes pas dans sa nature de se fixer ou même de s'extasier sur les charmes des paysages de France...*

---

1. Jean Galand, Inquisiteur de Carcassonne, soutenu par son ami l'Evêque d'Albi Bernard de Castanet (qui fit l'objet en 1307 d'un procès à la Curie pour agissements que l'on qualifierait aujourd'hui de maffieux) initia une grande enquête en 1283 qui aboutit à l'inculpation pour cause d'hérésie ou de collusion avec les hérétiques, de quelque 900 personnes dans le Carcassès. Il s'agissait bien souvent d'ecclésiastiques ou de nobles, ce qui causa un grand émoi dans la région. Il en fut appelé sans trop de succès au Pape Honorius IV, et s'ensuivit même une véritable insurrection fomentée par les Consuls.

Jean Galand fut enfin « révoqué » en 1285, et quitta l'Histoire par la petite porte... Lui succéda Guillaume de Saint-Seine.

L'Inquisition à Carcassonne, siégeait chacun le savait, dans une des tours de l'antique cité des Vicomtes Trencavel. Certes, depuis la Croisade des décennies étaient passées mais cette juridiction autrefois d'exception aujourd'hui pérenne, loin de s'assoupir maintenait ses forces vives et en état d'alerte permanente, s'ingéniant à présent pour justifier son existence, à débusquer le Cathare ou le Vaudois dans les recoins les plus lointains du pays ou même au plus profond des consciences, poussant aussi souvent le zèle jusqu'à prétendre hérétique ce qui n'était qu'interrogation, raisonnement ou simple maladresse. C'est ainsi que croupissaient à présent dans ses geôles, faute de patarins avérés, des matrones volubiles qui avaient jacassé sur le passage du Saint Sacrement, des brassiers qui n'avaient pu justifier trois dimanches de suite leur absence à la messe et même un valet chenu du Sénéchal qui avait un dimanche d'hiver recraché l'hostie dans une quinte de toux.

Jean Galand n'aimait pas la cité et l'évitait tant qu'il le pouvait. Il lui préférait de loin le couvent des Dominicains où il avait désormais ses appartements, dans la Bastide Neuve qui s'édifiait le long du cours de l'Aude. Là, d'une part il se sentait en sécurité, entouré de frères et de convers innombrables attachés à la satisfaction du moindre de ses désirs, attentifs surtout à ne déplaire en rien au Grand inquisiteur qui avait indéniablement droit de vie et de mort sur tout quidam, ignoble ou noble de quelque extraction que ce fût qui se mouvait dans le Carcassès entier, et d'autre part, il n'avait point à cotoyer les scribouillards, notaires et clercs, tourmenteurs et bourreaux, et les moines souvent illuminés qui hurlaient autant ou plus que les prévenus dans les interrogatoires à croire qu'on leur avait passé à eux aussi les brodequins de bois clouté ou le fer rouge sur la plante des pieds. A dire vrai, il haïssait implacablement ces sbires que sa fonction exigeait près de lui, les enveloppant tous, du plus zélé au plus pervers, du mépris profond que l'honnête homme toujours, dédie à la lie de l'humanité. Ce n'est pas certes qu'il éprouvât quelque compassion soudaine pour les hérétiques que l'on lui dirigeait depuis des années du Lauragais, de la Montagne Noire, des Corbières ou du Minervois ; de ces rebuts il ne se souciait pas. Il ne connaissait ni leurs noms, ni la gravité de leur implication dans l'erreur, ni même les causes exactes de leur enfermement, ou du moins, si on l'en avait un jour informé il s'était empressé de l'oublier, sa fonction étant de gérer l'un des tribunaux inquisitoriaux les plus importants de la chrétienté et non point d'entrer dans les détails.

Des Cathares, il n'y en avait plus ou prou. Ses pairs, prédécesseurs ou contemporains y avaient veillé avec conscience et application, allant quelque fois jusqu'à décimer une famille lorsque l'un de ses membres avait été convaincu d'hérésie, raser sa demeure et confisquer à tout jamais son hoirie. Ce qu'il tenait gémissant au « pain d'angoisse et à l'eau de douleur » au mur strict de la tour de la cité n'était que menu fretin, canailles de bas-fonds, ignares hirsutes, bien empêchés de déclamer sur le docétisme ou la consubstancialité. Et d'ailleurs...

Jean Galand posa son gobelet de vin de Siran sur la table de marbre qui lui servait d'écritoire. Que ne lui avait-on dit des Cathares dès son entrée dans l'Ordre ! Bien sûr, on les avait diabolisés, dénigrés et avilis pour mieux les combattre. Bien sûr on lui avait parlé d'apocalypse, de fin des temps, de « renards qui ravagent la vigne du Seigneur »... Bien entendu on avait évoqué la profanation banale dans leurs maisons des Saintes Espèces, de sodomie, d'inceste, de massacres d'enfants, de potions de sang de crapauds et de sperme mêlés, de baisers au cul des chats, comme d'ailleurs on commençait à le faire à présent pour les Templiers qui, soit dit en passant, feraient bien de se méfier... Tout ceci l'avait certes impressionné à l'époque de sa tonsure, mais depuis longtemps il avait su balayer ces balivernes comme on essuie la table après le repas d'un revers de manche. Quant à leur doctrine qui avait fait trembler Rome, il s'en amusait secrètement (car même ses murs avaient des oreilles,) considérant comme inouï que la Curie et même le

Grand Domingo Guzman aient pu redouter sa propagation en Occident au point de vouer les Saintes Ecritures aux latrines. Quels étaient donc en effet les enseignements des Patarins ? Etaient-ils davantage que du manichéisme ordinaire, doctrine venue voici des siècles de Perse et que les Pères de l'Eglise avaient autrefois aisément combattue ? Et ce système faisant de la vie terrestre et de la Passion du Christ un vulgaire mirage, « un espejismo » comme disait l'évêque d'Osma, ne s'appelait-il docétisme et ne datait-il du IIe siècle ? Tertullien et Saint Hilaire dont le tombeau est encore vénéré Dieu merci à quelques lieues de Carcassonne ne l'avaient-ils en leur temps affronté avec bonheur ? Qu'en était-il enfin de leur croyance en l'adoption du Fils par le Père pour dénigrer la consubstancialité ? Cette doctrine n'avait-elle point été professée à Antioche trois cents ans après le Christ et reprise sous Charles-le-Grand par Félix, l'évêque d'Urgel de triste mémoire ? Même la prohibition de nourriture carnée avait été prônée par les marcionistes aux IIe et IIIe siècles. Il n'y avait rien de bien neuf dans tout ceci, rien en tout cas de nature à justifier l'effroi du pape et des grands féodaux du Nord. Il fallait se battre, férocement, et ceci avait été fait, mais surtout ne point céder à la panique ce qui s'était produit aussi et qui laissait encore des traces. De l'assassinat de Pierre de Castelnau au début du siècle à Saint Gilles jusqu'à la chute de Quéribus voici moins de trente ans, l'Eglise qui avait heureusement vaincu, avait néanmoins lamentablement souventes fois vacillé et montré à la populace un visage hagard et désemparé.

Galand savait bien qu'à Carcassonne comme d'ailleurs à Béziers, Toulouse ou dans le moindre hameau de Malepère ou du Kerborb, nombreux étaient ceux qui ne rêvaient que de rencontrer un tonsuré un soir au coin d'un bois pour lui conter à leur façon l'histoire des Cathares, non point d'ailleurs pour défendre encore leurs idées, mais plutôt pour que soit bien établi que le Comté Toulousain entier sait entretenir la mémoire de ses fils. Et c'est là, que pour lui demeurait le Catharisme. Dans les mémoires et dans le respect qui confinait à la vénération. C'est désormais pour raison de « sympathies hérétiques » qu'il inculpait et certes, il pouvait dans ces conditions inculper la ville de Carcassonne et le Carcassès tout entier, ce que d'ailleurs il avait commencé de faire et qui le rendait si impopulaire dans toutes les classes de la population. Dans son esprit, ces nombreuses procédures n'étaient destinées qu'à raffermir la férule de l'Eglise sur les têtes et à maintenir l'inquiétude, corollaire indispensable de l'obéissance. Mais ceci constituait aussi pour lui une menace même s'il ne la pensait pas sérieuse.

Jean Galand n'était point jeune. L'inquisiteur ne pouvait l'être car on exigeait notamment de lui érudition, sagesse et pondération, qualités que l'Eglise jugeait peu compatibles avec la chaleur du sang. On prétendait qu'il était né à Albi, quelque quarante ans plus avant, le jour-même où l'inquisiteur Arnaud Cathala devenu son modèle, et qui voulait exhumer le corps d'une hérétique pour le brûler, fut copieusement rossé par la populace et dût s'enfuir. Ceci ouvrit d'ailleurs une période difficile pour l'Inquisition qui se vit bientôt expulser avec l'évêque lui-même par les Capitouls de Toulouse, et bouter hors Narbonne tandis que ses registres étaient jetés aux flammes. Son oncle maternel, Othon de Varilhes, nobliau local, mystique et papiste véhément que les Dominicains traînaient souvent dans leur sillage par prudence dans leurs déplacements avec les quelques hommes d'armes qu'il avait benoîtement mis à leur disposition, avait vécu douloureusement ces évènements. En septembre 1237 il participa avec les Frères à l'exhumation d'une vingtaine de cadavres de patarins d'un cimetière de Toulouse pour les traîner sur des claies tirées par des bourriques dans les rues de la Ville Rose, et quand le Comte obtint en raison de ces exactions la suppression temporaire du Saint Office de ses terres, de rage, il offrit tout bonnement son neveu aux Dominicains pour en faire le plus féroce des leurs. Il mourut trop tôt pour le voir, mais pourtant ceci advint comme il l'avait souhaité. Jean fut rapidement, implacablement « le marteau des hérétiques » de l'Est Toulousain.

A présent, auréolé de sa gloire, établi par le pape lui-même à Carcassonne, il traitait les scories du Catharisme, sans états d'âme mais aussi sans passion, avec l'exactitude et la compétence que chacun lui reconnaissait, sans presque se mêler de rien, affectant de laisser faire tandis que scrupuleusement il surveillait tout de son appareil, attentif avant toutes choses à ce que ses sbires évitassent les excès qu'à la longue, de loin en loin, le peuple quand ce n'était la Curie, finissait par sanctionner. C'est ainsi que dans ses cachots les morts violentes se faisaient rares et que l'on n'estropiait plus avec le même entrain que du temps de ses prédécesseurs. Il l'avait voulu ainsi car il souhaitait demeurer en charge le plus longtemps possible, étant enfin établi dans la cité des Trencavel que lorgnaient tous ses pairs sans aucun doute pour le confort du nouveau couvent des Dominicains, la mansuétude du climat et la libéralité du co-adjuteur qui ne faisait de l'année que festoyer en n'omettant jamais d'associer à ses parties les plus hauts personnages du Carcassès. C'est au fond presque benoîtement et pour leur salut qu'il venait pourtant d'inculper en deux ans plus de neuf cents citoyens, non pour des crimes avérés mais pour de vagues sympathies hérétiques. Ces inculpations pouvaient lui sembler bénignes, elles n'en avaient pas moins offusqué au plus haut point tous les personnages importants de Carcassonne qui en étaient d'ailleurs souvent personnellement l'objet, et si Jean Galand n'avait ainsi voulu qu'imprimer la marque de son autorité sur la cité, il marchait aussi à présent à son insu en terre résolument ennemie.

Mais lui qui aimait certes le vin des Corbières et du Minervois proches et ne dédaignait pas, ce qui eût été malhabile, les fêtes données à l'évêché, avait d'autres puissantes raisons pour s'accrocher à la cité.

Il avait les yeux noirs et perçants et le nez busqué, assez long mais point trop et le menton volontaire, mais, ce qui gâchait tout, les joues flasques et tombantes d'un vieillard qu'une maladie aurait brusquement décharné. Les hommes ne l'aimaient pas, et les femmes, mais il s'en souciait peu, le fuyaient, alors que pourtant il ne recherchait point leur compagnie, n'ayant toujours eu que peu d'appétit pour les choses de la chair que son état lui interdisait tout en pouvant aisément lui en faciliter l'accès.

– Reprenons, Benoît. Mais d'abord mouche-toi, veux-tu ? Comment peut-on prendre froid à cette époque de l'année à Carcassonne ?

– C'est vrai, Monseigneur... Un méchant courant d'air, sans doute...

Benoît Gaucelm se saisit promptement du chiffon de lin qu'il tenait dans sa manche au creux de son bras, s'y essuya bruyamment le nez et le fit disparaître à nouveau dans sa bure.

– Attends. Reprenons aux pourparlers de reddition. Si l'on tient pour vrai qu'ils s'achevèrent le premier ou le deux mars, les défenseurs demeurèrent sur le Pog près de deux semaines en toute quiétude... Qu'en penses-tu ?

– Je sais que Monseigneur maîtrise parfaitement le sujet, et ses hypothèses ne peuvent être que les meilleures.

– Cesse donc, Benoît, de me brosser dans le sens du poil ! Tu sais pourtant que ceux qui s'y sont essayés y ont peu gagné.

Gaucelm baissa le front en rougissant. C'est que le moinillon était tendre, n'ayant pas atteint sans doute la vingtième année et la réputation de son maître et d'ailleurs ce qu'il savait à présent de lui, ne favorisaient point sa décontraction.

– Je pense, Monseigneur, naturellement, que c'est... étrange.

– Mais encore ?

Benoît, il en coûtait à Galand de l'admettre, était un érudit. Même si c'était incroyable, le jeune moine possédait absolument et d'une façon invraisemblablement exhaustive toute l'Histoire ancienne ou récente de l'hérésie cathare, du pays des Bougres à la Lombardie, en passant par l'Arrageois, le Liégeois et même l'Angleterre. Inexplicablement, il s'était dès l'enfance passionné pour la geste des Croisés et des Faydits, moins d'ailleurs pour la dispute théologique que pour les faits d'armes et les évènements grands et petits qui avaient affecté l'immense comté Toulousain depuis près d'un siècle. Il tenait tout consigné dans une sorte de bac de bois où étaient serrées de petites cartes roides soigneusement classées, par ordres chronologique pour les faits, et alphabétique pour les personnages et même les auteurs relativement nombreux qui s'étaient penchés et se penchaient encore sur le sujet. Comme il avait été signalé à l'inquisiteur par Othon de Saint Hilaire le co-adjuteur lui-même, comme curiosité digne d'intérêt, Jean Galand n'avait pas balancé et l'avait littéralement enlevé du petit couvent où il croupissait avec délices dans ses grimoires, prenant sans cesse des notes, s'autorisant des recoupements et même de pertinents commentaires.

D'emblée Galand l'avait testé et en était resté effaré :

– Dis-moi, Benoît, 23 juin 1145 ?

– Ce jour-là, le légat pontifical Albéric est conspué à Albi. Les albigeois le reçoivent montés sur des mules, au son du tambour, et n'assistent pas à la messe. De ce jour, les hérétiques de ce pays sont appelés communément « Albigeois ».

– 1167 ?

– Naturellement, c'est le Concile hérétique de Saint Félix de Caraman, présidé par Niquinta.

Là, le jeune Gaucelm s'empara de son coffret de bois et poursuivit :

– Le Languedoc se trouve découpé en « évêchés ». Assistent à ce concile l'évêque cathare d'Albi, Sicard Cellerier, des délégués des communautés de Toulouse, Carcassonne et du Val d'Aran et même l'évêque hérétique du nord de la France, Robert d'Epernon…

– 16 novembre 1206 ?

– Facile. Notre pape Innocent donne l'ordre à son légat Raoul de Fonfroide de créer des équipes de prédicateurs mendiants pour soutenir l'action de Dominique, d'auguste mémoire.

– Bon. Qui fut Guiraud Abit ?

– « Prêtre » cathare dès 1210. Il succéda à Pierre Isarn en 1226 comme évêque de Carcassonne et résida à Cabaret jusqu'en 1228.

– Raymond Costiran ?

– Vous voulez parler de Raymond l'Écrivain. Il fut occis à Avignonet. En 1232, alors qu'il était archidiacre de Lézat, il avait assuré la défense de Bernard Othon d'A Niort lors du procès que lui avait intenté notre Saint Ordre.

Galand avait vite cessé ce jeu qui d'ailleurs ne l'amusait pas.

Ce moinillon était l'outil de chair et d'os dont il avait besoin, indéniablement capable de suppléer sa mémoire sinon défaillante du moins encombrée de vicissitudes administratives, certes sans intérêt mais incontournables.

– Alors, ce laps de temps invraisemblable entre le traité et le bûcher ?

– J'en ignore naturellement la raison profonde, s'il en fût, Monseigneur. Mais les minutes des interrogatoires en revanche, peuvent nous apprendre ce qu'il s'est passé durant ces deux semaines.

– Je t'écoute.

– Ce délai ne fut pas octroyé aux défenseurs de Montségur sans garanties. Ils eurent à livrer des otages, ce qui ne sembla pas trop les contrarier. Il est vrai que les conditions, âprement négociées, laissent aujourd'hui perplexe : on leur promit le pardon des fautes, y compris du massacre d'Avignonet dans lequel périt et de la manière la plus atroce l'entièreté du Tribunal de l'Inquisition qui y séjournait, les combattants eurent la garantie de descendre du Pog libres, avec armes et bagages, engagés seulement à comparaître ultérieurement devant leurs juges, et déjà assurés de n'être condamnés qu'à des peines symboliques. N'encouraient aussi que des pénitences légères ceux qui s'engageaient à abjurer la foi abjecte des patarins. Seuls étaient voués au bûcher les hérétiques impénitents. Mais vous savez qu'ils furent les plus nombreux...

– Et le château devait ensuite être restitué au roi de France.

– Ce qui fut fait.

Ceci était advenu depuis près de quarante ans. Personne en Occitanie n'avait rien oublié, ni les bourreaux ni les victimes qui avaient pu sauver leur vie et erraient encore en ce monde, souvent hagards, toujours brisés, parfois fous et hilares, jamais quiets, comme hallucinés, brûlés par la foudre et la cervelle en cendres.

– Pourtant, reprit le moinillon, comme soudain enfiévré, les défenseurs sortaient toujours du cercle des assaillants à leur guise. On sait par exemple qu'un tel Pierre Vignol descendit facilement et par la voie libre la veille du bûcher.

– Invraisemblable. Je sais aussi, bien que moins documenté, que dans les interrogatoires pratiqués durant cette quinzaine, on ne fit point état du massacre d'Avignonet qui avait pourtant, précisément, déterminé enfin le siège de Montségur, et que même Ramon d'Alfaro, celui-là même qui avait guidé les assassins vers les inquisiteurs, ne fut point inquiété de ce chef...

– Et de la même façon, Monseigneur, Alzeu de Massabrac et Gaillard del Congost qui avaient ce sang sur les mains, et aussi et plus étrange encore, Pierre-Roger de Mirepoix qui avait porté de nombreux coups et clamé vouloir le crâne d'un Frère pour s'en faire une coupe à boire !

Les yeux de Jean Galand brillaient dans l'ombre. Tout ceci, il le savait, mais il voulait encore l'entendre. Qu'avaient donc offert les Cathares à leurs bourreaux contre une telle mansuétude ? Car enfin, comment comprendre qu'après s'être, après des mois de siège enfin emparés du Pog non sans pertes ni frais, l'Ost de France et les Dominicains rivalisant de charité chrétienne et de libéralités, en soient venus à consentir quasi spontanément ce que peut-être les hérétiques n'avaient osé solliciter ?

– Reprenons, Benoît. Les hérétiques enfin, qu'ont-ils fait de ce répit ?

– C'est âprement qu'ils l'avaient négocié. On pense, mais personne au fond n'en sait rien, qu'ils avaient à cœur de célébrer l'une de leurs fêtes, la Bêma, liée au solstice d'été…

– Une fête païenne… au su et au vu de l'armée des Croisés, autorisée par eux, presque orchestrée par eux ! Lamentable… mais toujours plus étrange…

– A ce sujet, je n'ai pas d'opinion, Monseigneur. Ce que je sais, et que vous savez aussi, c'est que tout le monde dans le moment ne célébrait pas la Bêma. Je veux parler des trois hérétiques dont on connaît même les noms : Poitevin, Amiel-Aicard et Hugo que l'on descendit la nuit du bûcher au moyen de fortes cordes par le mauvais versant de Montferrier ; c'est du moins ce qu'affirme Bernard Caïrola dans sa déposition.

– Il n'est pas le seul. Curieusement, l'évasion réussie, beaucoup eurent à cœur de s'en vanter devant les inquisiteurs comme s'ils leur avaient joué un bon et dernier tour !

– En effet, Monseigneur. Et jusqu'à Arnaud-Roger de Mirepoix qui déclara benoîtement (il reprit son coffret de bois et en extirpa lestement une fiche) :

« Lorsque les hérétiques sortirent du château qui avait été rendu à l'Eglise et au roi, Pierre-Roger de Mirepoix retint dans ledit château Amiel-Aicard et son ami Hugo, hérétiques ; et dans la nuit après que les hérétiques furent brûlés, il cacha les deux hérétiques et il les fit évader, et cela fut accompli afin que l'église des hérétiques ne perde pas son trésor qui était caché dans les forêts, et les fugitifs connaissaient la cachette… ».

J'ai pu établir que les fugitifs auxquels s'était joint le dénommé Poitevin se sont dans un premier temps réfugiés à Caussou puis à Prades d'Allion, terre éminemment hérétique, et ensuite au château d'Usson, où jusqu'à présent j'ai perdu leur trace.

Jean Galand reprit son verre et d'une cruche de céramique qu'il tenait près de lui, se versa une large rasade de vin pourpre.

– Le trésor des hérétiques… dit-il rêveur. Pierre-Roger de Mirepoix était fourré d'or chacun le sait, et d'ailleurs les français ne l'en soulagèrent point à ce qu'il me semble. Par ailleurs, Bertrand Marti, leur dernier « évêque » lui avait fait don quelque jours plus avant d'une couverture pleine de deniers qui sont restés en sa possession. N'est-ce point vrai ?

Gaucelm ne put cacher son étonnement. Galand en savait presque aussi long que lui sur les derniers moments de Montségur.

Il opina du chef.

– Dis-moi à présent, frère Benoît. Qui officia lors des interrogatoires ?

– Beaucoup y participèrent car l'Ost de France drainait avec lui de nombreux Frères qui se sont relayés, ce qui était naturel attendu le nombre de prévenus. Songez que le bûcher, à lui seul réduisit deux cent cinq personnes…

– Vite expédiées, concède-le !

– En effet. Pour répondre à votre question, je dirais que, par exemple le VI des Ides de mars officiait l'inquisiteur Ferrier…

– Ah oui, ce Catalan prieur des Dominicains de Narbonne dont on disait que le nom résonnait aux oreilles des hérétiques comme le bruit d'un glaive !

– Lui-même, Monseigneur. Et avec lui Pierre Durant des Frères Prêcheurs également, comme Eudes, Guilhem-Jean et Guilhem Sanche, et encore Raymond d'Autignac et Raymond de Faric respectivement supérieur et aumônier du Monastère de Caunes…

– Nous-y voilà, moinillon. Je puis te dire, si tu l'ignores, que Autignac et Faric sont ensuite retournés à Caunes non sans avoir rendu une courte visite, de courtoisie je suppose, au seigneur d'Usson…

A moi maintenant.

Ses moines revenus ensuite au bercail, Pierre IV Pélages, abbé de Caunes, devient soudainement l'homme le plus considérable du Minervois sinon du Narbonnais, du Biterrois et du Carcassès réunis. Il achète rapidement de nombreux domaines, lui qui, quatre ans plus tôt, étroit de fonds, avait dû vendre pour dix mille sols son droit d'hoirie aux habitants de sa ville pour assurer le simple entretien de ses bâtiments abbatiaux. Plus encore, subitement le voilà craint et vénéré jusqu'à la Curie où ses suppliques, ce qui est étrange crois-moi, sont toutes considérées et rapidement exaucées. Des preuves ?

Là, ce fut Jean Galand qui saisit des notes, négligemment éparses sur son bureau.

– 1252 : Bulle du pape Innocent IV par laquelle il confirme la vente faite par Adam de Milly, vice-gérant du Roy en Languedoc, à l'abbé de Caunes, de tous les biens et terres confisquées au profit de Sa Majesté pour crime d'hérésie dans les fiefs dudit monastère,

– 1253 : Bulle du pape Innocent IV par laquelle il exempte l'abbé et le couvent du monastère de Caunes du payement de diverses pensions et bénéfices ecclésiastiques et dont la charge était devenue intolérable,

– 1257 : Bulle du pape Alexandre IV par laquelle il mande à l'abbé de Sorèze, au diocèse de Toulouse, d'excommunier Pierre Gauffré et d'autres laïcs des villes et diocèses de Narbonne, Carcassonne et Toulouse, qui avaient maltraité l'abbé et certains moines et convers du monastère de Caunes,

– même date : bulle du même par laquelle il mande à l'archidiacre de Narbonne de faire restituer au monastère de Caunes les biens aliénés à vie ou à perpétuité ou à temps, par l'abbé et les moines dudit monastère à des clercs ou des laïcs,

– 1265 : bulle du pape Clément IV par laquelle il mande à l'archidiacre de Carcassonne de ne souffrir point que les abbés et religieux du monastère de Caunes fussent inquiétés ni troublés dans la possession des biens de leur dit monastère...

En veux-tu encore ?

– Non, monseigneur.

– Comprends-tu à présent pourquoi, en ayant soin de prodiguer ostensiblement à ce fol alchimiste de Pélages tous les égards qu'après tout je ne lui dois pas, je l'ai depuis un an déjà ou un peu plus, flanqué d'un de mes meilleurs limiers avec mission de me rapporter le plus fidèlement possible ses moindres faits et gestes et de me renseigner sans faillir sur les visites qu'on lui fait encore ?

SANT PERE DE RODES

A Sant Pere de Rodes, à l'extrémité de la Péninsule de Creus, l'œil épouse la mer à satiété. Béranger et Jordi n'avaient jamais rien vu de tel et il leur coûta beaucoup de se présenter enfin à la porte de l'abbaye, un soir radieux, alors que le soleil étincelait encore dans les plis de l'eau. De Prato, on le sait, n'avait point abordé ce long voyage sans s'être abondamment documenté et il avait eu le loisir d'expliquer longuement à son compagnon, alors qu'installés sur un rocher surplombant la Méditerranée ils s'abandonnaient à l'étrange langueur qui saisit d'ordinaire le voyageur à la fin heureuse de son périple, que le lieu qui s'apprêtait à les accueillir n'était voici quatre siècles, qu'un petit prieuré déchiré entre les abbayes de Sant Esteve de Banyoles et Saint Polycarpe du Razès et réclamé par elles devant la Justice de Castello d'Ampuries. La première eut sans doute gain de cause puisque quelques dizaines d'années plus tard c'est à elle que le monastère fut retiré pour être déclaré dépendance directe de Rome, ce qui favorisa d'une manière définitive et prodigieuse son développement, sous l'égide du fameux Tassi, un noble local d'origine wisigothe dont de Prato avait suivi avidement le parcours dans ses grimoires, et qui dédia la quasi totalité de ses efforts et richesses à l'édification du monastère, sous l'antique château de San Salvador de Verdera (que voici deux ans à peine Ponce V de Ampuries venait de reconstruire), et près d'une source connue sous le nom de Fuente de los Monjes, pour en faire la merveille qu'ils pouvaient aujourd'hui contempler. Tassi avait pu compter sur l'appui inconditionnel du roi Louis de Trastamare qui, à défaut de deniers, lui avait octroyé la seigneurie sans partage des lieux et le privilège de les développer et gérer au mieux de ses intérêts. De ce jour, le prieuré, rapidement promu au rang d'abbaye, écrasa de sa puissance et de son opulence les plus lointains établissements religieux de l'Ampurdan, allant même et presque naturellement jusqu'à entrer parfois en conflit avec Castello dont, pour certaines affaires séculières, il dépendait juridiquement.

Sant Pere de Rodes comptait surtout dans la chrétienté depuis qu'en 979 l'abbé Hildesindo, par ailleurs évêque d'Elne et vraisemblablement descendant de Tassi, avait obtenu de Benoît VII une bulle confirmant les possessions de l'abbaye mais surtout précisant que les pélerins qui y séjourneraient bénéficieraient des mêmes indulgences qu'à Saint Pierre de Rome. Par la suite, furent ici célébrés et l'étaient encore les Jubilés Apostoliques de la Sainte Croix qui drainaient des centaines de pélerins porteurs de leurs misères et espoirs, mais aussi quelque fois fort marris d'une vie bien dissipée, fourrés de pièces d'or qui leur brûlaient les doigts et dont la charité chrétienne leur commandait de se soulager au bénéfice de l'entretien du monastère. Hildesindo était demeuré plus de quarante ans à la tête de l'abbaye et son protecteur Godefredo avait été Comte de Peralada soixante ans de long ; cette stabilité et leur belle et solide amitié présidèrent à l'irrésistible et paisible essor du monastère. Plus récemment pourtant, en vertu d'un stratagème qui ne trompa personne, l'abbaye avait été occupée par les troupes de Felipe el Atrevido que les français appelaient Philippe le Hardi[1] ; mais ce ne fut qu'avec l'assentiment des moines et suivant les conditions mises en place par le pape contre les Etats de Pierre le Grand, car l'abbé se piquait de politique et de fins entrelacs et se prêtait volontiers à certaines manœuvres diplomatiques pourvu qu'elles aidâssent au prestige de sa Maison.

Les deux hommes avaient négligé le hameau pour se présenter directement à l'abbaye. Attendu leur recommandation de Pélages, et à peine de provoquer inutilement le courroux de Pedro de Peratallada, abbé de Sant Pere que l'on disait abrupt, il ne leur avait pas semblé convenable même s'ils le regrettaient de différer leur arrivée sans doute depuis longtemps annoncée.

Comme à chaque fois qu'il passait sous le porche d'un édifice religieux, Jordi sentit choir sur ses épaules comme une chape de plomb mais il prit son souffle et força même le pas, comme pour en finir, tout en pensant « *detras de la cruz esta el diablo...* »

---

1. Pour venger la France à la suite des Vêpres Siciliennes, mais surtout pour complaire au pape Martin IV, Philippe le Hardi marche sur le Royaume d'Aragon en 1283. Le roi Pierre III était en effet considéré comme l'instigateur du massacre. Il occupe le Roussillon et pénètre timidement en Catalogne mais doit rapidement se retirer, son armée « décimée par les épidémies ». Atteint lui-même de fièvres il meurt à Perpignan le 5 octobre 1285.

Monte alors sur le trône de France son fils Philippe dit « le Bel ». Au même moment, son ami Udaud d'A Niort est reçu au Temple de Campagne dans l'Aude, qui était par ailleurs installé sur un domaine dont lui avaient fait don « Les Maudits ».

Le 13 octobre 1307 tous les Templiers du Royaume de France sont arrêtés, beaucoup torturés. Tous, sauf les Templiers de Campagne...

* *
*

Pélages, on ne sait pourquoi, errait depuis la matinée dans l'abbaye. Comme il faisait agréablement frais il avait commencé par les jardins, affectant de se promener benoîtement dans le cailloutis des allées, les mains dans le dos et le nez bas, comme s'il cherchait des mauvaises herbes.

Le frère jardinier, qui ne se montrait pas, l'observait de loin. Il était tranquille ; l'abbé pouvait bien inspecter aussi le potager qu'il entretenait scrupuleusement au milieu-même du cloître, et le verger, et ensuite le petit cimetière qui jouxtait le logis abbatial ; il connaissait son ouvrage et d'ailleurs n'avait que cet office pour chasser l'ennui de cette vie irrémédiablement cloîtrée, de sorte que sauf mauvaise foi, il se savait irréprochable.

Pélages montrait son visage contrarié des mauvais jours, de plus en plus fréquents il est vrai. Par le porche à la droite du narthex, il pénétra dans le monastère, fouillant toujours de ses yeux fébriles le long couloir qui mène au cloître. Mais il y faisait sombre et il semblait cette fois courroucé au plus haut point.

Le gros Frère Raimon qui, appuyé à la margelle du puits, entreprenait à grand peine d'ôter un caillou de sa chaussure, ne l'entendit point s'approcher. Une main comme une pierre, s'abattit sur son épaule à le faire choir, lui qui ne tenait que sur un pied.

– Raimon, mauvais moine, vas-tu me le rendre enfin ? hurla Pélages.

Le cuisinier leva la tête et écarquilla les yeux comme halluciné. Que faisait donc l'abbé dans le cloître à cette heure, lui qu'on ne voyait plus guère depuis des semaines qu'entre deux portes lorsqu'il quittait son antre pour se soulager la vessie ? Et que lui-voulait-il ?

– Vous le rendre ?... Mais quoi donc, Père ?

– Ah, ça te va bien, misérable ! Le clou ! Mon clou d'argent, naturellement ! Mais va... tu peux bien te gausser... Je t'ai à l'œil !

De l'index et du médius il pointa ses deux yeux qu'il plissait, et d'un air entendu et furieux il tourna le dos, plantant le gros moine près de son puits, tremblant et hébété, le caillou demeuré dans la sandale.

Pélages, d'un long regard circulaire parut chercher une autre victime. N'en trouvant point il haussa les épaules et gravit péniblement l'escalier de pierre qui menait à son laboratoire. Là, il se laissa tomber sur un gros sac de fumier de cheval alors qu'un large fauteuil tout près lui tendait les bras, et se prit la tête dans les mains comme s'il allait se mettre à pleurer.

– Pierre Isarn... Pierre Isarn, mon frère en Savoir. Pardonne-moi...

C'est dans une grotte de Lespinassière que son prédécesseur Gérard de Villeneuve avait débusqué l'évêque Cathare.

Villeneuve, aux yeux de Pélages qui l'avait servi, était une crapule. On pensait maintenant qu'il avait été possessionné à Villeneuve Minervois tout proche, mais ceci était faux car il était « tombé » dans la région avec le nuage de sauterelles qui avait suivi Simon de Montfort, venant probablement de Champagne ou de Picardie. Quand à la mort brutale à Toulouse du chef des croisés, un vent mauvais s'était pour eux levé dans tout le Languedoc, Villeneuve avait promptement disparu en laissant son abbaye à qui voudrait bien s'en charger, non sans en réclamer toutefois et sans vergogne les revenus depuis son refuge. Deux ans plus tard, le roi Louis VIII ayant suffisamment montré sa volonté de rétablir sa ferme autorité sur les terres cathares, Villeneuve retrouva tout benoîtement son siège et se lança dans une effrénée campagne de propagande en faveur des Français, intriguant inlassablement aux fins de pousser la noblesse locale, les notables et le peuple à pactiser définitivement. Pour montrer l'exemple il fit saisir Pierre Isarn que tout un chacun savait dans la Montagne Noire, entre Citou et Lastours et le fit traduire devant l'archevêque de Narbonne, exigeant toutefois son renvoi à

Caunes après le jugement dont il n'ignorait pas l'issue, pour le brûler vif devant l'abbaye.

Pélages avait alors pu prendre la mesure de l'évêque cathare dont, avec deux hommes d'armes, on lui avait confié la garde quelques jours avant le supplice. Il n'avait que vingt six ans, et peut être l'hérétique guère plus. Déjà il « cherchait », car c'est trois ans plus tôt qu'il avait fait son voyage qu'il prétendait avoir été initiatique, à Rome.

On peut dire qu'ils se lièrent d'amitié, ce qui n'avait au fond rien d'étrange, Isarn faisant profession d'aimer le monde entier et Pélages n'ayant désormais de foi profonde qu'en l'Œuvre, se sentant par ailleurs mais secrètement, horrifié par les agissements de l'Inquisition et des évêques dans ce qu'ils appelaient l'éradication de l'Hérésie des Bougres.

Ils eurent soin de ne pas évoquer leur foi car ceci, à ce stade, n'avait plus d'importance.

Pierre Isarn était véritablement un ascète et comme tel presque absolument décharné, et assez effroyable d'aspect. Toutefois très rapidement on ne voyait plus de lui que ses yeux, immenses et rieurs, souvent embués comme d'émotion, plus volubiles en tout cas que ses lèvres minces qui répugnaient à s'ouvrir pour des futilités. Pélages, qui dans son délire d'adepte néophyte, ne réalisait pas qu'il s'adressait à un homme qui devait mourir de la manière la plus atroce quelques jours plus tard, lui avait conté ses recherches et ses aspirations, prétendant que tout était dans l'Œuvre, et Dieu, et la Nature, et le Bien et le Mal, la santé ou la maladie, l'or du monde, l'amour et l'amitié, la perfection enfin… L'autre, l'écoutait-il ? Il le semblait, mais il semblait aussi qu'il priait, sans cesse. Que, sans sa volonté, sa manière de planter ses yeux dans ceux de Pélages, son léger sourire, ses grimaces quand fatigué, il s'asseyait sur les dalles noires en y faisant sonner ses os, son dernier souffle de vie lui-même, étaient une prière.

Pélages était triste, certes. Il aimait cet homme qui le quittait. Mais il sentait aussi et il savait maintenant, que cet homme, comme beaucoup des siens possédait la Clef de l'Œuvre qui n'est point dans la matière mais dans la sublimation de l'être. Il avait ragé de ne pouvoir mener son prisonnier dans sa Queste qui manifestement n'avait pour lui aucun intérêt, alors que, il en était persuadé, leurs savoirs réunis les auraient guidés immanquablement vers le but.

– N'est-ce pas l'ouvrage du sage que de rechercher ce qu'il y a d'extraordinaire dans les différentes choses qui paraissent aux yeux des hommes ? N'est-il écrit au Livre des Proverbes : « Cacher les choses, c'est la gloire de Dieu, les découvrir, c'est la gloire des rois ? »

Là, Isarn avait desserré les dents :

– Vous avez, je crois, un maître contemporain que l'on nomme Albert le Grand et qui professe dans la Ville des Français. Ne prétend-il pas, lui, que toute science est bonne en soi, mais qu'elle peut être mauvaise suivant le but que l'on donne à ses applications ?

Isarn, à ce qu'on dit, monta comme avec indifférence sur le bûcher. En tout cas ne rapporte-t-on de lui aucune plainte, pas même au milieu des flammes. On dit aussi que bien des poings se levèrent dans la foule et que pour ne pas favoriser l'émeute, les gens d'armes affectèrent de croire que la vindicte populaire s'adressait au supplicié.

Pélages, qui ne voulait pas assister à l'autodafé, l'avait quitté dans le sombre couloir qui menait à la place baignée de soleil presqu'entièrement encombrée par le gigantesque amas de bûches. Le Cathare, qu'on n'avait pas jugé utile d'entraver l'avait retenu par la manche juste avant d'entrer dans sa lumière, et, comme si pris de remords au seuil de sa mort il avait voulu l'exaucer, lui avait dit dans l'oreille :

– Tu sauras, Pierre Pelagos, quand tu donneras enfin contre l'opus spicatum…

L'opus spicatum des anciens bâtisseurs… Le travail « en épi » ou en arête de poisson…

De ce jour, abandonnant soudain ses travaux qui n'étaient d'ailleurs point avancés et demeuraient très théoriques, Pélages entreprit de se documenter sur cette pratique architecturale étrange avec une excitation dont il ne se croyait pas capable. Il sut que cette particulière disposition des pierres dans un mur n'avait été employée que dans les constructions chrétiennes durant les VIIe et VIIIe siècles, et très rarement après le milieu du IXe, aussi bien dans les temples mérovingiens que carolingiens, mais surtout dans les édifices de transition de l'art roman en Ampurdan et en Roussillon. Il ne trouva pas d'exemple de l'utilisation de cette technique à la même époque dans d'autres cultures, ni chez les juifs ni chez les musulmans et il lui sembla en fin de compte que ce système était exclusivement relationné aux premiers chrétiens. En effet nul n'ignore que l'épi est le symbole de l'eucharistie et le poisson celui du Christ.

A Caunes, ni à l'abbaye ni ailleurs ne se trouvait d'opus spicatum à ce qu'il avait pu vérifier. La chapelle de Villarlong, toute proche en revanche, très ancienne, en possédait et il s'y rendit dès qu'il le pût, muni d'un carnet et d'une verge pour, à toutes fins utiles, faire quelques relevés.

A l'instar de la vieille église du Casserot, Notre Dame de Villarlong menaçait ruine, et ce n'est qu'à grand'peine, en soulevant sa bure et en abattant de la verge des buissons d'orties qui lui venaient jusqu'au menton, qu'il put accéder au sanctuaire qui semblait abandonné depuis longtemps. La chapelle était assise au bord de la Resclause à quelques lieues seulement de Caunes, dans une petite combe fraîche et bucolique et son état délabré faisait peine à voir. Pélages se jura en tout état de cause d'y remédier un jour et d'ailleurs, devenu abbé, il le fit.

Tout de suite il put vérifier qu'en effet les constructeurs n'avaient employé ni ciment ni mortier et que le système d'appareillage était bien d'assises régulières tantôt formées de pierres posées à plat, tantôt disposées en épi. A tout hasard, il chercha les nombres sacrés de la Kabbale. Point. Il prit pourtant la mesure du chevet, de la nef et de l'arc triomphal qui les séparait et qui l'émerveilla néanmoins par ses proportions harmonieuses, son cintre plein et ses claveaux en pierres plates. Il s'intéressa ensuite aux fenêtres qui ajouraient parcimonieusement la nef et le sanctuaire, fortement ébrasées vers l'intérieur et dont les parements étaient formés de pierres grossièrement taillées. Rien de ce qu'il vit n'évoqua pour lui quoi que ce soit qui fût en relation avec ses travaux.

L'orientation de l'édifice n'était que classique : le chevet vers l'est, une saillie intérieure dirigée vers le sud et une rangée de corbeaux vers cers qui supportait une petite tribune à laquelle on pouvait accéder par une porte qui s'ouvrait à l'ouest. Rien que de très banal, quoique bien équilibré et presque parfait. Une pyramide tronquée, au milieu du sanctuaire, capta pourtant longtemps son attention. Y était aménagée une petite cavité sur sa face supérieure et elle semblait avoir servi d'autel.

De retour, dépité, dans sa cellule de l'abbaye, Pelages se jeta à nouveau fébrilement par acquit de conscience sur la Table d'Emeraude du Trismégiste que les soldats d'Alexandre avaient trouvée dans la Grande Pyramide de Gyseh supposée par ailleurs être le tombeau d'Hermès lui-même. On prétendait que le texte avait été gravé par lui sur une lame d'émeraude, ce qui ne le rendait point lumineux pour autant :

« Il est vrai, sans mensonge, certain et très véritable : ce qui est en bas est comme ce qui est en haut, et ce qui est en haut est comme ce qui est en bas ; par ces choses se font les miracles d'une seule chose…[2] »

De l'opus spicatum de Villarlong, comme de ceux qu'il avait pu observer à satiété par la suite sur le chemin de Compostelle, comme à Jaca ou Pamplona, il ne tira rien, ni de fulgurant ni de simplement utile pour sa Queste et résolut de faire l'impasse

---

2. Hymne de la Table d'Émeraude.

sur ce nouveau mystère, tout en reprenant ses recherches au point où il les avait abandonnées. Mais toujours, il avait conservé foi en Pierre Isarn et en ses frères, qui, disait-on, avaient possédé le secret de la Mort Joyeuse, même s'il s'était résigné à ranger les dernières paroles de l'hérétique parmi les arcanes les plus précieux mais aussi les plus obscurs qu'il avait pu rassembler.

Près de soixante ans s'étaient écoulés. Il possédait à présent de façon certaine, et c'était bien d'après lui la moindre des choses, la quasi totalité des opérations de l'Œuvre. Jusqu'à parvenir à l'argent et même l'avait-il cru comme dans un délire, à la teinture rouge qui ne lui avait donné pourtant que du laiton vulgaire qui quoique semblable à l'or, n'est qu'un mélange de cuivre et d'oxyde de zinc. Mais toujours lui manquait le Signe, et en cela il ne demeurait qu'un adepte malheureux parmi tant d'autres même moins introduits en la Science. D'après lui, ce signe, vraisemblablement, forcément, était en lui comme en toutes choses car tout corps, végétal, animal, minéral contient une quintessence, laquelle, et sans plus de manières, peut être appelée Pierre Philosophale. Les Cathares, par leur détachement de la matière et leur mépris de la mort dans les flammes avaient su tirer de leur être la sublime quintessence ; en quelque sorte, ils avaient sur eux-mêmes accompli l'Œuvre, certainement sans en avoir conscience et sans naturellement songer un instant à reproduire le processus dans un creuset. Après, on pouvait bien travailler toutes les matières imaginables, suaves ou nauséabondes, repoussantes ou précieuses ; elles n'étaient dans les opérations que le véhicule de la Perfection, l'asile matériel de l'Innefable. C'est d'ailleurs le roi Kalid dans son entretien avec le philosophe Morien qui lui avait ouvert les yeux. En évoquant la matière première, ne prétend-il que « c'est une pierre vile, noire et puante, qui ne coûte presque rien, qu'elle est peu pesante, qu'elle n'est en fait pas une pierre mais une chose précieuse qui n'a pas de valeur, un objet polymorphe qui n'a point de forme, inconnu mais connu de tous ? » Comment dire plus simplement « prenez ce que vous avez sous la main, et jetez cela dans un creuset, dans l'athanor ? ».

Il songea au Cosmopolite qui avait dit un jour devant un auditoire stupéfait, que le sage trouvera la pierre dans le fumier tandis que l'ignorant ne pourra croire qu'elle soit dans l'or.

Plus finement, Pélages savait aussi que la Croix est l'hiéroglyphe alchimique du Creuset et que c'est dans le creuset que la matière, comme le Christ lui-même souffre la passion, c'est dans le creuset qu'elle meurt pour ressusciter ensuite, purifiée, spiritualisée, déjà transformée[3].

Quand il avait enfin entretenu Béranger de Prato de ses dispositions d'esprit pour l'inciter à entreprendre le voyage il se vit d'abord moqué.

– Allons donc, l'abbé ! Toutes ces coctions, ces macérations, ces livres dévorés, ces matières éprouvées depuis toutes ces années, pour me dire que la Clef de l'Œuvre se trouve dans les pierres d'un mur antique ou dans les cendres des bûchers ?

– Il n'y a plus que cette piste, Béranger, crois-moi. Sauf à postuler tout bonnement que notre chemin n'avait pas d'issue.

– Précisément l'abbé. J'éprouve, vous le savez, même si je n'ai pas votre… enthousiasme, un réel intérêt pour vos recherches. Je ne puis l'expliquer mais tout ceci (il avait fait dans le laboratoire un large mouvement du bras autour de lui) loin de me sembler saugrenu, me paraît avoir un sens ou même une justification, sentiment que vous le savez, sont loin de me procurer les arguties de Platon, du Christ ou des Cathares…

– Je te sais mécréant.

– Et vous vous trompez, mais ceci est un autre sujet. Quoi qu'il en soit, encore une fois, c'est peut-être de l'Art Alchimique que j'ai le plus de respect, parce que cette démarche me semble logique et bonne en soi. Malgré tout…

---

3. Fulcanelli, dans *Le Mystère des Cathédrales.*

– Malgré tout, comme Thomas, tu veux fourrer tes doigts dans les trous !

– C'est une façon de dire les choses.

– Alors, homme de peu de foi, assieds-toi et écoute.

Il parla, mais à regrets. Mais, après tout, il était temps.

En effet, que penser de sensé de cette fumeuse histoire d'opus spicatum ?

Bernardin-François Fouquet, dubitatif, s'étira de nouveau et reprit sa lecture.

Ce Béranger de Prato, pour son sens rassis, lui plaisait bien.

AMIEL AICART, HUGO ET POITEVIN

« Et ceci fut accompli afin que l'Eglise des Hérétiques
ne perde pas son trésor. »
Déposition de Arnaud-Roger de Mirepoix devant l'Inquisition,
lors de la reddition de Montségur (16 mars 1244).

Peu s'en étaient aperçus, mais c'était bien avant la trêve qu'étaient disparus Amiel Aicart, Hugo et Poitevin.

A la mi-février Bertrand Marti les avait fait appeler pour les entretenir dans le petit donjon. Pierre-Roger de Bélissen, seigneur de Mirepoix, avait eu à cœur de montrer ostensiblement qu'il comprenait la gravité de l'instant même s'il ne devait pas en connaître le sens ; il avait fait devant l'évêque Cathare comme une amorce de génuflexion et quitté les lieux à pas lourds car il était tout armé désormais, de jour comme de nuit.

Le pog était cerné. Non point complètement car des émissaires de Toulouse et d'ailleurs y parvenaient encore, distillant de faux espoirs, mais ravivant aussi s'il en était besoin la flamme qu'entretenaient les fidèles entre les murs défoncés de la citadelle. Toujours était-il que Montségur ne pouvait tenir davantage, et tous se préparaient.

Les Revêtus qui savaient l'avenir, demeuraient roides et souriants, comme des statues figées au milieu du paradis ; ils cheminaient vers la Bonne Fin qui délivre l'esprit pour le laisser fuser enfin vers l'Ineffable, et c'était comme s'ils avaient grandi encore dans l'amour tant ils irradiaient de bonheur. Les hommes d'armes fourbissaient leurs fers en silence, en mastiquant souvent un bout de cuir pour tromper leur faim. Ils ne craignaient pas la mort au combat ; ce sort, comme leur camp, ils l'avaient depuis longtemps choisi et n'avaient point de regrets. Ils savaient aussi avoir une chance de s'en sortir s'ils ne succombaient pas dans la mêlée, car pour la plupart ils n'étaient pas hérétiques avérés, et il existait pour eux, même en ces temps troublés, comme une sorte de loi de la guerre que les combattants tacitement avaient depuis des siècles établie et que souvent ils respectaient par intérêt réciproque.

Les simples croyants eux, étaient dans la tourmente car à l'heure du choix. Abjurer ou périr, et de mort atroce. Ceux qui balançaient encore y pensaient à toute heure du jour et de la nuit.

Ils y songeraient encore un mois de long.

L'Ost de France était établi en contrebas dans la vallée, et son campement vu du pog avait pris la forme d'un fer de lance fiché dans la montagne.

– Prenez place, frères, avait dit doucement Bertrand d'En Marti.

Le vieil évêque cathare touchait, mais de toutes façons naturellement, à la fin de sa vie et il le savait. Il avait eu beaucoup de peine à s'asseoir à-même le sol comme ses trois interlocuteurs. Tous en effet avaient négligé les pauvres cathèdres qui s'offraient à eux dans le vivoir enfumé de Pierre-Roger de Mirepoix. Il faisait froid, mais depuis longtemps cette morsure leur était étrangère. Aux murs suintants étaient accrochées de grosses torches poisseuses qui ne donnaient que peu de lumière.

– Frères, vous ne mourrez pas à Montségur.

Aucun n'avait levé la tête qu'il tenait baissée, le regard planté dans le sol entre les jambes.

– Notre Eglise a encore besoin de vous dans ce siècle. Comme vous le savez, Matheus et Pierre Bonnet ont été envoyés à Pons Arnaud de Castelverdun avec les quelques pièces d'or et autres vils objets que l'on dit de prix que nous possédions sur le pog, et que l'on pourrait appeler le Trésor de Montségur...

Il avait eu une petite moue, indéchiffrable.

– Mais cette pacotille n'est rien. Trois dépôts dont vous n'imaginez ni l'importance ni la richesse existent, et loin et près d'ici qui doivent demeurer à jamais à la garde et s'il le faut, dans l'urgence, à l'usage de nos frères. Guilhabert de Castres détenait le secret. Il me l'a livré comme il se devait, avant sa mort récente. Moi-même, je passerai bientôt et ce secret, je veux vous le transmettre... mais par tiers, attendu les circonstances.

Êtes-vous prêts ?

Chacun des trois hommes, secrètement surpris, avait fait un geste affirmatif de la tête.

– Alors soit !

Bertrand Marti avait frappé du gros anneau qu'il portait au doigt sur un vase de bronze posé près de lui, et une petite porte s'était ouverte derrière son dos. Une vieille paysanne, décharnée comme tous sur le pog, s'était avancée d'un pas lent. Elle portait avec précautions un large bassin de terre cuite rempli d'eau qui fumait dans l'air glacé du donjon. Entre ses doigts elle tenait un rasoir au manche de buis.

– Ne vous étonnez pas, avait dit Marti presque en riant. La révélation commence comme un rituel : vous devez être rasés !

Fabrissa était au service des Mirepoix depuis sa petite enfance, comme l'avait été sa mère avant elle et bien sûrement aussi ses aïeules des deux branches. C'est naturellement qu'elle avait chu à Montségur puisqu'elle suivait partout Pierre-Roger et son épouse Philippa qui n'était autre que la petite-fille de la vénérée Marquesia de Lantar ; ayant la charge exclusive de leur maison alors qu'à Mirepoix s'y employaient une dizaine de servantes. Il est vrai que la « maison » sur le pog des seigneurs de Bélissen, que l'on appelait « Fils de la Lumière », se trouvait à présent réduite à deux petites pièces du donjon, qu'il ne se trouvait plus et depuis longtemps de victuailles à mettre en œuvre et que la garde-robe de Philippa avait tout de suite été transformée en charpie pour les nombreux blessés.

Fabrissa, outre Pierre-Roger, rasait au moins une fois la semaine les chevaliers cathares et aussi, puisque les hommes tombaient chaque jour, tous ceux nobles ou ignobles qui à présent le désiraient. Et beaucoup, qui craignaient à tout moment un carreau dans le dos ou une pierre de mangonneau au milieu du front, manifestaient la coquetterie étrange de se soigner le corps et même le vêtement, comme s'ils tenaient avant tout à faire bonne figure « là-bas »… Alors, Fabrissa avait beaucoup d'ouvrage mais n'y rechignait pas, car les heures d'inactivité dans le donjon à claquer des dents et à se boucher les oreilles pour ne plus entendre le fracas des boulets qui ravageaient le gros mur d'enceinte la rendaient folle. Et puis, elle les aimait bien tous et chacun, ces gaillards beuglants qui peuplaient le pog et qu'elle voyait à la fin du jour, après les derniers assauts, nimbés dans la vapeur de leurs propres corps. Chaque matin il en manquait pour monter aux créneaux. Elle était seule, elle le croyait, à les pleurer.

Car Fabrissa n'était pas hérétique et la mort pour elle n'était que froide absence de vie.

Jamais elle n'avait pu savoir ce qu'il advenait des corps. Ils… disparaissaient, voilà tout. Comme étaient disparus récemment ceux du Guide, Guilhabert de Castres, un saint homme celui-là, qui, pour elle aurait mérité un mausolée, et de Esclarmonde l'encore belle et hiératique Comtesse de Foix qui souriait du lever au coucher et dont on disait qu'aucune de ses servantes, même la plus maladroite, n'avait jamais essuyé le moindre reproche. Certains murmuraient qu'existait dans les entrailles de la montagne une crypte immense. Elle savait que cette crypte ne serait pas son tombeau car elle avait depuis longtemps scellé son sort à celui de sa maîtresse, sans se soucier pour autant mais personne ne lui en faisait remontrance d'aller aux prêches ni même de s'agenouiller au passage des Revêtus.

Tailler les barbes, elle s'y entendait à la perfection et même y prenait un petit plaisir qu'elle se gardait bien de réprimer. Elle qui n'avait point connu l'étreinte de l'homme, car, chose inouïe, chez les « Fils de la Lumière » et ceci se savait dans toute la contrée, on n'abusait pas des lingères, elle s'était souvent abandonnée à son maître sans qu'il le sache en laissant glisser sur sa peau avec d'infinies précautions le fin coutel de Tolède au manche de buis, qui crissait un peu en remontant sous la gorge.

Les barbes, elle savait. Mais les crânes, c'était une autre affaire et elle craignait de décevoir Bertrand d'en Marti. Mais comment après tout aurait-il songé à critiquer sa pratique, lui qu'aucune femme ne pouvait même effleurer qui par ailleurs portait barbe et cheveux de plusieurs pouces ?

Car un crâne n'a rien à voir avec une mâchoire. Cela semble rond mais ne l'est point, c'est aussi plein de bosses et de creux, quelque fois de grosses veines bleues le sillonnent sans aucune logique, et souvent on doit y contourner un kyste ou une verrue. Et puis, c'est autre chose, un crâne. Ras, c'est… bêtement inexpressif.

Fabrissa avait finalement rasé les trois hommes, à peu près correctement mais sans conviction ni enthousiasme, et cette fois, sans aucun plaisir, en tout cas sans naturellement comprendre. Ensuite, sur un ordre doux de l'évêque cathare elle s'était retirée.

Amiel Aicard, Hugo et Poitevin s'étaient longtemps regardés. Ils n'avaient pas eu envie de rire et pourtant la scène était cocasse, autant que leurs facies de chauve-souris aux grandes oreilles décollées. Le soleil, la pluie et le vent de la montagne avaient buriné leurs visages et les privations les avaient comme vidés de leur sang. Chevelus, hirsutes, ils paraissaient farouches, noirs comme des maures. Rasés, le crâne pâle et comme délicat, ils ressemblaient à des usuriers juifs portant une kippa de peau large comme un bonnet.

Bertrand d'En Marti les avait examinés de près, visiblement satisfait.

– Une artiste, cette Fabrissa...

Dans un petit meuble sombre près de la cheminée, il avait saisi un sac de cuir noué comme une bourse et en avait extrait une minuscule fiole de verre et un sachet qu'il avait ouvert et qui contenait quelques aiguilles de forme particulière.

– Or donc, dit-il en vérifiant de l'ongle la pointe des aiguilles, à ma connaissance existent trois dépôts d'une richesse inouïe qu'ont laissé à la garde de nos frères depuis plus de sept siècles nos pères occitans que l'on appelle Wisigoths. Les temps étant ce qu'ils sont, je suis le dernier détenteur du secret. Et dans moins de deux semaines, j'aurai passé le seuil...

Ce secret tient en trois mots, et j'ai résolu par prudence de le morceler, en quelque sorte, et de vous le confier. Sur le crâne de chacun de vous, j'écrirai avec ce procédé de tatouage que nous ont enseigné les maures d'Espagne, l'un des trois noms. Jusqu'à la repousse des cheveux, vous demeurerez dans ce donjon et porterez jour et nuit un turban que vous vous interdirez d'ôter, de même que vous vous interdirez de lire les tatouages de vos compagnons ou encore le vôtre avec l'aide de quelque miroir. Quand votre chevelure ne permettra plus de distinguer quoi que ce soit, vous quitterez nuitamment le pog et vous vous égaillerez dans la région. Les noms que vous porterez secrètement sur le crâne ne mènent à rien s'ils ne sont complétés d'une autre information que vous ne possédez pas ; de sorte que même si vous deviez être pris au pied de la montagne, et même si vous deviez être tourmentés, on ne tirerait rien de vous. Et si ceci advenait, quant à moi on aurait bien peine à me faire parler dans l'état poudreux où je serai à ce moment-là réduit.

Quand vous aurez quitté le pog, ne vous souciez de rien que de vivre le plus innocemment possible. Veillez seulement à vous garder désormais de l'Inquisition. Que l'on vous oublie. Sachez toutefois que toujours, où que vous serez, de nuit comme de jour, « on » aura l'œil sur vous. Un jour, un inconnu vous approchera et vous dira d'aller, comment dire… présenter votre crâne à tel de nos frères qui a l'autre partie du secret. Vous le ferez.

Les trois hommes avaient acquiescé sans un mot. Il n'y avait pas de mots.

– Approche, Hugo. Ce sera un peu douloureux, sans doute. Les grecs, dit-on, excellaient dans cet exercice. Quant à moi, je crains de manquer de pratique.

Effectivement malhabile mais bien appliqué, la langue tirée sur le côté, Marti avait écrit besogneusement sur le crâne de Hugo avec l'encre noire issue de la fiole, le mot :

« GUARRAZAR. »

Immédiatement, il avait tendu un large ruban de lin à son acolyte.

– A toi, maintenant, Poitevin.

Le jeune curé posa lentement l'ouvrage sur la grosse table noire, en face de la cheminée. C'était la mi-mai et il faisait froid encore.

Il se leva, meurtri de partout, et parcourut en tous sens les mains derrière le dos la grande pièce sombre aux fenêtres tendues d'épaisses toiles brutes.

– Nous-y voilà, dit-il à haute voix.

Pedro de Peratallada, abbé de Sant Pere de Rodes

Pedro de Peratallada parlait le Provençal qui était par extension la langue des Occitans. Il s'adressa immédiatement à Béranger pour l'accueillir avec chaleur, en lui baisant la bouche comme il sied à tout personnage d'importance, mais congédia rapidement Jordi.

– Viens, de Prato. Comme tu le vois, nous n'avons pas besoin d'interprète. D'ailleurs, je veux te le dire tout court, ce gamin ne me plaît pas. D'emblée, à son petit air fûté, je l'ai jugé trop fin et narquois pour faire un bon moine...

– Son jeune âge, sans doute, Seigneur. Par ailleurs, je ne le connais que depuis notre traversée des Corbières et de la montagne ; il est Aragonais et Pierre de Pélages me l'a donné pour le voyage car je n'entends point la langue des Espagnes.

– C'est navrant de Prato, et bien fâcheux pour les... « travaux ». Car enfin les enseignements les plus précieux ne viennent-ils de notre terre ?

– Certes, Seigneur. Pour autant, ils ne viennent point dans la langue de Castille ou de Barcelone, mais en latin ou en arabe, idiomes que je maîtrise parfaitement, comme d'ailleurs le Grec et l'Hébreu…

L'abbé se tut, mouché. Celui-là était à considérer. Comme d'ailleurs tout ce qui pouvait venir de Pélages.

– Je ne sais ce que tu cherches, de Prato, mais toutes affaires cessantes je me tiens personnellement à ta disposition. Ce que je sais c'est que l'abbé de Caunes, il me l'a écrit, touche au But. Depuis des décennies, comme il te l'a expliqué, avec quelques amis ecclésiastiques, abbés, chanoines, curés ou moines trillés sur le volet, cooptés sur leurs mérites et leurs aptitudes, nous avons formé cette sorte de… confrérie (je ne sais comment dire) parfaitement en marge du pouvoir de l'Eglise, absolument secrète, entièrement dirigée vers l'accomplissement de l'Œuvre. Nos frères qui s'épuisent en vain devant l'athanor des deux côtés des Pyrénées s'échangent loyalement leurs informations, s'informent de l'avancée de leurs travaux et de l'efficacité de leurs techniques. Ceci, comme tu le sais aussi, n'a jamais rien donné et beaucoup aujourd'hui perdent espoir.

Voici cependant qu'on me parle d'une « clé » qu'aurait à Pélages livrée in extremis voici près de soixante ans un prêtre cathare condamné au bûcher ! Venant de tout autre que ton maître ceci ne mériterait sans doute aucune considération ; mais Pélages est le plus avancé de nous tous dans l'Œuvre et le fait qu'il veuille bien à la fin de sa vie nous confier ce secret qu'il a conservé pour lui tout ce temps me donne à réfléchir. Soit dit en passant, l'abbé de Caunes est bien un fieffé pendard, qui a failli à sa promesse faite comme par chacun de nous, de ne rien cacher de ses informations !

Le ton de la plaisanterie ne perçait pas de ces propos, mais Béranger, que ces reproches ne concernaient pas ne crut pas devoir répliquer. Il ne crut pas davantage utile d'étaler une déférence quelconque à Pedro de Peratallada ; sa condition lui importait peu et il savait que les circonstances les mettaient sur un strict pied d'égalité.

– Seigneur abbé, je suis fatigué. Depuis des semaines que j'arpente votre terre, j'ai visité avec mon compagnon un nombre incalculable d'églises et de chapelles pourvues ou non, car j'ai parfois été trompé, d'opus spicatum. Après Sant Pere de Rodes, on m'enjoint de voir Sant Roma de les Arenes près de Foixà, Sant Marti de Baussitges, Sant Julià de Boada près de Palau Sator, Sant Joan de Bellcaire… Je suis fatigué… et excédé. Car enfin, cela a-t-il un sens ? Que peut-il se trouver dans ces murs antiques que nos grimoires ne nous ont pas livré ? Et que viennent faire dans notre propos les dernières paroles d'un prêtre cathare, mort comme tous les siens pieds nus et pauvre comme Job ?

Pedro de Peratallada posa sa lourde main poilue sur l'épaule de de Prato.

– En cela tu te trompes, frère. Les Cathares étaient immensément riches … et selon certaines indiscrétions peut-être Pélages en sait-il aussi quelque chose… Mais peu importe, c'est un autre sujet. Comme toi, je ne comprends rien à cette piste, mais je t'aiderai, et ensemble, nous trouverons.

De Prato vit dans les yeux de Peratallada cette lueur qui illuminait souvent le regard de l'abbé de Caunes. L'un et l'autre souffraient du même mal qui n'était pas la cupidité, mais une soif implacable de savoir.

Le Prélat se trouvait dans la force de l'âge. On le voyait bien, il était un homme soigné, attentif à sa santé et probablement éloigné de tous les excès. Il avait une peau saine et de belles dents blanches, le poil dru et épais. De forte stature, il impressionnait aussi par sa voix, forte et sèche qui portait loin. Il était difficile pour Béranger de l'imaginer dans les volutes et parfois les miasmes d'un laboratoire, les mains dans les scories ou le fumier.

– Soit, dit-il. Visitons donc sans tarder l'abbaye, qui me semble considérable, et dans ses moindres recoins. Peut-être y trouverons-nous quelqu'indice qui nous mettra sur la voie.

Peratallada servit personnellement de guide, ce qui ne laissa pas d'étonner les nombreux moines qu'ils croisèrent. Ils décidèrent d'entreprendre la visite des lieux de la façon la plus naturelle, c'est à dire par l'entrée, mais avant ils pénétrèrent dans l'infirmerie qui, comme souvent, avait été édifiée à l'extérieur et qui déjà, se trouvait en grande partie construite en opus spicatum.

L'hôpital, et ceci ne l'en rendait pas plus aimable, était curieusement cerné par un vieux cimetière vraisemblablement abandonné depuis des lustres et qui constituait donc l'accès au monastère. Y demeuraient battues aux vents quelques croix de bois noires, souvent déclouées et bien branlantes, penchées en tous sens et dont manifestement personne ne se souciait. Le sol raviné se trouvait irrégulièrement creusé çà et là, attestant que certains des défunts avaient bénéficié d'une bière, désormais pourrie et écrasée par le poids de la terre. Peratallada expliqua rapidement à son hôte que le champ des morts disparaîtrait bientôt car il ne tolérait plus que tout un chacun fût inhumé ainsi sous les murs de l'abbaye. Seuls désormais pouvaient briguer l'honneur d'une sépulture en ces lieux, mais dans la galerie nouvelle récemment édifiée à cet effet, les personnages les plus considérables de la région.

« Les plus riches aussi ; je ne me voile pas la face... » murmura-t-il dans un pâle sourire.

Attentifs mais dubitatifs, il entrèrent ensuite dans le patio du monastère. A leur gauche un escalier les mena à l'église. L'escalier était appuyé sur les logis des visiteurs et à sa base, sur le cellier. A ce niveau, de Prato admira la belle sculpture d'un visage féminin adossée au centre de l'arc du portique.

– Réminiscence payenne, dit l'abbé en haussant les épaules.

La visite de l'atrium les retint longtemps. C'était une pièce de trois nefs voûtées séparées par des arcs en plein cintre ornés d'impostes. Le nef centrale paraissait légèrement pointue ce qui laissait supposer qu'elle était postérieure au reste de l'église. Les deux autres présentaient des voûtes en quart de cercle. Tous les arcs intérieurs étaient outrepassés ce qui attestait de leur antiquité.

De Prato ne fut pas surpris de se trouver devant de nombreuses œuvres du sculpteur inconnu qui avait orné nombre d'édifices pieux occitans et dont la facture était facilement identifiable. Saint Pierre dans une barque était d'ailleurs figuré avec beaucoup de réalisme sur la porte-même du temple.

– Je reconnais cette facture, dit-il. J'ai vu partout, de chaque côté de la montagne ce fameux coup de patte...

– Sans doute, et déjà près de Caunes, dans la Rotonde de Rieux ?.. mais peut-être aussi à Lagrasse, Saint Papoul ou Saint Hilaire... et si tu poursuis ton chemin de ce côté-ci tu le rencontreras encore à Sant Esteban de Bas à Olot ou à Sant Pere de Galligans à Gérone... car, c'est vrai, il est partout. On pense communément qu'il s'agit d'un artiste initinérant du siècle dernier, peut-être catalan, peut-être lombard ou provençal. Je l'ai pour ma part trouvé en Lombardie, à l'abbaye de Sant'Antimo, à l'oratoire de Casciano Val dei Pesa et aussi à Prato... C'est d'ailleurs sous le nom de Guilhem ou Guillermo de Prato il me semble, qu'il était connu à l'époque alors que ce ce côté-ci de la mer on ne lui connaissait pas de nom.

Là, Pedro de Peratallada panta son regard froid dans les yeux de Béranger.

– Prato... de Prato... n'est-ce qui coïncidence ?

– Sans doute. Enfin je le crois. Rien malheureusement ne m'autorise à penser qu'il puisse en être autrement. J'en serais pourtant flatté, soyez-en assuré... Mais, frère, nous nous éloignons...

Perallada demeura pensif. Le régisseur de l'abbaye de Caunes le déconcertait et il n'était pas loin de penser que tout ce qui pouvait se relationner à lui était à considérer.

Mais ce qui l'intrigua davantage de Prato furent les chapiteaux corinthiens qui semblaient bien d'époque grecque et, entre autres, les représentations indéniablement payennes d'un barbu lubrique et d'une sirène aguichante.

Peratallada qui le suivait les mains dans le dos crut bon de lui préciser qu'ils se trouvaient sur l'emplacement d'un ancien temple de Aphrodyte Pyrène, lequel avait été réemployé par l'Eglise du temps du pape Boniface IV quand, les armées de l'amiral de Babylone et des Perses menaçant Rome, il fut décidé de mettre à l'abri les reliques conservées au Latran. Ainsi, après bien des péripéties, souvent assez farfelues il est vrai, la tête et le bras droit de Saint Pierre l'Apôtre de même que les corps de son fils Saint Pierre l'Exorciste et de trois autres martyrs, furent déposés au Cap de Creus dans une grotte qu'on avait découverte sous le temple païen et sur laquelle on avait bâti plus tard le monastère.

Tout fut passé au crible. L'absidiole dédiée à Saint Paul, le transept, la sacristie, l'escalier « de caracol » de cinquante six marches qui mène à la chapelle Saint Michel qui est en fait une nef au dessus du transept et de l'absidiole gauche et qui possède un magnifique arc en plein cintre et une abside semi circulaire, le déambulatoire d'où l'on contemple d'un regard l'ensemble de la nef, et même, hors le temple, les cuisines et les caves, le cloître et la bibliothèque.

Du côté nord du chevet, entre les gros contre-forts constitués de piliers détachés, les deux hommes avaient distingué des courtines en « espiga ». Ce procédé, ils le savaient, avait aussi employé à Vic.

La crypte que les moines appelaient « la grotte de Saint Paul-Serge », quoique naturellement très ancienne, fut décevante. Assez exiguë, c'était une nef minuscule présidée par une petite abside semicirculaire très chichement éclairée par une fenêtre qui se trouvait être comme un trou dans le mur, et qui pouvait à un regard attentif la désigner de l'extérieur. C'est là que la communauté avait déposé les reliques que venaient vénérer lors des jubilés les pélerins de toute la Catalogne, d'Aragon, de Navarre et au-delà. Elles étaient pour l'heure irrévérencieusement empilées dans de gros coffres posés au sol sur des madriers, sous l'œil éteint de la Virgen de la Cueva, une icône de facture récente et d'assez mauvais goût accrochée au pilier unique de la nef. Le gros appareil des murs naturellement n'avait pas ici autorisé l'usage de l'opus. Par politesse seulement et parce que Pedro de Peratallada insistait beaucoup, de Prato jeta un œil au trésor du monastère et l'en félicita sans ostentation, mais il n'en admira pas moins secrètement un petit autel portatif recouvert d'argent repoussé, les nombreux objets liturgiques de facture bizantine, et surtout la merveilleuse Bible de Rodes connue sans doute dans tout le monde chrétien et qui était vénérée comme une relique. Il eut l'insigne honneur d'en tourner quelques pages sous le regard suffisant mais scrupuleux de l'abbé, et ne put que convenir que l'ouvrage surpassait de beaucoup tout ce qu'il avait pu voir jusque-là. Perallada lui apprit qu'elle avait été copiée à Ripoll peu après la consécration de l'église, sous l'épiscopat et sans doute sur la commande du Grand Oliba, lequel n'en vit pas certainement l'achèvement puisque, comme l'œil exercé de de Prato l'avait décelé, l'illustration du Quatrième Volume au moins, qui correspondait au Nouveau Testament, n'avait été réalisée que des décennies plus tard.

De Prato eut à cœur de s'arrêter longuement à l'herboristerie, moins sans doute pour en examiner les murs que pour fureter le long des étagères sous l'œil amusé de son hôte, humant ci au dessus d'un creuset, tapotant là un flacon ou un gros bocal de verre. Comme en Minervois, il constata sans surprise que les frères usaient ici contre leurs divers maux et humeurs de l'odorante lavande qui guérit des migraines, chasse les mites et parfume le linge, du thym et du romarin qui agrémentent la viande mais aussi, comme la menthe, facilitent la digestion, du genévrier qui ôte l'infection, et encore des feuilles de chêne kermès, du ciste et de la salsepareille…

Dans l'herboristerie comme presque partout, ici et là et parfois sur une grande étendue mais surtout dans les parties les plus antiques du monastère, se distinguait le travail en épi qui avait motivé le long voyage de Béranger de Prato et de Jordi Horteneda. Les deux hommes, l'abbé avec intérêt cette fois, car il dut l'avouer jamais jusqu'alors il ne s'y était fixé, relevèrent « l'opus » en abondance aux environs immédiats du cloître inférieur qui devait être le noyau basique du monastère (car en effet, chose inouïe, l'abbaye possédait deux cloîtres superposés), dans le tout proche réfectoire des moines surtout, dans l'hôpital et les constructions de la cellule monastique primitive. L'opus s'imposait encore au-dessus de l'entrée de la porte de défense dans le mur-même de la façade principale de la basilique.

Ils échangèrent enfin un long regard interrogatif puis, d'un commun accord, allèrent s'enfermer dans la bibliothèque.

C'était comme une longue galerie qui donnait sur le cloître d'où elle prenait abondamment sa clarté. Elle était bellement voûtée, très grossièrement dallée, et présentait de nombreux pans de mur en opus qui cette fois ne retinrent même pas leur attention. De grandes armoires en pin, noircies par le temps, occupaient la paroi opposée aux fenêtres geminées et étaient toutes chargées à l'excès de volumes divers, certains très vieux à ce qu'il paraissait, tous correctement rangés et ordonnés. Deux grandes tables du même bois étaient installées contre les murs latéraux et une autre, immense, complètement entourée de bancs, occupait tout le centre de la pièce. N'y manquaient ni lutrins ni candélabres. On pouvait même voir sous les tables de gigantesques bassins de cuivre cerclés de bois dans lesquels l'hiver on versait des braises incandescentes; la bibliothèque, par prudence et comme c'était souvent le cas ne possédant pas de cheminée.

Le moine qui était assis, seul, à la table centrale ne leva pas le nez. Il semblait plongé dans la lecture d'un grimoire qu'il avait tiré d'une pile proche de sa main et qu'il feuilletait précautionneusement. Peratallada se dirigea vers lui en silence comme pour le surprendre dans sa méditation. De Prato le suivit.

Le moine, déjà ancien, les dévisagea longuement, comme interrogatif. Il ne portait plus tonsure car ses cheveux clairsemés ne se pouvait plus discipliner. Des mèches grises, du plus mauvais effet semblaient piquées au hasard au dessus de son front et derrière les oreilles. Peu étaient les dents qui lui restaient et l'un de ses yeux était blanc. Il ne daigna pas se lever. Il semblait pourtant aimable, mais aussi fort las.

Il fit à Béranger de Prato comme un salut de la tête et dit, d'une voix grave :

– Ramon. Ramon Lulle.

RAMON LULLE[1]

Ramon Lulle ?... Lulle à présent. Le « Docteur Illuminé ».
A ce stade, Bernardin-François oscillait encore entre l'in-
térêt et l'incrédulité.
Qu'avait-il lu au sujet de l'adepte Catalan ?
« L'homme de Baléare issu
N'a dit chose qu'il naye sceu
Et ce qu'a sceu ne l'a dit mie
Que sous le mantel d'Alchymie. »

---

1. Bien des propos de Ramon Lulle sont tirés de son traité *Théorie*, abondamment cité par Wilhem Ganzenmüller dans son *L'Alchimie au Moyen
Âge*, Univers Secret, Marabout.

Mais attardons-nous sur la légende (?) de Ramon Lulle.

Après une existence mondaine, vaine et dissolue, Lulle se serait soudain
retiré dans une grotte de la mythique montagne de Randa, à 25 km de Majorque. Randa domine la plaine méridionale de l'Île et notamment un village
appelé Lluchmajor qui, dit Juan Atienza, « contient en son nom le souvenir
d'un dieu fondamental et inconnu des primitives croyances protohisto-
riques : Lug. Et l'auteur de rappeler que l'on retrouve la racine « lug » aussi
bien dans Lugo, Lyon (Lugdunum), Luxor que dans la Luce de la Bible.

De Prato ne cilla pas.

Ramon Lulle, le « Docteur Illuminé ». Il l'avait surabondamment lu et connaissait de longs passages de ses livres qu'il récitait souvent à Pélages et à sa demande lors de leurs travaux. Certains pourtant prétendaient qu'il n'existait pas et que sous l'égide de son nom écrivaient des adeptes ou des « souffleurs » qui craignaient les foudres de l'Inquisition.

Sa présence dans ce monastère, au fond n'avait rien d'étonnant. Lulle n'était-il Catalan de souche, né voici quelque cinquante ans dans les Iles Baléares ?

On le savait mystique, missionnaire des frères de Saint François et l'on disait qu'après l'avoir longtemps combattue, il avait été gagné à la Science par Arnauld de Villeneuve lui-même. Tout adepte un peu renseigné savait qu'il avait découvert le carbonate d'ammonium et réalisé la préparation de l'acide nitrique à partir du salpêtre, opération par ailleurs attribuée à tort à son maître. Pélages tenait ses travaux pour remarquables en tous points et ne jurait ces derniers temps que par lui.

Lulle ici, témoignait en tout cas de l'intérêt que prenaient les frères des abbayes à cette affaire.

L'Alchimiste se leva, assez péniblement.

– Que sais-tu de moi ? Que dit-on de moi ?

Sans doute Lulle visita-t-il surabondamment l'étrange ensemble ruiné mais encore impressionnant de Capicorp Vey qui semble avoir été un sanctuaire colossal.

Un jour, dit Lulle, dans sa retraite de Randa lui apparut un berger (un pastor…) qu'il vit « *joven, ab la cara molt plasent e alegre* » et qui lui révéla en une heure toutes les vérités essentielles. De ce jour, Ramon Lulle fut réputé effectivement détenir des connaissances d'un niveau nettement supérieur à ce que l'on lui savait posséder et qu'il avait déjà manifesté, ce qui ne put échapper à l'Inquisiteur Nicolas Aymeric qui déclara ses œuvres impies et tenta en vain de lui nuire.

Parmi ce que Aymeric appelait de dangereuses élucubrations figurait, outre ses postulats alchimiques, la démonstration par l'étude des courants,

Il semblait assez anxieux. D'emblée, il avait adopté lui aussi la langue de Provence qu'il maîtrisait assez.

– Maître, dit de Prato, avec la déférence dont il ne se savait pas capable, on dit de vous que vous avez accompli l'Œuvre. Mais puisque vous êtes là, je sais à présent que c'est faux.

Ramon Lulle sourit tristement.

– Mais encore ?

De Prato savait tout de Ramon Lulle, ou du moins, tout ce que les adeptes du monde connu colportaient sur lui.

Né dans l'aisance, il avait d'abord connu la vie banalement dissipée des jeunes oisifs de sa condition, se dédiant avec application à la luxure et au commerce effréné des femmes qu'il prenait et jetait sans vergogne. Un jour pourtant, il s'était pris de passion pour une dame mariée de la bourgeoisie qui résista longtemps à ses avances jusqu'à ce qu'enfin elle acceptât de le recevoir. Chacun connaît la suite. Dans son vivoir orné de tapisseries orientales, sous les yeux du jeune impudent stupéfait et épouvanté, elle avait dégrafé son corsage et exhibé ses seins rongés par la maladie et lui jetant au visage comme un crachat cette diatribe restée célèbre : « Regarde, Ramon, regarde la laideur de ce corps qui t'a conquis. N'aurais-tu mieux fait de mettre ton amour en Jésus-Christ dont tu peux recevoir un prix éternel ? »

---

de l'existence d'une immense terre ferme en face de l'Europe et de l'Afrique.

Cornélius Agrippa reprit plus tard les travaux de Lulle, et Randa devint même peu de temps après sa mort et malgré le caractère indéniablement sulfureux de sa démarche, un centre de savoir franciscain. Cisneros ira même, comme le rappelle Atienza, jusqu'à déclarer en 1513 : « j'ai une grande estime pour tous les travaux du grand docteur (…) qui sont de grand enseignement et d'une grande utilité (…) c'est ainsi (…) que je travaillerai à ce qu'ils soient publiés et lus dans toutes les écoles. »

L'Abbaye de Montserrat, qui accueille le visiteur avec un beau monument inspiré qui lui est dédié, honore encore aujourd'hui cette grande figure de la Pensée Catalane.

S'ensuivit la conversion du mécréant, un pèlerinage à Saint-Jacques, une retraite à Majorque, puis un interminable périple à travers la Provence, l'Espagne, le pays des Maures et même la Palestine. A Tunis dit-on, son cou échappa de peu au cimeterre. C'est à cette époque qu'il aurait rencontré à Montpellier Arnaud de Villeneuve et commencé avec lui les Travaux, songeant ainsi à se rapprocher encore de Dieu, envisageant peut-être de se consacrer à la médecine avec la rigueur et la compétence qui caractérisent l'alchimiste et qui manquaient si souvent aux mires de son temps.

Mais Béranger de Prato ne s'étendit pas sur ces anecdotes, au fond sans intérêt, et se contenta de dire :

– Vous avez écrit : « la Pierre est semblable à l'homme, qui a été tiré du limon. » Vous avez écrit : « Comme Adam, la Pierre se compose des quatre éléments… » Surtout, et ceci après m'avoir émerveillé me navre à présent, vous avez écrit : « d'une once de cette poudre de projection, blanche ou rouge, tu feras des soleils en nombre infini et tu transmueras en lune toute espèce de métal sorti d'une mine », ou bien encore « de même qu'une infime quantité de semence suffit pour créer l'homme, de même une infime quantité de soufre suffit à créer le Remède »...

Il y avait dans sa voix plusqu'une nuance de reproche, beaucoup de déception et un peu de dédain.

– Frère, je ne l'ai pas écrit. Je n'ai jamais écrit. Je n'écris point. Comme toi, je cherche. Viens.

Il invita les deux hommes à s'asseoir à la grande table. Il ouvrit le grimoire un peu mité, et lut :

– « La nature a fixé un temps pour la conception, la grossesse et l'enfantement. Ainsi l'alchimiste, après avoir fécondé la matière première, doit attendre le terme de la naissance. Quand la Pierre est née, il doit la nourrir comme un enfant jusqu'à ce qu'elle puisse supporter un grand feu. »

« Ce que les forces naturelles et célestes font dans les vases naturels, c'est-à-dire les lieux où on trouve les métaux à l'état naturel, elles le font aussi à l'intérieur des vases artificiels quand ceux-ci sont façonnés à la manière des vases naturels. » Ramon Lulle, *Théorie*.

Il ferma le livre, en prit un autre dans la pile, et lut à nouveau :

– « Au printemps, par sa grande et merveilleuse chaleur, la pierre apporte la vie aux plantes ; si tu en dissous la valeur d'un grain dans l'eau et si, prenant de cette eau ce qu'il faudrait pour emplir la coque d'une noisette, tu en arroses un cep de vigne, ton cep portera en mai des raisins murs. » Ramon Lulle. *Pratique*...

– Dans *La Pratique*, reprit de Prato, est dit aussi : « Mon fils, commence au nom du Seigneur qui a souffert une mort cruelle pour l'amour des pécheurs l'accomplissement de notre œuvre philosophique, en faisant le signe de la croix de façon que le diable n'entrave pas ton travail... »

– Tout n'est qu'âneries, frère. Ou pas, après tout. En tout cas, je n'en suis pas l'auteur. Toutefois, ta dernière citation donnerait à réfléchir.

Tu le sais car personne ne l'ignore, mon véritable maître est Zozime le Panapolitain. Il était grec mais vivait en Egypte. Tu as ici, sur cette table, ses quatre ouvrages essentiels que je ne cesse de relire : *De la composition des cieux, De la vertu des interprétations, De l'art sacré et divin, Des instruments et fourneaux*.

– Pélages ne possède que ce dernier...

Lulle sourit :

– C'est moi qui le lui ai fourni, à sa demande expresse, par le courrier de nos frères des abbayes... Je regrette qu'il n'ait pas sollicité les autres, que je tenais pourtant à sa disposition. Mais ceci est caractéristique de l'abbé de Caunes dont la démarche jusqu'à ces derniers jours m'a toujours semblée presqu'exclusivement opérative.

De l'art sacré surtout est à prendre en considération. On y retrouve la pensée de Synésius qui disait que comme au commencement, Un seul a été et qu'en conséquence tout viendra d'un seul ; ce qui veut dire convertir les éléments, et convertir les éléments s'appelle faire l'humide sec et le fugitif fixe. Mais l'enseignement de Zozime est plus précieux encore en ce qu'il prétend, en substance, que la matière n'est rien mais que ses qualités sont réelles, et que de la même façon les hommes sont de substance identique par la purification de leur esprit, non par la transformation de leur corps. Mêmement, les métaux peuvent être transformés par le feu pour gagner ce que j'appellerais « l'esprit de l'or ».

De Prato commençait à comprendre pourquoi Ramon Lulle était surnommé « le Docteur Illuminé ».

– Les Alchimistes dignes de ce nom, poursuivit l'adepte, ne recherchent pas la matière première, mais le catalyseur qui provoquera les variations de la forme substantielle ; c'est ce qu'ils nomment la Pierre Philosophale. Vois aussi Thomas d'Aquin : « c'est la même chose, a-t-il dit, pour un corps d'avoir une âme que pour la matière de ce corps d'être en acte. »

– Mais l'Anglais Roger Bacon n'est-il plus prosaïque lorsqu'il prétend que la nature tâche sans cesse d'atteindre la perfection, c'est à dire l'or ?

Admiratif, Lulle répliqua :

– Tu as donc lu aussi Bacon dans ta misérable abbaye de Caunes en Minervois ? On ne le connaît qu'à peine, à cette heure...

C'est vrai, il l'a dit. Et je gage que Pélages, de ce jour, n'a plus entendu que lui !

– Certes non, Frère Ramon, (il ne se gênait pas de l'appeler ainsi) car il vous tient en grande estime.

– Sans doute son opinion se trouverait-elle modifiée s'il apprenait que j'étudie à présent ceci...

Il étendit une longue main blanche vers la pile de livres qu'il avait posés devant lui et qui étaient siens, fit-il remarquer, et non pas issus de la bibliothèque. Celui qu'il brandit glorieusement devant les yeux de ses interlocuteurs était semblait-il couvert d'une fine peau d'agneau, présentait un grand format, et ne portait sur l'extérieur aucune inscription. Il le posa délicatement devant les mains de de Prato, tandis que les yeux fermés, il récitait, comme avec délices :

– « Lorsque les lumières divines se sont multipliées sur un être humain, elle le revêtent de la puissance et de la majesté et les âmes lui obéissent. Certains parviennent à l'investiture par laquelle s'effectue la totale transmutation de l'être charnel. Ainsi lorsque les pélerins de l'Esprit s'élèvent vers le monde d'Hurghalé, là où se trouve l'Islam, la terre des cités d'émeraude, vient le Madhi tant désiré. Là où se corporalisent les esprits et se spiritualisent les corps et la résurrection fait muter charnel et spirituel. Mais ici-bas, dès maintenant, il faut pénétrer en Hurghalé, avoir l'expérience de la sagesse et du dépouillement du corps, que tantôt on dépouille et tantôt on revêt, ce qui permet de se révéler sous la forme choisie... »

Il semblait en extase.

Peratallada quant à lui, qui ne bronchait pas, commençait de s'ennuyer et de regretter d'avoir cru bien faire en invitant à ce débat l'illustre illuminé.

– Ce livre, dit froidement de Prato, doit être l'Hekmat ol Echragh du Seik Sohraverdi. J'en ai entendu parler mais je ne le savais pas en Occident. Je crois pouvoir le lire, si vous le permettez.

– Certes, certes, frère...

Ramon Lulle était toujours dans son rêve. C'est de son rêve que les deux hommes l'entendirent murmurer :

– Hérétique... Chahabeddine Yahya Sorharverdi était un hérétique musulman, et pour cela il fut exécuté voici près d'un siècle à Alep à l'âge de trente-huit ans. Ce livre est une synthèse complète du Coran, des conceptions mazdéennes de Zoroastre, de la gnose hermétique, de la philosophie d'Aristote... Et si la lumière venait à présent d'un autre hérétique, cathare celui-là ?

Car enfin, dit-il brusquement, comme émergeant soudain d'un songe et en fixant le jeune adepte dans les yeux, ce Pierre Isarn, occis à Caunes et son *opus spicatum* sont-ils si incongrus ? Le dépouillement complet de l'être n'est-il le but ultime ?

Il y a j'en suis sûr, dans ce « travail en épi » une vertu profonde qu'il nous faut percer !

Peratallada et de Prato échangèrent un bref regard qui heureusement échappa au borgne. Toute révérence gardée, ils pensaient l'un et l'autre que ce que disait Lulle assis, ils pouvaient le dire debout, et certes sa contribution leur semblait bien mince.

N'y tenant plus, l'abbé de Rodes constata avec une amertume non dissimulée :

– Or, Frère Ramon, si je vous ai bien entendu, le Grand Œuvre se résume à la transformation de l'être, à son dépouillement pour une renaissance illuminée ?…

– Eh, eh ! Pourquoi pas ? Athanor, après tout, ne fait-il écho à Athanatos qui veut dire immortel ? Ou préférez-vous que je vous dise que pour faire de l'or espagnol il suffit de fondre cuivre rouge, poudre de basilic, sang humain et vinaigre ?

Beranger de Prato prit ici la parole. Tout ceci l'aurait conforté voici peu dans son scepticisme, mais il n'en était plus là.

– Frère Ramon. Vous êtes un errant. On vous pense ici, vous êtes là ; quand on vous dit à Gérone, vous vous trouvez à Toulouse…

– Certes non ! Partout, mais pas à Toulouse ! Les Dominicains y sont toujours trop bien assis ! Pero, al grano, hermano...

– Pas à Toulouse, je le veux bien. Toujours est-il que je ne vous vois point encombré de cornues et de cucurbites… Où se trouve donc votre laboratoire ?

– Touché, petit. Mon laboratoire, il est là, et là ! De son index, il avait frappé fortement et son crâne et sa poitrine.

Je te déçois n'est-ce pas ?

Il se tourna vers Peratallada qui semblait embarrassé.

Et toi aussi ? Je vous déçois parce que vous m'admiriez. *La admiracion es hija de la ignorancia…* Je vous déçois surtout parce que je vous montre la Voie, le chemin que vous avez de toutes façons décidé de négliger. J'ai cru aussi à vos erreurs, ne soyez ni anéantis ni tristes ; elles ne sont qu'une étape. Où je vais vous irez car vous avez malgré tout, je le vois bien, la compréhension des choses.

De Prato se leva lentement. Il avait résolu il ne savait pourquoi, de parler en déambulant dans la grande pièce.

– Je vous entends, frère Ramon.

Je vous entends, je vous comprends et permettez-moi de vous exprimer mon respect à l'égard de votre cheminement. D'ailleurs, ce que je vais vous dire n'altère en rien la sagacité de votre démarche.

Frère Ramon, vous connaissez l'Homme, vous me paraissez l'avoir comme soupesé et sondé jusqu'au fond du crâne, mon jeune âge m'interdit de me prononcer à ce sujet mais je pressens comme au fond de moi, que le vrai vous habite.

Mais frère Ramon, pour ce qui concerne l'Alchimie et ses applications pratiques, vous vous trompez.

LA BOÎTE D'IVOIRE[1]

La boîte d'ivoire ?..

– C'était à la fin du printemps. Dans le laboratoire au dessus du cloître j'avais eu avec Pélages une animée conversation au sujet de l'Art, naturellement. L'abbé venait de me missionner en Ampurdan, à la recherche de l'opus spicatum et l'incongruité de cet ordre m'avait fait vivement réagir. En effet, ajoutée à nos échecs sans cesse répétés, cette... fantaisie avait entamé d'une façon décisive ma foi en l'Œuvre, foi qui vacillait bien malgré moi depuis quelque temps déjà. Pélages, sans doute, s'en inquiéta et se vit déjà abandonné de son

---

1. Au musée du Trésor de la Cathédrale Saint Michel de Carcassonne il est loisible de voir, nous dit Mr Jean Vera de Caunes-Minervois dans son fort documenté *Caunes à travers l'Histoire* « un très bel objet d'art Arabo-Musulman qui date d'une époque indéterminée du Moyen Âge et provient de circonstances ignorées. Sa présence date d'un inventaire du monastère de janvier 1664 pendant la possession de l'abbaye par la Congrégation de Saint Maur. En 1884 elle apparut au public à une exposition de la Société des Arts et Sciences de Carcassonne. En 1932, Germain Sicard fit une note détaillée à ce sujet. Il s'agit d'une boîte ronde, taillée dans une grosse défense d'éléphant :

disciple alors que précisément il avait à présent furieusement besoin de son aide. C'est j'en suis persuadé, la mort dans l'âme qu'il consentit à me parler enfin.

– Homme de peu de foi, assieds-toi et écoute, me dit-il.

Très tôt, j'ai su qu'il y avait un secret. Très vite, j'ai su aussi qu'il me serait livré, car les secrets des hommes n'existent que pour être levés.

Nous étions dans le laboratoire et Pélages me regardait fixement. Si leurs faits et leurs gestes peuvent parfois m'intriguer, je n'ai pas coutume d'examiner les êtres qui m'entourent et l'expression de leurs visages ne m'apprend rien, non plus d'ailleurs que les volutes de leurs mains dans l'air ou les attitudes souvent exagérées de leurs corps. Ce jour-là pourtant, l'abbé m'apparut si fébrile, affolé comme une bête aux abois, que mon regard se posa au milieu de sa face blême pour ne plus s'en détacher.

Comme s'il avait pleuré ou œuvré longtemps sur ses vaisseaux, ce qui n'était pas le cas, ses yeux étaient enflés et injectés de sang. Je vis qu'il tremblait par petites convulsions des commissures, et une morve claire perlait à ses narines. Il suait beaucoup, du front, des ailes du nez et du cou.

---

125 mm de diamètre, 0,80 mm (*sic*) de haut. Le couvercle est relié à la boîte par deux charnières en cuivre ou en bronze rattachées elles-mêmes à une plaque ronde en cuivre fixée sur le dessus du couvercle. L'ivoire du corps de la boîte et du couvercle est recouvert de sculptures de style arabo-persan : sur le couvercle se voient : un faucon attaquant un oiseau, un chien attaquant une biche, un oiseau sur un arbre, deux autres chiens assis la tête tournée de côté. Enfin sur le pourtour de l'ouvrage, une bande d'entrelacs est sculptée : trois gros oiseaux qui se suivent, deux paons face à face et picorant un fruit suspendu à un arbre, un lièvre se retournant vers l'arrière, cinq biches marchant l'une après l'autre. Dans les espaces libres d'animaux : motifs de plantes. Au-dessous des animaux, un bandeau circulaire porte une inscription en caractères arabes de style coufique endommagé, une autre inscription existe également sur le corps d'un animal dans la frise ».

La boîte d'ivoire servit paraît-il un temps à Caunes pour porter le Sacrement aux malades.

Je ne sais s'il était aussi vieux quelques mois avant ou même seulement la veille. J'eus l'impression qu'il avait croisé un spectre dans le déambulatoire ou conversé dans la crypte avec le diable lui-même. Certes, Pélages a aujourd'hui plus de quatre-vingts ans, mais tout le monde s'accordait jusqu'alors à le voir alerte et vif en dépit de cet âge avancé. Pour ma part je me trouvai soudain, et de façon inexplicable, devant un vieillard irrémédiablement décrépit, en équilibre au bord de sa tombe. Chacun sait qu'il a la faculté de se voir dans les yeux de ses interlocuteurs quelque soit le soin qu'ils mettent à se dissimuler ; ce que Pélages vit dans mes yeux, sans doute, l'incita à se livrer entièrement et d'un seul jet :

– C'était le jour de la fête de Notre-Dame, me dit-il d'une voix blanche, en regardant le sol au milieu de ses pieds, dans la vingt-cinquième année de ma charge. Je n'ai aucun doute sur la date, car quelques jours auparavant un courrier spécial m'avait remis en mains propres l'expédition de la Bulle de Clément IV par laquelle il mandait enfin à l'archidiacre de Carcassonne de ne souffrir point que les abbés et religieux du monastère de Caunes fussent désormais inquiétés ni troublés dans la possession de leurs biens. J'avais durement bataillé pour obtenir cette Bulle et n'y avais point ménagé mes deniers comme l'usage navrant l'exige… (Une belle canaille d'ailleurs que ce pape qui fut d'abord soldat et qui n'entra dans les ordres qu'à la mort de sa femme, avant de devenir on ne sait comment évêque de Narbonne. Et ce ne sont point, certes, les deux dernières années de sa vie passées à Viterbe avec Thomas d'Aquin qui le réhabilitent à mes yeux !…)

Je venais de prendre congé d'un émissaire de l'inquisiteur qui visitait les prieurés et abbayes des Corbières et du Minervois et qui, fort las de sa mission, s'était assez notablement attardé sans pourtant consentir à passer la nuit au monastère, et terminais sans déplaisir une coupe de ce vin de La Livinière sur lequel toi aussi, même toi, tu ne craches pas.

C'est alors que Guillaume Sicard me fit appeler à la porterie par un novice. Sicard n'avait pas à l'époque la charge du cellier, mais celle non moins délicate de l'accueil à toute heure du jour ou de la nuit des pélerins de passage, des égarés et des nécessiteux, comme l'exige notre Règle. Comme l'exige aussi la règle, dès que l'on avait heurté l'huis de la porterie Sicard avait répondu « Deo Gratias » et décadenassé. A sa grande surprise il ne vit devant lui, dans la nuit noire que perçait faiblement son fanal, aucun quidam ni de loin ni de près et n'entendit même aucun bruit. Ce n'est qu'en voulant faire quelques pas sur le parvis qu'il butta sur un large panier d'osier et qu'il entendit alors vagir vigoureusement.

Je pénétrai dans le petit local à l'instant où il débarrassait l'enfant de ses linges bien copieusement souillés et qui puaient à quinze pas. La créature ne vivait sans doute que depuis peu mais semblait robuste. Le cordon avait, à notre jugement, été correctement sectionné et noué. Comme il l'emmaillotait dans de nouvelles toiles, Sicard me dit que l'enfant semblait souffrir de la hanche gauche car il se mettait à hurler dès qu'on y posait le doigt ; nous en déduisîmes que l'accouchement avait été maladroitement ou hâtivement conduit. J'observai également que le sexe du nourrisson portait une très légère incision qui saignait un peu, comme un simulacre de circoncision qui naturellement ne pouvait se concevoir si tôt, mais qui sans doute était destinée à attester de sa race. Le panier d'osier était de ceux dont usent ordinairement les matrones de la région. Il se trouvait bien tapissé de paille enveloppée dans un morceau de drap d'excellente facture.

J'avais naturellement été confronté souvent à ce genre de situation. Ces découvertes n'étaient pas rares devant les porteries des édifices religieux et j'eus plus tard, et encore récemment à me charger de quelques morveux (le plus souvent mâles) lesquels sont ordinairement employés aux courtils ou au moulin à huile.

Guillaume Sicard tu le sais, était un homme tendre et sentimental et c'est d'ailleurs avec soulagement qu'il se vit confier par moi quelque temps plus tard la garde des muids, car, maître de la porterie il se comportait et c'est tout à son honneur, comme l'émule le plus zélé de Saint Martin, s'occupant des deshérités ou présumés tels avec un dévouement quelque peu exagéré qui finissait par grever plus qu'il n'était raisonnable les finances du monastère. Il se mit immédiatement à bercer l'enfant, le cajoler et lui sucer les doigts en oubliant absolument ma présence et d'ailleurs qu'il m'avait fait lui-même appeler, ce que les circonstances somme toute banales ne semblaient pas exiger. Ce n'est que lorsque j'aperçus la boîte sur la petite table noire près de la porte qu'il me dit négligemment :

– Ah oui, Père, il y avait aussi ceci dans le panier...

Je n'avait jamais vu un objet aussi étrange. Je le pris d'une main, pendant que Sicard te dorlotait comme une nourrice de métier (car tu sais bien de qui je parle, n'est-ce pas, de Prato ?) en te chantant les cantiques de la nativité. C'était en effet une boîte ronde qui m'apparut avoir été taillée dans une défense d'éléphant.

(Là, Pélages s'était courbé un peu et avait passé sa main fine sur l'étagère la plus basse du meuble où se trouvaient rangés tous les mortiers, et de derrière l'un d'eux, le plus gros et le plus ébréché, il avait sorti l'objet pour me le présenter. Le couvercle était relié à la boîte par deux charnières de métal rattachées elles-mêmes à une plaque ronde en cuivre fixée par au-dessus. On distinguait nettement dans l'ivoire des sculptures arabes ou peut-être perses représentant des oiseaux, des chiens, et des paons dans des scènes réalistes. Après l'avoir caressée des doigts, l'abbé me l'abandonna et reprit son récit).

– L'as-tu ouverte ? dis-je à Guillaume Sicard.

– Certes non, Père ! Comment aurais-je osé ?

– Bien. Il se peut que cette boîte contienne quelque indice qui nous mette sur la voie des propriétaires du panier... et de son contenu.

Je fis glisser l'objet dans la poche de ma coule et regagnai mes appartements.

Mon excitation était à son comble, car, et même si ceci peut te sembler étrange, j'avais le pressentiment de ce qui allait m'arriver. Je fis sauter promptement les attaches du couvercle. Je me souviens que j'étais en nage et que les poils de ma nuque se hérissaient. Comme étrangement je m'y attendais, il y avait dans la boîte au milieu d'une touffe de cheveux blonds destinée sans doute à la protéger des chocs, une petite fiole de verre opaque fermée d'un bouchon de liège, que j'ouvris sans hésitation mais non sans moultes précautions, sur une feuille de vélin.

Tout d'abord je crus que la fiole était vide, mais comme je la penchais davantage chuta sur le papier un grain de poudre de couleur rouge, assez dense.

Je n'eus immédiatement aucun doute et demeurai un long moment assis à la table de travail, inerte il me semble, comme frappé par la foudre. Lorsque je repris mes esprits, je recouvrai aussi mes moyens, et d'ailleurs crois-moi, l'opération qui suivit fut menée avec l'exactitude et la précision d'un adepte consommé. Avec ma plume d'oie je réintégrai avec le plus grand soin le grain dans la fiole, la rebouchai, et me rendis au laboratoire.

Tu sais alors ce qu'il convenait de faire. Combien d'expérimentations semblables n'avons-nous réalisées à partir de nos « chrysopées » de pacotille ?

Je pris comme il convient, deux onces de plomb à coupeller très pur que je mis en fusion dans un creuset ; j'y ajoutai une once et demie de vif-argent ordinaire que j'avais chauffé parallèlement dans un autre récipient, puis, comme l'enseignent les Maîtres, je détachai de l'ongle une partie du minuscule grain rouge, l'introduisis dans une petite boule de cire, et enveloppai le tout dans un papier grossier pour le précipiter enfin dans le creuset autour duquel je rapprochai les charbons. Je poussai le feu lentement pour limiter l'évaporation du mercure, pendant un huitième d'heure, laps de temps que je mis à profit pour tenter de me rasséréner tout à fait ce que ne pus obtenir comme tu le conçois, d'autant que l'affaire prenait la tournure surabondamment décrite dans tous nos livres : le métal fondait aisément sans d'ailleurs que le récipient fut porté au rouge, et il se formait une assez grande quantité de litharge à la surface du bain, surface qui devenait brillante, nette et irisée.

La fusion à mon jugement accomplie, j'ôtai le creuset du feu et le rompis dès qu'il fut refroidi. La masse métallique obtenue était teintée de couleurs variées, tirant un peu sur le vert. Naturellement, je la « touchai » tout court.

Naturellement, c'était de l'or le plus pur...

De Prato interrompit son récit pour en mesurer l'effet. Comme il s'y attendait Peratallada et Lulle happaient l'air à grand bruit en gigotant sur leurs sièges.

– Enfin ! exulta l'abbé de Rodes. Enfin une preuve irréfutable ! Toutes ces années de recherches et d'études justifiées !

Lulle pourtant s'était vite calmé.

– Certes, certes... Mais au fond, ce Pélages que tous vénèrent et respectent, n'a-t-il fait que s'approprier un peu de poudre de projection venue de je ne sais où pour la précipiter dans un de ses creusets ? Et si c'est là tout son art, ne peut-on quelque peu douter de son aptitude même à « toucher » l'or ? Car enfin, toi-même, de Prato, tu n'as rien vu et pour cause, et ne fais que nous relater ce qui peut être des élucubrations de ton maître ...

De Prato ne souriait jamais. Sa jubilation n'apparut pas lorsque lentement il détacha le cordon de cuir noir qu'il portait au cou et qu'il posa son pendentif au milieu de la table.

– Quand Pélages eut terminé son récit, il me remit cette breloque en me disant : « Ceci au fond t'appartient. Puisque les "fées" se sont penchées sur ton berceau... »

Le premier, Peratallada se saisit de l'objet, et sa vue baissant, le maintint longuement à un pouce de son nez. N'y tenant plus, il se dressa brusquement et sans un mot sortit de la salle. Quant il revint, assez rapidement, il le restitua cérémonieusement à Béranger de Prato en disant simplement mais avec un frémissement dans la voix :

– Je l'ai touché aussi. Je n'ai jamais vu d'or de si haut titre ni de si haut carat. Pour moi, il ne peut s'agir d'or de minière.

Lulle et de Prato savaient que l'abbé avait frotté la breloque sur une pierre d'une rugosité appropriée qui en avait retenu quelques parcelles infimes. Cette pierre humectée à l'acide nitrique ou à l'eau forte, une coloration s'était manifestée qu'il avait rapprochée à celles de traces similaires obtenues par des toucheaux de titre connu dont tout adepte ou orfèvre possède la gamme.

– Frère Ramon, dit calmement de Prato, il fallait que ces choses fussent dites. Encore une fois ceci n'altère en aucune façon vos considérations sur la transmutation idéale, mais a le mérite de nous replacer dans… notre sujet.

Ramon Lulle paraissait vaincu et demeura muet. Il y avait pourtant dans son œil un ostentatoire signe de jubilation, car au fond, avant ses échappées philosophiques, il avait été un adepte passionné et sans doute le demeurait-il encore.

Béranger s'était levé et dirigé vers la grande fenêtre à meneaux qui donnait sur la baie. Les mains derrière le dos il semblait contempler au loin les rouleaux d'argent de la mer que le soleil couchant soulignait.

– Mais ce n'est pas tout, dit-il sans revenir vers les deux hommes. Et même, ceci n'est rien.

Sa transmutation accomplie, Pélages entreprit ce qu'aucun de nous n'aurait manqué de faire. Car Pélages se soucie peu de l'or et chacun le sait ; le monastère de Caunes pue l'opulence par tous les joints de ses pierres, ses domaines épars en Languedoc sont sources d'énormes profits, ce qui ne me paraît pas être le cas, sauf votre respect frère abbé, de ceux de cette région sans doute moins avantageusement dotée. Et puis, je n'ai point scrupule à le dire, je suis certain que Pierre IV dispose de richesses suffisamment occultes pour ne pas figurer dans mes livres de comptes…

– De Prato, de Prato ! coupa vertement l'abbé. As-tu seulement des yeux pour l'évidence ? De ces murs, tu ne vois que la mer… mais tout ce qui t'entoure, des monts Pyrénées au Gironès et jusqu'à l'Ampurdan m'appartient… appartient à l'abbaye veux-je dire ! Ne sais-tu les donations incommensurables de Godefredo, du Comte de Béziers lui-même de ses possessions du Comté Toulousain, du Comte Artau dans le Comté de Pallars, du propre évêque de Rodes dans le Comté de Ribagorça… Ah vraiment, de Prato, tu me vexes au plus haut point et pour t'en tenir quitte tu devras souffrir ce que je t'en dis moi : ton abbaye de Caunes en Minervois n'est qu'une masure cernée d'un lopin en friches comparée à ceci… Et, comme extasié, il s'était approché de la fenêtre et avait écarté ses bras, comme pour étreindre les deux tours, celle de l'Hommage symbole de son pouvoir féodal (aux trois quarts édifiée en opus), et le campanile à trois étages et aux fenêtres supérieures géminées, emblème du prestige religieux et spirituel du monastère dans l'Ampurdan entier et au-delà.

De Prato haussa les épaules, secrètement amusé.

– Peu importe après tout. Là n'est pas mon sujet et si je vous ai courroucé je veux vous en faire humble excuse. Il est vrai que j'ai davantage étudié les étapes de la construction de l'abbaye que le détail de ses possessions. Mais je reviens à Pélages.

Je sais pour avoir participé à ses travaux depuis mon adolescence, que l'abbé de Caunes ne s'intéresse au fond qu'à « l'autre » propriété de la Pierre.

Les deux hommes écoutaient, sans aucunement sembler intrigués. Ils savaient bien.

– Les Arabes prétendaient que la Chrysopée est un remède universel, et que même, elle est de nature à prolonger la vie de plusieurs siècles…

– Les Arabes que je connais bien, interrompit Lulle, disaient aussi que tenue dans la main elle rend invisible ! et il s'esclaffa.

– Soit, revenons alors à Roger Bacon qui semble-t-il vous convient mieux. Ne dit-il, dans son Opus Majus que j'ai relu ici-même : « la médecine qui fait disparaître les impuretés de toutes les corruptions du plus vil métal peut laver les impuretés du corps et empêche si bien la déchéance de ce corps qu'elle prolonge la vie de plusieurs siècles... » ?

– Si fait, si fait fils... Mais tu peux tout aussi bien me citer Ortulanus qui décrit de cette façon la Pierre Philosophale « cela devient une pierre de plus en plus rouge, transparente, fluide, liquéfiante, qui peut pénétrer le mercure et tous les corps durs ou tendres et les transformer en une substance propre à faire de l'or ; elle guérit le corps humain de toutes les faiblesses et lui rend la santé... » Je crois moi, sur ce point, qu'il convient de raison garder et de ne point se départir d'une saine modestie. Je crois enfin ce que postule mon maître et ami Arnaud : notre Art est dans la main de Dieu ; il nous dispense la Science et nous la retire selon sa volonté...

De Prato ne l'entendit point, ou n'en fit pas cas. Il poursuivit, toujours abîmé dans la contemplation du soleil qui s'éclatait dans la mer :

– Pélages, on l'a vu, n'avait naturellement utilisé qu'une partie de la Pierre dont il avait d'ailleurs obtenu bien davantage que la petite breloque qui pend à mon cou. Il parvint encore à scinder ce qui restait du grain en deux infimes fragments.

Soixante ans ou guère moins est l'âge d'un vieillard, et l'abbé de Caunes, qui souffrait à l'époque des reins, des genoux et de mauvaises toux dès la fin de l'automne avait commencé à regret, mais comme c'est l'usage pour les personnages de son rang, à organiser ses funérailles qu'il voulait grandioses. Il en abandonna promptement l'idée lorsqu'il eût posé l'un des fragments de l'Absolu sur le bout de sa langue. Vous savez pour en avoir lu la description chez les maîtres grecs et arabes, ce qu'il advint.

Pélages, comme il s'y attendait, et ceci donc ne l'effraya point, fut pris d'une grande fatigue qui le tint couché une semaine de long. Durant cette indisposition son corps se mit à peler ; il lui tomba outre tous les poils du corps, les cheveux, les ongles et même les dents gâtées. Il n'eut alors ni faim ni soif et ne fit aucune déjection. Aidé de Guillaume Sicard qui prétexta une maladie infectieuse pour le couper des frères, il parvint à occulter son état quelques semaines au terme desquelles il se présenta un jour sans prévenir au Chapitre, à la stupeur de plus d'un, dans toute sa plendeur, plus velu que jamais, tout à fait ragaillardi et rajeuni de vingt ans. A cette époque, c'est lui-même qui me le dit, il se reprit à visiter avec fréquence quelques demoiselles de Olonzac qu'il laissa ébahies.

Sans doute les Arabes brodaient-ils en effet un peu lorsqu'il prétendaient que les effets de la Chrysopée sur le corps humain ne cessent qu'après des siècles ; pour Pélages ils persistèrent indéniablement de nombreuses années, pas cependant suffisamment pour qu'il n'en vienne, voici un lustre à en ingurgiter le dernier fragment... lequel à présent, avec le temps, et comme j'ai pu vous le dire, ne semble plus opérant.

Vous comprenez il me semble, son acharnement d'aujourd'hui à percer le secret de l'Opus Spicatum...

Pedro de Peratallada rompit le long silence.

– Tout ceci est exact et d'ailleurs corroboré par les rapports de Trophyme ce vieux puant qui est « l'observateur » que j'ai à l'abbaye de Caunes depuis plus de dix ans... Ne perdons pas davantage de temps et usons bien vite de notre sagacité...

LES TOURS WISIGOTHES

Jean Galand, on l'a vu, ne prisait point la cité de Carcassonne. Sans doute affichait-elle trop sa puissance.

Les romains l'avaient assise, les wisigoths amplifiée, les Trencavel ornée et tant aimée qu'un des leurs, Pierre-Roger, y était mort dans un cul de basse-fosse pour l'avoir voulue garder contre Simon de Montfort. Son fils plus tard s'y était cassé les dents en y pleurant toutes les larmes de son corps.

Pour lui, Carcassonne était une méchante maîtresse qui aguichait les hommes pour mieux les broyer.

Il devait s'y rendre souvent pourtant, car le co-adjuteur, lui, y séjournait avec délices et ne sortait jamais de son palais dedans-les-murs, comme s'il se trouvait toujours en état de siège et cerné par des hordes de faydits. C'est par la porte de Toulouse au sud-ouest du château, que Jean Galand accédait ordinairement aux tours. Au siècle dernier cette porte avait été percée dans la muraille wisigothe tandis qu'on avait construit, sans doute déjà à l'usage de l'evêque, un petit bâtiment qui ne prenait le jour que par trois fenestrons jumeaux divisés par des colonnettes de marbre aux chapiteaux sculptés.

Une rampe fort roide menait à la grande barbacane et tout d'abord à une barrière où l'on devait montrer patte blanche, puis à une porte ferrée défendue par un crénelage et fermée en permanence par une énorme traverse. C'est par cette rampe que Galand, s'étant fait reconnaître, accédait à la Tour de la Justice puis à celle de l'Inquisition, vieil ouvrage des Wisigoths qui avaient possédé la ville bien des siècles plus avant. S'il y montrait le nez, visitant même parfois l'exigu cachot au pilier central du moins quand s'y trouvait quelque prisonnier digne d'intérêt, il ne s'y attardait pas, ne trouvant que peu d'attraits aux gémissements des emmurés et aux miasmes qu'ils dégageaient. Il ne prenait point goût à pressurer ses proies, et à dire vrai, il sentait en lui à présent mais depuis peu, comme quelque chose de démoniaque lorsqu'il devait livrer un homme à la torture. C'était comme si la Bête qu'il combattait sans relâche dans ses fonctions le lacérait de l'intérieur.

Il revenait vite à la rampe, après avoir mentalement noté les doléances de son monde et signé quelques pièces (souvent des compte-rendus d'interrogatoires auxquels il était censé assister, mais jamais des levées d'écrou car en tout état de cause personne ne sortait de la Tour de l'Inquisition que les pieds devant, avec pour tout linceul le vêtement porté lors de l'incarcération quelques mois ou quelques années auparavant).

Il passait certes plus de temps dans la tour suivante qui se trouve à cheval sur les lices, qui commande les deux enceintes et qui a nom Tour de l'Evêque. En effet le prélat en avait depuis fort longtemps la jouissance, à l'exception notable du chemin de ronde supérieur naturellement réservé aux manœuvres des soldats. Cette tour fort belle au demeurant avait pour l'heure perdu sa fonction défensive mais avait conservé les caractéristiques d'un ouvrage militaire de toute première importance et sa porte d'entrée tenait moins du travail d'ébéniste que de la grosse barrière de bois noir, dur comme la pierre, que l'on pouvait rapidement glisser dans la muraille par les béantes entailles latérales. C'est que la Tour de l'Evêque coupait la communication sur les lices et pouvait aisément interrompre en cas de danger le chemin de ronde supérieur des courtines.

A l'intérieur les escaliers étaient disposés de façon à ce que l'accès au crénelage fût indépendant des deux salles voûtées que le co-adjuteur benoîtement, et n'en ayant pas l'usage prêtait à l'inquisiteur qui se trouvait être en quelque sorte son voisin. En effet au-delà de la tour s'élevait l'insolemment pompeux palais épiscopal qui, si souvent, trop souvent à son goût, accueillait Jean Galand.

L'inquisiteur pénétra sans bruit dans la première petite salle. Comme le soleil brillait fort encore en cette fin de journée et que ses pupilles tardaient à s'adapter à la semi-pénombre de la pièce, il ne vit pas immédiatement Gaucelm qui rangeait lentement et avec application une pile de parchemins dans un coin de l'écritoire, mais s'il ne le vit pas tout-de-suite le moinillon ne l'entendit point davantage, occupé qu'il était à sa tâche ou bien perdu dans ses songes.

– Faut-il donc que je te visite, ladre ?

La voix était métallique, et par ailleurs froide comme une lame. Benoît Gaucelm déglutit douloureusement et sentit sa salive descendre de sa glotte comme une boule de glace. Jamais, depuis son affectation à la Tour de l'Evêque où il serrait les archives de l'Inquisition, Galand ne l'avait visité. Au demeurant il ne l'avait pas revu depuis leur entretien dans sa grande demeure de la ville basse voici plus d'un mois, et s'il pouvait être certain que son redoutable maître ne l'avait pas oublié, du moins ne s'attendait-il point à le trouver tout abruptement devant lui sans même qu'un garde ait eu le temps de l'en avertir. Il se ressaisit pourtant assez vite, car enfin depuis leur entrevue il n'avait pas certes ménagé ses efforts ni négligé le moindre détail, et ne se sentait pas devoir rougir de sa prestation.

C'est d'une voix éteinte, faussement humble, mais qui occultait bien une certaine jubilation qu'il s'entendit répondre :

– Le bonjour, Seigneur. J'ai croyez-le, beaucoup travaillé sur le sujet et bien avancé. Toutefois mes recherches sont incomplètes et je ne les jugeais pas dignes de vous être présentées en l'état...

– Bougre ! Moi, c'est l'état de Pélages qui m'inquiète ! Dans peu de temps, si je tarde encore à me mouvoir, tes notes ne seront plus dignes que de te tenir compagnie dans le cachot de la tour d'à-côté...

Jean Galand venait en effet de recevoir un rapport inquiétant de son espion à Caunes. Pierre IV décatissait à vue d'œil et commençait d'ailleurs de délirer. Toutes affaires cessantes, le monastère avait paraît-il mission de rechercher furieusement dans tous les recoins un certain clou d'argent qu'il aurait égaré... L'inquisiteur craignait à présent le galop effréné de la folie.

– Va ! Dis-moi ce que tu sais pour l'heure.

Il s'était assis devant l'écritoire les bras croisés, les sourcils froncés, apparemment fort courroucé.

Gaucelm prit ses notes d'une main qui malgré tout ne tremblait pas. Faisant abstraction de toutes considérations étrangères à ses recherches, des motifs et des attentes de Galand ou de l'état de santé physique ou mentale de l'abbé de Caunes, toutes choses qui ne le concernaient pas, il était, même à ce stade, tout à fait fier de son travail et se sentit l'exposer avec une certaine délectation. Il prit place de l'autre côté de la table.

– C'est naturellement d'abord les registres de l'Inquisition de Pamiers que j'ai consultés. Y sont consignés les comptes rendus de tous les interrogatoires menés dès la chute de Montségur, avant et après le gigantesque bûcher. On y trouve aussi souvent les récits qui permettent encore aujourd'hui de reconstituer le parcours de nombreux prévenus (dans la mesure où il ne s'est pas arrêté tout court au cachot de la ville) et même celui des autres intervenants à « l'affaire », comme les hommes de la garnison qui ont été peu inquiétés, les juristes qui ont instrumenté et même certains chevaliers et soldats de l'Ost. J'ai ensuite utilisé de la même façon les registres de Mirepoix, ceux du présent siège de Carcassonne, les minutes des viguiers du Comté de Foix, et les notes que j'ai pu rassembler sur cette période des curés des environs sur les allées et venues suspectes... C'est un énorme travail, croyez-le, Seigneur. Il n'est pas tant considérable par l'exploitation des informations ; (ceci est de mon ressort et vous savez que ne serait-ce que par inclination personnelle, je n'y ai point ménagé ma peine), que par les difficultés pratiques à les obtenir attendu les distances et la complexité de l'organisation judiciaire de nos contrées. Par ailleurs je ne cache pas avoir rencontré quelques réticences que, pour ne pas avoir à vous importuner, j'ai cru bon de vaincre avec quelques sols melgoriens...

– Ainsi donc, des tonsurés auraient monnayé leur collaboration !... Ceci n'est pas le propos, mais note que je veux des noms...

– Vous n'ignorez pas que peu fréquentés déjà avant le bûcher de Montségur, les rares curés de sa région ne sont plus aujourd'hui que des parias qui se nourrissent de racines...

– Ils ont choisi leur office. Ils n'ont pas ma charge... qui est surtout celle de mon âme. Continue.

– Vous savez déjà beaucoup mais il vous manque les détails. Et tout, dans cette affaire il me semble, est à examiner avec le plus grand soin, même et surtout ce qui peut paraître anodin. Par exemple, avant toutes choses et pour planter l'ambiance, il faut savoir que Raymond d'A Niort dit « Le Maudit » était le beau-frère de Ramon de Perella, co-seigneur de Montségur. Et j'ai lu dans la déposition d'un quidam, à Pamiers, que A Niort était réputé « avoir des moyens de pression sur l'Eglise »...

– Ce n'est pas nouveau !

– Ce que vous ignorez peut-être est que les « Maudits » envoyaient avec fréquence et très aisément des hommes sur le Pog, lesquels n'étaient pas destinés à grossir la garnison mais semble-t-il, à véhiculer des informations.

Après un interrogatoire fort sommaire, en tout cas peu embarrassant, Ramon de Perella avec sa famille, sa suite, et leurs armes et bagages furent dirigés sous la conduite du Sénéchal, ici-même, à Carcassonne où ils furent jugés et condamnés pour la plupart à la prison à vie. Il y avait-là outre Ramon, son fils Jordan, ses filles Philippa, Alpaïs et Braïda, son gendre Guiraud de Rabat, Arnaud-Roger de Mirepoix et son épouse, Cécile de Montserrat, et bien d'autres comme le preux Gailhard del Congost et l'équivoque Imbert de Sales… Comme vous le comprenez « on » les éloigna ainsi sans heurts du pays d'Ariège pour les faire disparaître ensuite subrepticement puisqu'on ne les retrouve bientôt plus à Carcassonne sans qu'on aie trace de leur trépas ni d'ailleurs de leur élargissement…

Plus surprenant encore, Pierre-Roger de Mirepoix eut lui, la faveur de quitter Montségur avec tous ses biens sans restriction aucune, accompagné de l'ingénieur Bertrand de la Baccalaria qui avait fait des merveilles avec ses machines sur les créneaux du château, son chirurgien Arnaud Roquier et son serviteur Adhémar. Tout benoîtement, Mirepoix s'installa fort confortablement au château assez proche de Montgaillard. Confortablement certes, car de notoriété publique et d'ailleurs encore une fois et curieusement les registres sont clairs à ce sujet : Pierre-Roger de Mirepoix avait emporté comme à titre de récompense un véritable petit trésor composé de sols melgoriens et d'objets précieux que lui avaient abandonné les dignitaires cathares et que l'Ost de France ni l'Inquisition ne songèrent à lui disputer…

– À titre de récompense, dis-tu ?

– Naturellement. Car c'est Mirepoix et nul autre, qui avait veillé au succès de l'évasion de Amiel-Aicard, Hugo et Poitevin.

– Nous-y voilà !

– Il nous est rapporté que dès après la reddition et donc au risque d'anéantir les accords exceptionnellement favorables aux hérétiques conclus avec les assiégeants, Mirepoix avait dans un premier temps fait cacher les trois hommes « sous terre » pour les faire descendre la nuit tombée au moyen de filins dans les précipices du Porteil. C'est une remarque personnelle : il ne me semble pas vraisemblable que les fugitifs qui paraissent bien avoir été des « revêtus » et non des montagnards entraînés à l'escalade, aient pu dans ce périlleux exercice se charger de lourds fardeaux...

– Continue.

– Tout après concorde. Au pied du Porteil où ils étaient descendus sans encombres et non sans doute sans quelque soulagement, les trois hommes s'engagèrent dans les Gorges de la Frau, (les bien nommées eu égard à la frayeur qui venait de les quitter) pour traverser ensuite à toute allure la forêt du Basqui. Sans doute prirent-ils alors un peu de repos car ils n'avaient plus rien à craindre. On sait qu'ils firent encore une halte rapide « in villam de Causo », au bourg de Caussou...

– Pour se rendre d'abord à Prades d'Allion, puis enfin au Château d'Usson, je sais...

– Erreur Seigneur ! Erreur ! C'est une fallacieuse traduction du mauvais latin des notaires de l'Inquisition vers notre provençal qui, comme beaucoup vous égare !

L'œil du jeune archiviste brillait.

– Certes, le texte dit « pradas » mais dans ce contexte, pradas signifie tout simplement « à travers champs »... Par ailleurs le registre dit encore « in Castrum de So » que tout le monde s'empresse de traduire « au Château d'Usson ». Mais, Seigneur, dans les anciens écrits latins Usson n'est jamais appelé « So ». Il est invariablement désigné Ucio ou Icio...

– Alors ?

– Alors, Seigneur, Castrum de So est plus vraisemblablement et en tout cas plus simplement le Château de Sos, précisément le Château de Montréal de Sos à l'Ouest de Montségur, possession des rois d'Aragon.

– Cela ne m'apporte rien...

– Attendez... S'installer au Château de Sos était pour l'heure assurément se soustraire à l'Inquisition et à l'armée du roi. Car si en théorie les pouvoirs du Saint Office s'étendaient naturellement à l'Aragon comme à toute terre non infidèle connue, les dominicains depuis belle lurette ne faisaient plus que lancer leurs anathèmes fort loin de ses frontières, en omettant soigneusement de les franchir.

– Lamentable.

– Lamentable mais pragmatique. Aragon est certes terre catholique et ne ménage pas ses efforts dans la lutte contre les maures mais il vous souvient sans doute que son roi, Pierre II a péri à la fameuse bataille de Muret devant Simon de Montfort alors que tout auréolé de sa gloire pour avoir renversé le musulman à Las Navas de Tolosa il était venu porter secours à son vassal Trencavel assez ignominieusement dépossédé de sa Vicomté de Carcassonne.

– Ignominieusement est de trop, Gaucelm. Il pourrait t'en coûter …

Benoît Gaucelm blêmit. C'est vrai que lorsqu'il s'enflammait, il était imprudent. Le catharisme et d'ailleurs les réels motifs de la Croisade contre les albigeois l'indifféraient, seule l'intéressait au fond la geste des chevaliers des deux camps, et ce qu'il savait de la conduite du conflit ne plaidait pas, pour lui, en faveur de l'Ost de France. Il savait toutefois que Jean Galand n'avait réagi que pour le principe, se moquant éperdument de ce qui n'avait pas trait au trésor de Montségur.

– Je veux dire que c'est ainsi que cette dépossession apparut aux Aragonais, lesquels ont depuis la mort de leur roi conservé une dent acérée contre tout ce qui se meut de ce côté-ci des Pyrénées.

– Les Aragonais, les Aragonais… Sont-ils seulement à craindre autant ? Car enfin ce petit pays n'impressionne point…

– Ce petit pays, Seigneur, croyez-le, est en fait dirigé par les Templiers depuis leur commanderie de Monzon.

– Les Templiers, à présent ! C'est vrai qu'il ne manquait qu'eux, dans cette affaire ! S'ils y trempent, tout est perdu…

De rage, il essuya l'écritoire d'un revers de manche et envoya les parchemins voleter aux quatre coins de la pièce. Il se leva lentement, comme soudain fatigué et se mit à marcher de long en large en regardant les dalles du sol.

– Je sais qu'il y a quelque chose. Trop de mystères, trop de silences, trop de complaisance, trop... d'anomalies. Il y a quelque chose, Gaucelm, tu m'entends ? Je pensais jusqu'à présent n'être que cupide et je le demeure certes, mais je suis plutôt maintenant avide de percer ce formidable secret qu'ont sû garder les gens de cette terre depuis des siècles.

Il reprit place et sembla retrouver instantanément son calme.

– Ce secret, Pélages en détient au moins une partie. Et si Pélages toutes ces années a usé impunément de ce savoir, avec habileté à l'avenir je le puis aussi. Revenons à Montréal de Sos.

– Les trois fugitifs y demeurèrent le temps de refaire leurs forces et d'examiner leur situation. Il semble qu'il se séparèrent à la fin de l'été, après les fortes chaleurs mais avant que les brumes prissent possession de la montagne. De Amiel-Aicard autant vous le dire tout de suite, je n'ai à aucun moment trouvé la trace dans le pays circonvoisin. Rien. Absolument rien. Je n'exclus pas d'ailleurs qu'il soit resté au château et qu'il y soit mort rapidement ou même des années plus tard ; j'en doute néanmoins eu égard au périple de ses deux compagnons que j'ai pu reconstituer.

Poitevin se dirigea vers la mer par les Corbières, après avoir semble-t-il beaucoup hésité. J'ai retrouvé sa trace successivement à Espezel sur le plateau de Sault, à Saint Paul dans le Fenouillèdes puis, curieusement, et alors qu'il se dirigeait vers Perpignan, à Axat ce qui implique un revirement complet, et enfin à Couiza où je l'ai perdu. J'ai cependant encore espoir et j'examine actuellement quelques indices que m'a fait passer un informateur de la région des Bains de Rennes.

– Quel était son comportement ? Comment vivait-il ? Qui voyait-il ?

– C'est simple. C'est simple pour lui comme pour Hugo dont le tour viendra. L'objectif principal des deux hommes était de se fondre dans la populace, de consentir à tout et de ne déranger personne, de ne créer aucun désordre, de n'éveiller aucun soupçon, de ne susciter que la sympathie mais point trop, et de prendre le large dès que, même par amitié on les serrait de trop près. A Espezel, Poitevin s'occupa du pais d'un petit troupeau de vaches et gîta dans une masure à l'écart du village, à Saint Paul il fut brassier au service d'un notable qui se souvient encore de ses talents de vannier, et à Couiza il aidait souvent aux moissons. Jamais on ne le vit parler à plus de deux personnes à la fois ni l'entendit élever la voix non plus que se plaindre de quoi que ce soit. On ne le vit pas davantage il est vrai manger de la viande (mais les brassiers en disposent-ils ?) ni s'approcher des femmes.

Hugo eut un parcours un peu différent, même tout-à fait opposé sur ce dernier point. De Montréal de Sos il prit tout de suite la direction de l'Andorre. Il n'y demeura qu'une quinzaine de jours et très vite je l'ai trouvé installé à Castejou de Sos, de l'autre côté de la Montagne, en plein royaume d'Aragon. Là, comme son compère, il se trouve employé à la garde des troupeaux et au curage des fossés. Comme Amiel, il participe aimablement à la vie du village mais dès que gagné par sa bonne figure on tente de l'y asseoir, il ramasse ses hardes et s'en va. Lui semble avoir un but précis, mais il prend son temps. Peut-être n'est ce que dans son tempérament.

A Barbastro, il demeure six mois ou un peu plus. Il s'y trouve bien et les gens ne sont pas curieux. Logé chez un maréchal près de l'église, il aide à la forge et soigne aussi les chevaux avec beaucoup d'application semble-t-il. Un jour les Templiers de Monzon tout proche, qui mènent régulièrement leurs montures à ferrer, affectant d'apprécier au plus haut point son aptitude à l'entretien des bêtes, lui proposent de le suivre pour l'installer à la ferme de la commanderie.

– Tiens, tiens…

– Il les suit... et mes informateurs s'arrêtent à la porte du Temple...

– Bon. Et alors ?

– Mes informateurs et même vos sols de Melgueil persuasifs ne peuvent rien dans une commanderie. Il me restait quand même le sacristain de Monzon. Par lui j'ai pu apprendre mais tout récemment, que chose inouïe, car tout porte à croire que Hugo était un revêtu, il avait succombé dans la ferme où il s'employait aux charmes d'une toute jeune chambrière et qu'il l'avait épousée.

Hugo est mort l'an dernier à la sortie de l'hiver, d'une mauvaise toux que personne n'avait pu lui quitter.

– Me voilà frais !

– ... Hugo avait de sa compagne eu un fils, Jordi, qui doit aujourd'hui avoir près de vingt ans, et auquel par prudence sans doute il avait tenu à donner le nom de sa mère : Hortenada.

Jean Galand eut comme un malaise. Il se sentit vaciller sur son siège comme si l'on l'avait frappé à la nuque.

– Nom de Dieu ! Par les bourses de Belzébuth ! Jordi Hortenada !

Son indicateur à Caunes venait de lui citer cet homme parmi les plus récents visiteurs de l'abbé Pierre IV Pélages...

LE CLOU D'ARGENT

Le clou d'argent pourrissait la vie du monastère. Mais il la troublait délicieusement aussi.

— D'abord, c'est quoi ce clou ? Dit Isarn en tapant du pied dans une petite pierre ronde qu'il envoya claquer contre le mur. Nous cherchons depuis trois jours sans répit et pour un peu nous en négligerions le manger. C'est bête, cette histoire et j'aurais honte qu'elle se sache hors de nos murs…

— Tais-toi, Isarn et ne néglige rien, répondit son acolyte. D'une part ce clou ne nous prive de rien (souviens toi quand-même de ce chapon du déjeûner) et d'autre part il peut rapporter gros puisqu'une forte récompense est promise à celui qui le trouvera. De sorte qu'il te convient il me semble, d'à la fois fermer ta grande gueule et d'écarquiller tes yeux chassieux.

Ainsi s'entretenaient d'ordinaire les convers du monastère qui se trouvaient être souvent de bien fieffés sacripants et dont les propos de pendards n'étaient point affectés. Leurs scandaleuses invectives n'étaient au fond que saillies naturelles drainées depuis les bas-fonds de la populace dont ils étaient issus et qu'ils n'avaient quittée que dans le dessein de se bourrer la panse et se rincer le gosier jusqu'à la fin de leurs jours, sans autre contrainte que de porter bure, accoutrement bien confortable au demeurant et qu'ils savaient passer aisément par dessus la tête quand, rarement il est vrai, il leur était donné hors les murs de courir la gueuse.

– Quand même ! Dans un monastère, un clou fût-il d'argent, est moins qu'une aiguille dans une botte de foin... Pélages est décidément fou chacun le sait ; et naturellement c'est de sa démence qu'il nous envoie tous à la chasse à la chimère !

– Et puis ? Est-il plus plaisant de biner les massifs ? De vider les latrines ou de rentrer le bois ?

– Toutes choses que clou en poche ou non, il nous faudra bien faire !

– Isarn, éloigne-toi ; tu m'avives les nerfs.

Isarn s'écarta, bien décidé à ne plus s'user les yeux dans les gravillons du cloître. Il devait avoir dix-huit ans, guère plus. Son père, un aisé charpentier de Ferrals dans la montagne l'avait offert avec soulagement à l'abbaye, même si ce présent s'était accompagné d'une lourde bourse qui, attendu les antécédents de son rejeton, avait été une condition sine qua non. Plus fainéant que ce garçon ne se pouvait trouver à des lieues à la ronde, plus dépravé dans tous les sens du terme aussi, comme l'affirmaient scandalisés tous les paysans qui le connaissaient. L'abbaye pourtant, surtout ces derniers temps, acceptait tout comme naguère avant la Croisade, et chacun comprenait déjà que le sursaut de dignité qui avait accompagné les émissaires du pape et les affidés de Dominique à la suite de l'Ost de France avait décidément vécu.

Aux quatre coins du monastère chacun glosait à son aise sur l'attitude plus qu'étrange de l'abbé, exposait son opinion, s'autorisait les plus farfelues supputations, s'esclaffait parfois ou s'emportait. Personne en fait ne cherchait effectivement le clou d'argent qu'une autoritaire injonction écrite lue au beau milieu du chapitre par un Russol décontenancé, avait comme promu au rang de Graal perdu dans la forêt de Brocéliande.

Trophyme naturellement ne cherchait pas. Une bonne fois pour toutes, il avait haussé les épaules et jeté ses yeux au ciel, et personne ne songeait à l'importuner. D'ailleurs il s'était enfermé dédaigneusement dans la bibliothèque, s'étant trouvé depuis quelque temps une passion qu'il ne savait expliquer pour le Coran.

Raimon ne poussait point ses investigations au-delà de la cuisine et de ses abords immédiats qu'il lorgnait sans cesse du coin de l'œil quand il ne surveillait pas la Soga occupé à prospecter l'allée qui menait au cellier.

Quant à Hugues du Pont, on ne le voyait pas.

Pélages se tenait serré dans son laboratoire. Il s'était incroyablement flétri et le sentait bien sans avoir à consulter encore son miroir. Depuis peu mais soudainement, il s'était voûté davantage et lui pesaient les épaules comme deux fardeaux inutiles. Il négligeait presque complètement à présent le boire et le manger, ayant semble-t-il définitivement perdu et l'appétit et la sensation de soif. Jusqu'à sa peau de parchemin tirait ici et là comme prête à le quitter à la façon de la mue du serpent. Plus grave, gravissime car il en était conscient, le fuyaient l'érudition et même l'intelligence et l'entendement, mais par bribes toutefois car il pouvait encore travailler parfaitement quoique peu de temps et aussi prendre conscience de ses erreurs. C'est ainsi qu'à cette heure précise où il avait repris ses travaux, il s'étonnait d'avoir ordonné aux frères de passer au crible le monastère à la recherche de la preuve irréfutable de sa transmutation au blanc dont au fond il n'avait que faire.

Le temps lui était compté, et davantage encore depuis qu'il ne disposait plus que de quelques heures sur la journée pour parachever l'Œuvre. Il n'avait aucune nouvelle de de Prato et déjà n'en espérait plus. D'ailleurs ne l'avait-il point accompagné jusqu'au porche de l'abbaye en lui disant :

– Reviens vite avec le Secret de l'Opus, ou ne reviens pas…
Béranger n'avait sans doute rien trouvé. Ou bien, et ceci était tout-à-fait plausible, il n'avait que trop bien trouvé…

L'abbé de Caunes avait repris le travail en remontant à l'étape qui avait précédé sa « petite » transmutation. « Il faut chercher l'élixir « au levain » disait Mohammed ibn Umail dans « l'Eau d'Argent et la Terre Etoilée ». La figure radiée à six pointes que l'on appelait l'Etoile des Mages, il l'avait bien vue, rayonnant à la surface du compost lors de la calcination qui est l'une des neuf opérations de la Scala… Mais après…

Après lui manquait la mémoire prodigieuse de de Prato, (et sans doute les notes manuscrites qu'il avait consignées à son insu lorsque de retour à sa cellule il reprenait mentalement et dans l'ordre le processus développé dans la journée).

Après…

Il ne jurait et depuis longtemps, que par le vif-argent. C'est Geber qui le lui avait enseigné : il est la clef de voûte de l'Œuvre, et sans lui rien n'est possible, ni la Chrysopée ni même à titre d'expérimentation sur la Voie, l'obtention des métaux les plus vils :

« Quand le souffle est impur, grossier, rouge, livide, que la plus grande partie est fixe et la moindre non fixe et qu'il se mêle avec un argent vif, grossier et impur de telle sorte qu'il n'y ait guère plus ni guère moins de l'un que de l'autre : de ce mélange il se forme du cuivre. Si le souffle a peu de fixité, s'il a une blancheur impure et s'il y en a moins que d'argent vif, si l'argent vif est impur, en partie fixe et en partie volatil, et s'il n'a qu'une blancheur impure et imparfaite, de ce mélange il se fera de l'étain »…

Le cuivre, l'étain et même à présent l'argent… Tout avait été accompli comme l'avaient enseigné les Maîtres qui ne s'étaient pas trompés et ne trompaient point même s'ils étaient si élyptiques dans leurs écrits. Quand à l'or alchimique, s'il ne l'avait pas obtenu, il l'avait bien touché de ses doigts voici plus de vingt ans et en demeurait ébahi. Il se souvenait encore qu'avant la classique coupellation il l'avait éprouvé à la manière des Arabes, par l'opération dite « du départ », c'est à dire en employant des nitrates puis de l'acide nitrique.

Oui, si tout était nébuleux voire obscur, et il en comprenait la nécessité car comme dit aujourd'hui Albert, « il ne convient point de jeter des perles aux pourceaux », tout se révélait exact et sans failles après examen et moyennant un correct entendement des choses occultes et une suffisante érudition. Comment en effet ne pas reconnaître immédiatement le vif-argent dans cette description de Zozime le Panapolitain :

« Sur l'Eau Divine, voici le divin et Grand Mystère, la chose cherchée par excellence, c'est le Tout. De nature, une seule essence, car l'une d'elles entraîne et tombe de l'autre. C'est l'argent liquide, l'androgyne qui est toujours en mouvement, c'est l'eau divine que tous ignorent. Sa nature est difficile à comprendre car ce n'est ni un métal ni de l'eau, ni un corps métallique. On ne peut le dompter, c'est le tout dans le tout, il a vie et souffle. Celui qui entend ce mystère possède l'or et l'argent ». Avec de Prato, il avait tout lu de Zozime et notamment ses quatre ouvrages essentiels : *Sur la Composition des Cieux, Sur la Vertu des Interprétations, Sur l'Art Sacré et Divin, Sur les Instruments et les Fourneaux...* Tout y était nébuleux et allégorique, passionnant certes, mais en réalité stérile car son chemin il faut bien le dire, n'en avait point été éclairé.

Il pensait à présent ou plutôt revenait à ce principe de base qui est né avec les hommes et qui traversera tous les siècles, qu'il est impossible de faire avec ce que l'on n'a pas, comme dans leur simple sagacité l'enseignent les matrones de tous les villages quand il s'agit de faire bouillir la marmite en période de disette. S'il avait pu obtenir cuivre, étain et argent et que l'or se dérobait, c'était naturellement que sa matrice ne lui permettait point d'aller à l'Ineffable, et que tant qu'il n'accéderait pas directement ou indirectement au secret de l'Opus, il piétinerait sur place au milieu de ses cornues et creusets. Malgré ses indéniables succès qui auraient fait l'émerveillement de nombre d'adeptes (mais dont se moquait de Prato qui prétendait ne voir aucune utilité à la fabrication du cuivre quand on peut s'en procurer à foison et à moindre coût dans la ville basse de Carcassonne) il demeurait comme la plupart d'entre eux planté et bien désemparé au milieu de ses stériles certitudes. Jamais il lui semblait, il n'aurait en main la fameuse matière première dont il connaissait surabondamment la description : « c'est une substance vile, noire, cassante, friable, qui a l'aspect d'une pierre et peut se broyer en menus morceaux à la façon d'une pierre. » Jamais probablement il ne tiendrait plus entre ses doigts la moindre parcelle d'or qui n'aurait été tirée de la mine.

Toutefois lui restait un espoir, ténu certes. Cet espoir lui venait de la définition de la quintessence qu'il avait trouvée chez les Egyptiens : tout corps, végétal, animal, minéral, contient une quintessence : elle peut aussi être pierre philosophale. La nature présente toujours un aspect visible et invisible ; elle est dualité. Il convient de la sublimer comme d'ailleurs le prétendaient les Cathares... Les métaux eux-mêmes ne sont-ils des matériaux malades ou inachevés, qu'il convient de guérir ou de parfaire ?

Il prit sur l'étagère un recueil de feuilles mal reliées qui semblaient davantage à un paquet de notes prises hâtivement et que lui avait fait parvenir à toutes fins utiles Pedro de Peratallada, abbé de Sant Pere de Rodes. Ces notes avaient été prétendument recueillies de l'enseignement oral de Albert dit le Grand, sur une place de Paris :

« Le meilleur alchimiste est celui dont les expériences se déroulent à l'imitation des phénomènes de la nature ; par exemple, l'épuration du soufre et du mercure, leur mélange avec la matière première du métal, car c'est par ce moyen que tout métal est créé. »

Albert disait aussi, mais il n'en trouva pas trace dans le grimoire, que si les saisons sont rigoureusement établies par le cycle solaire, rien ne fixe la durée de la vie humaine, et qu'à son sens il ne paraît pas impossible de prolonger cette vie si l'on parvient à sublimer certains éléments naturels et les rendre assimilables au corps humain.

Certes, de Prato, toujours sceptique, qui connaissait ce postulat, ne manquait jamais de lui faire remarquer que l'on prêtait aussi à Albert le Grand un véritable chapelet d'âneries du genre : « pour refroidir immédiatement l'eau bouillante, y jeter une pierre nommée « épistrite » qui est brillante et rouge », ou encore « pour dorer le fer et l'acier, prenez une partie de tartre de vin, la moitié de sel ammoniac, autant de vert d'Espagne et un peu de sel, faites bouillir le tout dans du vin blanc et frottez-en votre métal »… Il disait aussi que l'on prétendait partout que le Maître Parisien portait un talisman fait de tabrice qui est une pierre qui ressemble au cristal, qui rend savant et fait acquérir les honneurs, et d'émeraude qui a sensiblement les mêmes vertus…

Mais de Prato ne croyait à rien. En rien, car il était vain de son intelligence. Pas-même en Dieu, il en était sûr.

Il haussa les épaules, fit subrepticement un signe de croix et murmura :

« Ceux qui servent des vanités trompeuses, c'est leur grâce qu'ils abandonnent. »

JORDI HORTENADA

Alors que Béranger de Prato furetait dans l'abbaye, Peratallada et Lulle collés à ses basques, Jordi Hortenada, qui se sentait quelque peu méprisé par les deux espagnols mais s'en
trouvait ravi, s'était établi à quelques coudées, (car à cette
époque de l'année les moines ne tenaient plus ouvert l'Hôpital),
dans le petit hameau de Santa Elena où demeuraient les gens de
service, suffisamment éloignés du monastère pour s'en croire
affranchis un peu. Là ne se trouvaient pour l'heure serrées autour de la petite église et s'en servant parfois d'appui, que
quelques cabanes faites d'adobe et de bois et simplement couvertes de roseau. Ceux qui y gîtaient ne se plaignaient pas ; ils
vivaient chichement des poissons remontés à grand'peine de
Port de la Selva par le chemin muletier et des quelques rognures
que leur concédaient les moines. Pourtant ils ne connaissaient
point l'envie ni le dépit, et se contentaient de leur sort, sachant
pertinemment qu'à tout prendre, aucun brassier, aucun berger
ou aucune lavandière de l'Ampurdan à cette époque ne pouvait
ambitionner se provisionner pour le lendemain, et que sauf à

se couler dans le sillage des tonsurés comme les mouettes goulues dans celui des « barquitas » de la baie, on y crevait partout de faim comme d'ailleurs outre Pyrénées où pourtant florissaient disait-on la vigne et les vergers mais où pleuvaient aussi les coups de verges des tenants de la terre.

Jordi ne compta que cinq ou six familles formées d'un couple fruste de manières sauvages et au parler court, et de deux ou trois enfants en bas âge car dès leur puberté filles et garçons descendaient vers la mer presqu'en fuyant, pour s'employer à la pêche ou au radoub des embarcations qui mouillaient souvent dans la baie, en provenance de Catalogne française, de Lombardie ou des Iles Baléares.

Il y avait aussi le desservant de l'église que l'on appelait indifféremment Santa Elena ou Santa Creu de Rodes, qui appartenait au monastère mais avait rang de paroisse. Fra Juan était un brave homme pataud, d'une absolue discrétion, qui soignait avec la même application et sans plus de profit que de reconnaissance hommes et bêtes avec tout ce qui se trouvait sous ses pieds, herbes et moisissures, crapauds, fientes, fleurs et boues, avec succès souvent mais sans en tout cas se prendre au sérieux. Ceux de l'abbaye qui avaient envoyé Jordi au hameau et qui semblaient le connaître assez, disaient qu'il ne parlait hors l'office qu'aux chèvres rousses qui s'accrochaient par grappes à la montagne et qui se nourrissaient de toutes les plantes arbustives couvrant les anciennes terrasses sans jamais descendre vers les masures mais qui ne s'effarouchaient jamais et que les jeunes garçons agiles pouvaient aisément traire sur leurs perchoirs.

Le soir de son arrivée frère Juan avait rapidement considéré Jordi, lui avait tapoté la tête et s'en était allé vers le plateau peuplé de pins tourmentés, un panier d'osier à la main, songeant sans doute à une fricassée d'oronges et de rousillous.

Le lendemain toutefois, l'Aragonais parvint à l'apprivoiser un peu car il n'était au fond point farouche même s'il ne semblait pas rechercher la compagnie de ses semblables. Il se présenta à lui sans trop de détails que du reste on ne lui demandait pas, et parvint même un instant à capter son attention en évoquant le Monastère de Montserrat dont il savait que le curé avait été longtemps l'herboriste et qui était précisément le but de son voyage. Il engrangea ainsi de précieuses informations sur les us et coutumes des lieux et l'ambiance qui y régnait, et put imaginer la contenance qu'il lui conviendrait d'adopter pour s'y faire placidement admettre.

Jordi n'avait pas les yeux de son compagnon de route. C'est ainsi qu'il ne vit dans le regard du curé chargé d'ans qu'un peu de timidité et de retenue qui ne convenaient d'ailleurs point, à bien y penser, devant un si jeune interlocuteur.

Il n'y distingua pas le voile étrange et tragique qui le ternissait.

Jordi décidément, se surprenait à aimer l'église. Elle l'avait séduit par sa simplicité, sa nef unique et son beau campanile qui n'était qu'une tour rectangulaire qui surgissait comme incongrûment à l'intersection du plan de croix latine de l'édifice. Il trouvait du plus bel effet la décoration d'une fenêtre de l'abside réalisée de pièces de céramique sans doute récupérées ici et là, peut-être même dans les cuisines du monastère. Le curé semblait y vivre et dormir, couché à-même le sol. En tout cas ne desservait-il jamais la chapelle du Château de Sant Salvador de Verdera auquel on accédait malaisément par un chemin roide qui partait du porche de l'abbaye. Ce château jadis ruiné, venait d'être reconstruit et on l'avait entouré de tours rectangulaires et semi circulaires en alternance qui protégeaient aussi la petite chapelle assise au bord du Saut de la Reine au dessus de la plaine de l'Ampurdan. Au vrai, Fra Juan n'y était jamais appelé et n'en concevait aucun dépit. Durant son court séjour à Santa Elena, Jordi d'ailleurs ne sut rien du château surnommé « l'Atalaya » ou tour de guet, ni de ses occupants, dont les gens comme tacitement, faisaient peu cas.

Comme rarement Jordi se sentait bien et se prit d'envie de demeurer un peu sur ce rocher à contempler la mer et à ne plus penser. Quand il les eut apprivoisés, ses hôtes d'abord renfrognés, ravis sans doute de s'épancher un peu lui firent bientôt mine agréable. Si leur parler différait sensiblement du sien, il les comprenait parfaitement et prenait plaisir à les entendre quand ils l'eurent bien examiné, se plaindre avec impertinence des gras moines d'en face dont ils assuraient le confort et qui ne leur rejetaient pour tout salaire que les miettes de leurs repas.

Il avait encore un long chemin devant lui mais il ne s'était pas concerté avec de Prato du moment où ils auraient à se séparer, de sorte qu'il se résolut à patienter. Du reste, sa mission n'était point précise. On l'attendait, mais le terme n'était pas venu.

Il était bien, comme il l'avait été à Monzon. Seule la mer, immense, qu'il n'avait jamais vue auparavant troublait un peu sa quiétude car elle lui coupait la fuite. Ne lui restait de champ que vers cers, couchant et midi. Il haussa les épaules : cela suffisait, car il était jeune et prompt. On ne le prendrait jamais.

Il pensait souvent à Jordane.

Il songeait aussi à Monzon, à son imposant château aux cinq fortes tours assis sur le rocher, à la belle collégiale que l'on nommait Sainte Marie et à la gigantesque ferme du Temple qu'il avait dû quitter au printemps, alors que les neiges crêtaient encore abondamment les Pyrénées et que le vent du nord que la montagne n'avait que freiné, semait sur le sol les pétales roses des amandiers. Jamais jusqu'alors il ne s'était éloigné de plus de quelques lieues de sa terre natale et tout ce chemin parcouru sans encombres l'étonnait encore. Tout en effet avait été facile voire agréable depuis Barbastro et le pont de la Suerte où son père avait conservé des amis, tous d'ailleurs plus ou moins relationnés aux Chevaliers du Temple à ce qu'il avait pu voir, et qui le guidèrent joyeusement jusqu'au Val d'Aran où l'on devait soudain abandonner le Castellano pour l'Occitan ou Provençal, parler qu'il maîtrisait parfaitement depuis son plus jeune âge. L'Ariège aux mille sources ne sût le retenir. Le chemin avait été tracé et les étapes étaient précises, bien plus qu'aujourd'hui où avec de Prato, ils se permettaient quelques libertés. De villages en hameaux et jusqu'à l'intérieur des villes, un quidam soudain surgi de nulle part se présentait à lui et l'accompagnait quelques heures ou la journée entière pour disparaître souvent sans un mot lorsque le soir il se trouvait logé. Jamais il n'eût à sortir sa maigre bourse ni à s'enquérir du coût du gîte et du couvert.

Jordi Hortenada voyageait avec guide, et tous frais payés…

Mais ceci n'était point pour l'étonner.

Il vit Montségur, de loin. Son père lui avait depuis longtemps décrit le Pog et son environnement et tout lui paru si familier qu'il en pleura, car il lui sembla voir avec les yeux du mort et pour lui. Il en demeura longtemps tourmenté mais ne s'en ouvrit point à ses compagnons d'un jour. A quoi bon ? La mission imposait un large détour, vers Lavelanet. En effet depuis la reddition et l'effroyable bûcher, de nombreux nostalgiques venaient se recueillir au pied de la Citadelle et tombaient ainsi, immanquablement et sottement car ils en avaient été prévenus, dans les rêts de l'inquisiteur de Pamiers toujours à l'affût comme l'oiseleur devant ses pièges.

Mirepoix le surprit. C'était véritablement une ville et il n'en avait jamais vue, car la plus grosse bourgade qu'il connaissait alors, Monzon, n'était qu'un paquet de masures serrées autour de la Commanderie. Il vit beaucoup de gens affairés à la terrasse d'une taverne bruyante car la journée avait été longue, et ne put s'empêcher de faire halte sous les couverts où s'alignaient les échoppes. Il acheta même cérémonieusement un petit bracelet de laine et de perles d'os pour Jordane, ce qui, chose inouïe, parvint à faire sourire son acolyte. Après, dans la plaine, « on » le lâcha, non sans d'abondantes recommandations : aller le plus directement possible au but, sans perdre de temps, sans se lier ni d'amour ni d'amitié, sans se soucier de subsides car tous les gîtes étaient prévus où régnerait la discrétion la plus totale, sans surtout fréquenter les hérétiques car il en demeurait, sans oublier enfin de manger ostensiblement de la viande et de parler aux femmes le plus naturellement du monde.

A Carcassonne il eut bien une petite alerte. Dans le faubourg où il se restaurait après un long périple au travers du Pays de Laurac, une fille follieuse outrageusement fardée et bien débraillée, que sa mine de chérubin sans doute avait mise en appétit, s'étant sans cérémonie assise sur ses genoux avait entrepris de le tripoter partout en cherchant sa bouche. Il n'avait su d'abord que se débattre sans oser user de sa force, ce qui parut être un encouragement aux assauts de la fille qui redoubla d'ardeur. A la fin, véritablement courroucé, il se leva brutalement et envoya la putain donner de ses fesses sur le pavé ce qui lui parut une énorme incongruité. S'en suivit un scandale de tous les diables qui alerta le guet. Jordi fut promptement garotté, ficelé et entraîné vers la cité. Toutefois la mésaventure ne passa pas le coin de la rue où une grosse main s'abattit sur l'épaule du sergent tandis qu'une autre lui fourrait quelques sols dans la ceinture… L'affaire n'eut pas de suites, mais Jordi s'était dit que la ville des Trencavel ne lui convenait pas et malgré sa fatigue avait promptement pris la direction de la Montagne Noire.

Le but était Caunes, en Minervois.

A la sortie de l'hiver, Hugo, son père, l'avait appelé à son chevet. Il était mourant et Jordi le savait. Jamais aucun homme robuste de la région de Monzon ne se couchait des semaines de long pour se relever. Le mal était en lui. Il était entré dans la poitrine par les poumons dont il crachait le sang dans une bassine de fer blanc qu'il tenait sous son grabat. Hugo avait été fort et délié de ses membres, et il restait encore un peu de sa puissance dans ses bras toujours noueux. Le torse s'était creusé, les joues aussi, mais les yeux certes fébriles semblaient tenir une flamme inextinguible. Sa voix était faible et rauque, car de jour et de nuit il ne cessait de tousser. Les Chevaliers du Temple lui avaient envoyé un médecin, mais il ne l'avait pas même examiné. Tout juste avait-il jeté un œil sur la bassine et serré longuement la main du malade avant de se retirer sans une parole.

Hugo avait de sa main droite approché le petit tabouret de son lit. Sa voix ne portait pas et d'ailleurs ce qu'il avait à dire ne pouvait être que chuchoté. Il n'avait que Jordi et bénissait le ciel de le lui avoir donné après qu'il l'ait maudit pour avoir pris Bruna, morte en quelques jours de fièvre puerpérale.

– Approche-toi. Tu le vois, c'est la fin. Je t'ai parlé de la fin et tu sais qu'elle n'existe pas puisque jamais rien ne commence. Alpha et Omega… la boucle… Peu importe. Ce qui va se passer, pour moi, je n'en saurai rien puisqu'au sens strict je n'aurai plus de conscience. Ou bien serai-je « dans » la conscience, sinon la Conscience elle-même… Mais toi, Jordi, il te faut me continuer ici. Il te faut achever ma tâche ; si je ne l'ai pas accomplie la faute ne m'en est pas imputable. Ecoute…

Et Hugo parla longuement, entre quintes de toux et très brefs assoupissements. Il parla à Jordi de Montségur, non point véritablement du siège et de ses péripéties, choses que tout Ariégeois ou Aragonais connaissait surabondamment, mais de la soirée dans le donjon, lorsque Amiel Aicard, Poitevin et lui avaient reçu la mission de Bertrand d'En Marti. De ses deux compagnons Hugo ne savait rien et c'était mieux ainsi. Lui même s'était fondu dans le paysage comme on le lui avait demandé, allant même, ce qu'il n'avait jamais regretté, jusqu'à prendre femme pour cacher sa qualité d'hérétique, et même procréer, ce qui définitivement lui avait ôté la grâce du consolament. Plus de vingt années étaient passées depuis l'effroyable bûcher et de ces années-là Jordi savait tout. Le travail à la forge, aux champs, les diverses tâches à la Commanderie sous la férule mais aussi la protection attentive des Blancs Manteaux. Une vie ordinaire somme toute, mais sans épouse ou mère car Hugo jamais, n'avait plus porté son regard sur une femme et aucune ne l'avait désormais approché.

Un soir d'automne, l'an dernier, un Blanc Manteau était apparu sur le seuil de la petite maison Hortenada. Il accompagnait un homme grand, noir et décharné qui se tenait en retrait et regardait, souriant, droit devant lui comme s'il voulait percer les murs de son regard.

– Hugo, avait dit le Chevalier du Temple, celui-ci veut te voir. Reçois-le sans crainte.

Et il avait tourné les talons.

Jordi, qui se trouvait près de la fenêtre à lire l'un des nombreux grimoires que lui prêtaient alors les Templiers, avait été congédié d'un geste.

L'homme avait refusé le siège à lui présenté. Sans doute ne connaissait-il pas la fatigue ; il semblait venir de loin, avait les pieds poudreux et le vêtement fort négligé, déchiré aux genoux et comme décoloré par la pluie et le vent.

Hugo toussait déjà un peu, mais rien n'annonçait encore sa maladie.

– Hugo, avait-il dit, me voilà.

– Vous voilà ?

Hugo savait déjà. Vingt ans qu'il attendait.

– J'ai peu à te dire et je sais que tu ne m'en demanderas pas davantage. Dès que possible, tu dois te rendre en Minervois, de l'autre côté de la montagne et en direction de la mer, à Caunes, où se trouve une abbaye réputée. Près de la vieille église, au lieudit Le Casserot, tu demanderas un certain Arnaud Arsendis. Suerte.

La maladie entreprit ses ravages dans les semaines qui suivirent avec une rapidité qui stupéfia Hugo et tous ceux qui le connaissaient. Très rapidement il cessa ou presque de s'alimenter et eût à se coucher, laissant à son fils toutes les tâches domestiques mais point naturellement son office de maréchal pour lequel il n'avait pas même songé à le préparer, car Jordi, sur son ordre avait dès son plus jeune âge consacré toutes ses journées à l'étude et quelque fois aux exercices physiques sous l'égide des maîtres de la Commanderie.

– Cet homme, dit Hugo de sa voix faible, était naturellement le messager annoncé par Bertrand d'En Marti. Comment lui aurais-je dit que bientôt je me trouverais cloué sur ce grabat à happer l'air de ce qu'il me reste de forces ? Aurais-je pu le savoir ?

– Calmez-vous, père. J'irai à Caunes en Minervois.

– Naturellement, Jordi. Naturellement et je le sais bien. Toutefois, à Caunes, tu dois être moi. C'est à dire moi, avec mon crâne et ce qui est tatoué dessus...

Tout était prêt au chevet de son lit : un savon, un rasoir, un bassin, des aiguilles et une sorte d'encre dans une fiole de verre... Et un miroir.

Réunissant ces dernières forces, Hugo parvint à se raser tandis que Jordi avait mission de regarder le mur en face. Au moyen du miroir, il déchiffra les lettres écrites derrière son crâne et se couvrit immédiatement d'un turban. Epuisé, il s'étendit à nouveau un moment, puis dit avec un petit tremblement dans la voix :

– Viens, Jordi.

OLIBA, ÉVÊQUE DE VICH

Pedro de Peratallada, qui semblait jusque là tout absorbé dans la lecture d'un traité d'architecture fort mité, le repoussa soudain devant lui sans même le fermer. L'ouvrage glissa sur la table cirée et claqua d'un de ses coins de bois sur le mur.

– C'est assez ! dit-il. Tout ceci n'a aucun sens. Et s'abîmer devant chacun des murs de l'abbaye pas davantage. Les pierres, fussent-elles curieusement ou habilement disposées dans une paroi, à ce que je sache, ne parlent pas.

Ramon Lulle, dont on avait naguère rabattu le caquet, retrouvait sa moue dubitative voire moqueuse. En tout cas ne faisait-il aucun effort et ne participait-il aucunement ni à l'inspection des bâtiments ni aux recherches furieusement entreprises par ses deux acolytes dans la bibliothèque.

– C'est aussi mon avis, convint de Prato en lâchant négligemment les feuillets jaunis qu'il avait trouvés dans une jaquette de cuir près d'un vieux lutrin. Nous faisons fausse route. Le secret ne peut tenir dans un simple alignement de pierres qui, après tout, pourrait bien n'être que décoratif.

– Et l'effet n'est pas si heureux ! trancha Lulle. Souvent des murs entiers sont ainsi constitués, ce qui est pesant, et d'autre fois ce ne sont que des parties, sans logique, sans même qu'ait été esquissée une manière de frise. C'est effectivement consternant. D'ailleurs, à la réflexion, j'ai depuis toujours cet ouvrage devant les yeux dans ma pérégrination dans ces aimables contrées et jamais je n'y ai même porté attention.

De Prato regardait ses fines mains blanches.

– Cet « opus » n'a certainement aucune signification intrinsèque. Je penserais plutôt qu'il nous invite à chercher autour de lui, à nous intéresser à tout ce qui lui est relationné.

– Ou à tous ceux qui ont à voir avec lui !

– A qui penses-tu, frère Pedro ?

– Aux bâtisseurs, aux maîtres d'ouvrages surtout. Les exécutants ne pouvaient certes point s'autoriser de telles fantaisies ! Effectivement, il se peut que l'opus nous mette sur la trace de quelque personnage, sûrement important, indubitablement « artiste »…

– Cherchons donc dans cette direction. Nous savons déjà que l'opus spicatum est ancien et que vraisemblablement les wisigoths l'ont employé. Malheureusement l'histoire éloignée de nos contrées nous est peu familière et cette bibliothèque pourtant considérable, qui traite surtout de théologie et de l'antiquité grecque et romaine me semble déficiente sur ce point. Mais par ailleurs, quel intérêt trouverions-nous dans la vie d'un vénérable abbé du Ve siècle ou d'un architecte qui n'a plus de rhumatismes depuis quelques centaines d'années ? Je crois plutôt que nous devons réfléchir à des personnages plus récents qui auraient donc pu connaître les hérétiques albigeois, qui se seraient intéressés de près à l'architecture religieuse et singulièrement à l'emploi tardif du travail en épi qui, comme vous le savez, ne semble plus avoir été utilisé d'une façon générale, depuis le milieu du IXe siècle.

L'abbé de Sant Pere de Rodes prit gravement la parole.

– Et si, en plus, il était de souche wisigothe ? Frère Béranger, tu me décris-là un personnage que tout catalan, même le plus ignare ou le plus dégénéré connaît et vénère toujours aujourd'hui : Oliba ! Naturellement !

– Oliba ?

– Certes. Nul autre que lui ne camperait mieux notre personnage ! Et plus j'y pense, plus je me convainc qu'il faut aller dans ce sens. Ecoutez.

Les deux hommes étaient tout oreilles. Peratallada s'était emparé d'un autre ouvrage, parmi les plus précieux qu'il tenait serrés dans une des rares armoires fermées de la bibliothèque.

– Arrière-petit-fils de Guifred le Velu le Wisigoth, Oliba de Besalu hérite en 988 du comté de Berga mais en 1008 on le trouve abbé de Ripoll et de Cuixa. Il est évêque de Vic en 1017. En effet, pour devenir moine, ce qui semble avoir été sa seule aspiration, il avait vers l'âge de trente ans abandonné ses possessions à son frère Guifred de Cerdagne. On connaît Oliba pour avoir instauré la fameuse Trêve de Dieu près d'Elne en 1026 et pour ses nombreuses constructions religieuses dans toute la Catalogne, des deux côtés de la montagne, édifices par ailleurs copieusement pourvus d'opus spicatum alors que c'est vrai, la mode en était passée depuis longtemps. Son prestige était immense et n'avait d'égal que sa popularité dans toute sa région natale et bien au-delà. Il voyagea à Rome où, dit-on, il fut écouté, voire admiré pour sa sagesse et sa pondération en toutes choses.

Oliba mourut en 1046, époque à laquelle se développait déjà le catharisme dans les terres occitanes…

Ramon Lulle opina du chef.

– Oliba de Besalu ! Bien sûr… Qui ne le connaît au moins pour sa fameuse Trêve de Toulouges qui se révéla hélas n'être qu'un vœu pieux mais qui eut tout de même le mérite d'exister quelques décennies ! Pedro, lis-m'en le texte que tu as sans doute sous les yeux ; avec le recul, il me semble succulent…

– … L'an de l'incarnation vingt-sept après le millénaire, le dix-sept des calendes de juin vint Oliba, évêque de Vich en remplacement de l'évêque d'Elne Béranger, en compagnie

d'Idalguer archiprêtre de la Sainte Eglise d'Elne et de Gauce-
lin archidiacre, et d'Elmar sacristain, et de Gauzbert-le-
Chantre et tous les autres chanoines de la cathédrale, et
ensemble, avec les guides religieux, mais aussi la multitude non
seulement les hommes mais également femmes, se rassemblè-
rent dans le comté de Roussillon, dans le pré de Toulouges...
c'est pourquoi l'évêque conjointement avec tout le peuple des
clercs et des fidèles décidèrent que personne habitant dans tout
le sus-dit comté ou évêché n'attaquerait son ennemi de la neuvième heure du samedi à la première heure du lundi, afin que
tout homme s'acquitte de l'honneur dû au jour du Seigneur et
que personne n'attaque un moine ou un clerc marchant sans
armes, ni un homme n'allant à l'église avec les siens ou en re-
venant, ni un homme accompagnant des femmes, et que personne n'ose violer ou assaillir une église ou les maisons établies
tout autour jusqu'à trente pas...

– Dommage, dit de Prato, que cette trêve n'ait point passé la
frontière du comté. Beaucoup de vies eussent été épargnées, et
dans les deux camps, lors de la croisade contre les hérétiques de
triste mémoire.

Aucun des deux autres ne fit de commentaire.

Déjà Peratallada avait saisi un autre livre.

– Oliva ou Oliba de Besalu fut l'un des grands commanditaires des édifices religieux de la Catalogne. Il était fils de Oliba
Cabreta, ami du Doge de Venise Pierre Orseolo, et de Saint Romuald fondateur de l'ordre des Camaldules, qui fut plus tard
son conseiller. Savant et ascète, chacun le respectait pour son
sens diplomatique aigu. Il sut même raisonner un temps son redoutable et écervelé neveu Guifred de Cerdagne, archevêque
de Narbonne, et éloigner de sa tête une excommunication bien
méritée qui n'intervint qu'en 1055.

Il fit édifier la quasi-totalité de l'église de Ripoll avec son
chevet à chapelles alignées, remanier considérablement Sant
Miguel de Cuxa (où il quitta ce monde) et fonda en 1027 le
monastère de Montserrat à l'Ouest de Barcelone. Outre qu'il

affectionnait « l'opus spicatum », il inaugura la pratique des deux clochers sur les croisillons du transept qui fut reprise après lui un peu partout en Languedoc et en Roussillon...

De Prato prit la parole.

– Je connais aussi cet Oliba. J'approfondirai son histoire. De mémoire je sais que l'on affirme, mais sans preuves, qu'il eut pour ami Gerbert d'Aurillac[1] qui devint pape sous le nom de Sylvestre II, alors qu'il étudiait « avec les Maures, en Espagne »... Sa dynastie tenait avant les Trencavel la Vicomté de Carcassonne, en témoignent les chroniques conservées à l'abbaye de Caunes toute proche. Je crois aussi me souvenir que la famille Oliba de Besalu possédait le château de Montreal de Sos, à quelques lieues de Montségur, au moment de sa reddition...

– Ah ! Tonna Ramon Lulle. Gerbert d'Aurillac ! Celui-là tous trois (et Pierre Pélages aussi), nous le connaissons ! Oliba, les Wisigoths, Gerbert d'Aurillac, les Camaldules, Montserrat... Nous avons du pain sur la planche...

– Mais pour toutes ces choses, lâcha comme à regret Perratallada, allons plutôt dans ma bibliothèque privée. C'est vrai qu'ici il n'est point de perles pour les pourceaux...

---

1. Beaucoup de ce qui traite de la « vie » de Sylvestre II, alias Gerbert d'Aurillac, a été emprunté à l'incontournable Gérard de Sède dans *Les Templiers sont parmi nous*, René Julliard, 1962, mais aussi à Pierre Riche (*Sylvestre II, le Pape. Dictionnaire du Catholicisme* chez Letouzé et Ané).

Une visite de courtoisie

Fort heureusement Pierre IV Pélages se trouvait dans un bon jour. Il n'avait pas travaillé dans la matinée, avait pris un peu de repos et correctement déjeûné. Pour se détendre, il avait même jouté avec Trophyme surtout pour le taquiner un peu, versets de la Bible contre sourates du Coran. La dispute avait bien commencé mais elle s'envenimait.

– … et de la création, frère Trophyme, que dit le Livre ?

– « Dans la création des cieux et de la terre, dans l'alternance des nuits et des jours, il y a sans doute des signes pour les hommes doués d'intelligence… »

– Bon. Mais n'est-ce point ce que disait la Bible des siècles plus tôt ? « Dieu dit : qu'il y ait des luminaires au firmament du ciel pour séparer le jour et la nuit ; qu'ils servent de signes tant pour les fêtes que pour les jours et les années. »

– Le Coran dit encore : « C'est Dieu qui sépare le fruit du noyau ; il fait sortir le vivant de ce qui est mort, et la mort de ce qui est vivant… »

– Certes. Mais tu ne me sers que des banalités…

– Je ne dis rien, moi, père. C'est le livre des mahométans qui le dit.

Trophyme était piqué et chercha aussitôt à se venger.

– Ecoutez encore ceci : « Dieu vous a créés et il vous fera mourir. Tel d'entre vous parviendra à l'âge de décrépitude au point qu'il oubliera tout ce qu'il aura appris. Dieu est savant et puissant… »

Pélages, qui était pour l'heure attentif et vif, prit cette sourate qui semblait avoir été dictée spécialement pour lui, au milieu du front. Il allait répliquer et non certes au moyen d'un verset du Livre des Chrétiens, quand on vint lui annoncer la visite de l'inquisiteur de Carcassonne. Il en oublia aussitôt Trophyme qui s'éclipsa rapidement en se disant qu'il l'avait échappé belle.

Galand. Jean Galand à l'abbaye.

Jamais l'inquisiteur ne faisait visite à Caunes. Plus personne ne se souvenait ici des hérétiques albigeois, vaudois, béguins ou autres, et on n'y hébergeait point de sorcières ni même de légers mécréants… Quant à chasser le sanglier, ce qu'il aimait certes assez, il était trop tôt en saison et ses territoires de prédilection se trouvaient comme chacun le savait vers Lagrasse et la rivière de Ribaute.

Il le fit entrer, calme mais assez intrigué, dans ses appartements.

– Le bonjour père, dit Galand en s'inclinant légèrement.

– Soyez béni, Monseigneur inquisiteur. Votre visite inopinée me comble de joie ! Savez-vous que depuis votre installation à Carcassonne vous n'avez répondu que deux ou trois fois à mes pressantes invitations ? Oh, je sais combien est lourde votre charge et naturellement je ne vous en tiens point rigueur ! Mais enfin, vous êtes là, et j'en suis heureux.

Jean Galand s'inclina davantage, un sourire aux lèvres. Le vieux ladre avait encore du ressort. Pourtant c'est vrai qu'il n'était que l'ombre de lui-même ; son indicateur n'avait point noirci le tableau. Devant lui s'écroulait littéralement, dans un fauteuil haut tapissé de velours, le personnage le plus considérable du Minervois, quelques semaines plus avant si prompt d'esprit et si alerte qu'il stupéfiait ses interlocuteurs et faisait l'admiration de tous. Vif, il semblait l'être encore, mais son regard extrêmement mobile trahissait l'effort de concentration et la peur de laisser percer quelque trouble.

– Hélas mon père, mes pas me mènent à Caunes alors que vous me paraissez fatigué et que sans doute ces premières heures de l'après-midi seraient profitables à votre repos…

– Que nenni, Monseigneur ! Certes, les années tout à coup me pèsent et je ne puis le cacher. Ma robuste constitution m'a permis de faire longtemps illusion, mais enfin l'âge est là, et comme vient de me le faire justement remarquer frère Trophyme qui se pique de nous régaler du Coran de matines à complies, nous sommes tous dans la Main de Dieu… Pour ma part, je suis prêt ; mais rassurez-vous, les heures que vous prendrez aujourd'hui à mon repos ne sauraient au contraire que m'animer et me redonner vigueur !

– *In'ch Allah* ! dit L'inquisiteur, toujours en arborant ses dents blanches.

Confortablement installé sur une cathèdre devant l'abbé, Galand sirotait sans déplaisir un petit verre de vin blanc sucré de Saint Jean de Minervois en piochant avec fréquence dans une coupe de raisins secs que venait de déposer près de lui un jeune moine.

– Excellent, vraiment excellent ! Savez-vous que je vous envie, Père, de séjourner dans cette belle contrée de collines, de vignes et de cyprès qui rappelle la Lombardie du Sud ? Et cette abbaye !… en écartant les bras il se tourna dans les deux sens sans se lever de son siège, pour embrasser tout l'espace. Croyez-moi, ni Saint Papoul ni Lagrasse, ni même Fontfroide ne la peuvent gagner en splendeur, tant vous l'avez bellement maintenue, amplifiée, remaniée et ornée !

Pélages sourit à son tour.

– Croyez que je me soucie peu de concourir avec les abbés du Carcassès ou du Narbonnais !

– Certes, certes... Néanmoins la comparaison s'impose. L'abbaye de Caunes en Minervois est... opulente et suscite bien des envies...

Pélages comprenait qu'ils étaient dans le sujet, mais ne voyait pas encore où se dirigeait l'inquisiteur. Il ne fallait qu'attendre.

– Je le regrette. En gérant au mieux cette maison, jamais je n'eus d'autre aspiration que de servir la grandeur de Dieu, laquelle il me semble, doit être manifeste dans toutes les expressions possibles.

Ayant achevé sa coupe Jean Galand se leva pour se promener dans la grande salle, l'air soudain grave.

Nous y voilà..., pensa l'abbé.

– Père, je suis à Caunes aux basques d'un dangereux Cathare.

– Voyons, Monseigneur... Depuis quand l'inquisiteur de Carcassonne lui-même dont les sbires officiels et officieux sont si nombreux, a-t-il à pourchasser personnellement les hérétiques à des lieues de son siège ?

Il avait sciemment employé le terme « sbire » pour sa claire connotation péjorative, de façon à en finir avec les amabilités car il avait vite senti que Galand était venu en agresseur.

– Jamais je n'ai taquiné le menu fretin, père, comme vous le savez. Cette fois, l'affaire est grave et malheureusement, bien involontairement je veux bien le croire, vous vous y trouvez impliqué.

– Tiens tiens... Voyons cela. Vous m'intriguez, Monseigneur l'inquisiteur...

Intrigué, certes Pélages l'était. Jean Galand pensa surtout qu'il était inquiet, ce en quoi il se trompait.

– Il m'a été rapporté assez récemment, que l'abbé de Caunes a accueilli les bras ouverts, dans ses propres appartements, en la présence seule de son secrétaire particulier Béranger de Prato (avec lequel par ailleurs il semble partager une coupable passion pour l'art nauséabond des alchimistes) un jeune garçon de parler castillan qui intéresse l'Inquisition au plus haut point.

– Ah oui… ce jeune espagnol… Très érudit pour son âge, très aimable aussi, que j'aurais aimé garder parmi mes frères.

Pélages s'exprimait calmement, avec une totale désinvolture. Galand s'en irrita et voulut monter le ton.

– Très aimable ! Très érudit ! C'est là tout ce que vous trouvez à me dire ? J'apprends que Jordi Hortenada, fils du plus fieffé hérétique que la terre ait jamais porté et hérétique lui-même jusqu'à la moëlle, se trouve dans un premier temps installé dans cette abbaye comme un coq en pâte, puis envoyé je ne sais où comme en mission secrète avec le secrétaire particulier de l'abbé et vous me riez au nez ?

– Ai-je seulement ri, Monseigneur ? Calmez-vous ; il ne vous sied point de vous exprimer ainsi.

– Ah certes non, l'abbé ! Je ne me calmerai point !

– Comme vous voudrez.

– Bon, Pierre IV, abbé de Caunes. Allons plus avant et cessons de dissimuler.

– Comme vous voudrez…

– Jordi Hortenada comme vous le savez parfaitement, est le fils de Hugo, l'un des trois Cathares que Mirepoix a pu sortir de Montségur la nuit-même du bûcher, voici plus de quarante ans. De Montségur vous savez tout : votre supérieur de l'époque, Raymond d'Antignac et son aumonier, Raymond de Faric y étaient et avaient présidé aux interrogatoires. Beaucoup de patarins qui passèrent entre leurs mains s'en tirèrent avec une légère pénitence et ce coupable laxisme arrangea si bien les affaires des Cathares qu'ils eurent à cœur de les convenablement récompenser. A moins que, et c'est plus vraisemblable, ces deux gredins aient profité de leur position pour extorquer quelque formidable secret aux hérétiques.

Quoi qu'il en soit dès leur retour à Caunes, voilà l'abbé pris d'une véritable frénésie de luxe. L'abbaye s'étend outrageusement, achète tout ce qui l'entoure et même ce qui n'est pas à vendre, se pare d'or et de velours et comme une véritable puissance féodale, soumet enfin toute la contrée environnante… Etrange, non ?

– Non. Mais dis-moi, Galand, que veux-tu ?

Le tutoiement s'était imposé.

– Vous le savez ce que je veux. Je veux ce que vous avez, le Trésor des Cathares. Et si vous ne l'avez pas, je veux Jordi Hortenada qui me mènera à lui.

Pierre IV était cette fois fatigué, mais il se sentait bien, comme apaisé. Encore une fois dans sa vie, quoique considérablement décati, il tenait un homme sous sa botte.

– Jean Galand, inquisiteur de Carcassonne, tu peux te bouffer les couilles…

L'inquisiteur resta longtemps sans réaction et sans voix.

Il crut tout d'abord et naturellement que Pélages avait décidément perdu la raison. Mais très vite il se rendit compte qu'il était fait et que l'abbé avait serré la nasse. Il voulut s'en assurer :

– Prenez garde ! Vous oubliez, l'abbé, que l'inquisiteur est tout puissant et que son seul maître est le pape lui-même !…

– Martin ?… cette canaille que tu appelles le pape ? Sais-tu bien qui est ton maître, Galand ?

Ton maître a été élu voici quatre ans, non certes pour ses mérites ; il n'en a point ; mais tout simplement parce que la roue avait tourné, et parce qu'au décès de Nicolas III Orsini le plus grand népote connu à ce jour, il était l'homme de Charles d'Anjou. Anjou haïssait les Orsini autant qu'il est possible et pendant l'élection il avait fait emprisonner deux cardinaux favorables à leur cause, ce qui parut immédiatement aux autres membres du conclave une indication claire à voter « avec sagesse ». C'est ainsi que le scrofuleux et bigleux Simon, déjà caduc, coiffa la Tiare. C'est, comme tu le sais au moins, un franciscain qui avait été chancelier de Louis le Neuvième et qui avait participé au couronnement en Sicile de son frère, ledit Charles, devenu son protecteur.

Tant aimé était à Rome Martin IV, qu'il dut se résoudre à se faire introniser à Orvieto et s'entourer d'une garde venant de Sicile, laquelle se volatilisa lorsque l'année suivante tous les Français, hommes, femmes et enfants de l'Ile furent littéralement massacrés lors des désormais fameuses « Vêpres Siciliennes ». Ce complot ayant été fomenté non sans intelligence et raison par Pierre III d'Aragon, il l'excommunia comme il avait naguère excommunié l'empereur de Constantinople...

– Pierre III d'Aragon, pensa l'inquisiteur. Je n'en sors pas...

– Aujourd'hui, Martin IV est la risée de l'Occident et la détestation de tout son clergé. Songe qu'il vient d'autoriser les ordres mendiants (dont vous-êtes, dominicains) à prêcher et confesser ! Une aberration...

– Un simple privilège...

– Qui a dû vous coûter gros, j'en suis sûr ! Car venons-en à notre propos, Galand, et prenons un raccourci : si d'aventure tu songes un instant concernant mon... attitude, à en référer à Martin IV le Vénal, ne te retiens pas et même lâche-toi bien franchement. Sache seulement que comme ses prédécesseurs Nicolas III, le médecin portugais Jean XXI, ou Adrien VI le Gênois et la plupart des douze pontifes que j'ai vu défiler depuis que j'ai endossé la charge de cet insignifiant monastère de Caunes, je me soucie de Martin IV comme d'une guigne. Je n'ai point à t'en dire davantage ; seulement ceci : ce que tous me doivent dépasse l'imagination.

– Je commence à comprendre, l'abbé...

– Oui, car tu es fin. Et tu es si fin que tu comprendras aussi sur l'heure que s'il me plaît Martin IV découvrira soudain avec stupeur que son inquisiteur à Carcassonne, dans son commerce quotidien avec les hérétiques a lui-même été gagné par la dépravation cathare, et qu'il baise le cul d'un chat noir chaque soir avant le coucher, tandis qu'il pisse dans les ciboires consacrés...

Galand se prit à sourire. Il avait fait mouche. Il y avait donc bien quelque chose... Tout se recoupait parfaitement.

Il parut vaincu :

– C'est bon, l'abbé. Ma démarche était avant tout... intellectuelle. Disons que ma satisfaction sera de vous avoir percé à jour...

Pélages sourit à son tour. Il n'était pas dupe ; Galand ne se coucherait pas ainsi. Il crut bon de conclure sur un air bonhomme :

– Nous avons d'excellents rapports, Monseigneur inquisiteur, conservons-les ! Votre... sagacité et votre ténacité m'impressionnent ; elles doivent un jour être récompensées. Ayez foi ; comme les papes, les abbés de Caunes doivent assurer la continuité, la ... tradition. M'entendez-vous ? Soyez patient...

Pélages raccompagna son visiteur sur le seuil et prit congé en lui tapotant benoîtement l'épaule.

TROIS HOMMES STUDIEUX

Deux jours plus tard, les trois hommes qui s'étaient approvisionnés dans la bibliothèque privée de Peratallada mais avaient travaillé dans leur cellule respective, s'étaient réunis dans le confortable logis abbatial. Certes, le fonds de l'abbé, en quantité considérablement plus modeste que celui conservé dans la grande salle était aussi singulièrement bien plus divers et plus riche. A juste titre Pedro de Peratallada en était fier et quelque peu jaloux, et ses deux invités n'avaient pas manqué de remarquer qu'il avait consciencieusement pris note des ouvrages qu'ils avaient empruntés. En outre, un petit bâton de bois (un palillo disait-il) avait pris la place de chaque livre ôté des étagères. D'ailleurs il n'avait pas été possible de pénétrer dans la thébaïde de l'abbé hors sa présence, de sorte que Béranger n'avait pu consulter le grand registre jaunâtre intitulé *Frères des abbayes* où sans doute se trouvaient consignée l'avancée des travaux des adeptes qui composaient le cercle assez large mis en place par cooptation des deux côtés des Pyrénées parmi les abbés et prieurs catalans et occitans tels ceux de Lagrasse, Fontfroide, Caunes,

Serrabonne, Saint Michel de Cuxa, Ripoll, Besalu, Sant Pere de Rodes... Tous, à l'exception notable sans doute de l'abbé de Caunes en Minervois qui semblait ne rien craindre que l'espionnage, œuvraient dans la plus grande discrétion, sans éveiller le moindre soupçon à l'extérieur de leurs murs. Peratallada lui-même cachait son laboratoire aux regards de ses frères et l'avait aménagé dans ses propres appartements. Personne n'y accédait et ses deux invités du jour n'y furent pas conviés.

Béranger de Prato eut tout de même le loisir de parcourir des yeux les étagères lourdement chargées de la bibliothèque particulière. Il eut été surpris de ne pas y trouver la plupart des ouvrages qu'il avait déjà dévorés à Caunes, dont quelques-uns d'ailleurs provenaient par copies de Rodes. Il ne fut pas étonné d'y remarquer en outre, traduite en Arabe, l'œuvre du grand Tsou-Yen de Cathay dont il n'avait qu'entendu parler, et les écrits du taoïste Ko-Houng, de Stéphanus, de Khalid et naturellement d'Avicenne dont Pélages ne possédait que quelques bribes et qu'il n'avait jamais pu compléter.

– A toi, dit-il à Ramon Lulle. Ces Camaldules m'intriguent et qu'ils aient à voir avec notre affaire ne m'étonnerait qu'à demi.

L'alchimiste catalan sourit.

– Calme-toi l'abbé ! *No es oro todo que reluce* ! Il est vrai que ces bons moines font un peu bande à part et qu'on ne connaît pas bien leur fonction dans l'Eglise, mais pour autant rien ne permet de suspecter leur orthodoxie, leurs mœurs ni leurs coutumes...

– Dieu me garde de les suspecter de quoi que ce soit ! Ne suis-je pas moi-même éminemment suspect ? Je veux dire simplement qu'on parle peu de cet ordre, que personne jamais ne m'a semblé avide de l'intégrer, qu'il ne sert a priori à rien, et que pourtant il existe... L'Eglise n'ayant que faire de mannequins de paille, je m'interroge, voilà-tout.

– Ce sont en fait tout simplement des bénédictins. Leur spiritualité est toutefois caractérisée par une grande souplesse et une assez étonnante adaptabilité...

– Laxisme ?..

– Non point. Opportunisme prudent. Leurs peu nombreux monastères sont fédérés autour de l'ermitage de Camaldoli en Lombardie dont le prieur est le père général de l'Ordre.

– En quoi diffèrent-ils des bénédictins de stricte observance ? interrogea de Prato.

– Ils sont peu différents. Leur règle propre est moins rigide, voilà tout. Ceci me fait dire qu'il ne me semble point qu'il faille pour ce qui nous occupe gratter dans cette direction. Ils sont surtout caractérisés par leur Livre : La Lectio Divina qui n'est en fait qu'une invitation à une pratique régulière de l'écoute de la Parole de Dieu.

– Je connais ce livre. Y chercher un sens caché tiendrait de la gageure.

– Toujours est-il qu'effectivement, le monastère de Camaldoli près d'Arezzo, fut fondé en 1009 par Romuald de Ravenne qui devint à la fin de ses jours le conseiller d'Oliba de Besalu. Là aussi rien de bien particulier : Romuald fut un ascète intégral qui se nourrissait de racines et d'eau claire dans sa petite cellule de Camaldoli, se mortifiait même cruellement à la manière de nos dominicains (à Dieu ne plaise que ces pratiques me séduisent un jour !) et qui mourut en odeur de sainteté et pauvre comme Job à Val de Castro dans la Marche d'Ancône, âgé de soixante-dix ans ou plus …

– Bon ! dit Peratallada. Fausse route.

De Prato, à toi. Que nous dis-tu de Gerbert d'Aurillac ?

– Convenez que le sujet est vaste et que mon mérite ne l'est pas moins !

– Ça, nous en jugerons !

De Prato, qui ne savait pas sourire eut néanmoins une petite moue amusée.

– Il ne vous échappera pas néanmoins que mon rapport est quelque peu plus fourni que cette étude qui vient de nous être servie sur les Camaldules…

– Nous ne sommes pas en compétition...

– Gerbert est né vers 945. Nous connaissons assez bien sa vie car il a laissé plus de deux cents lettres, de nombreuses bulles où l'on peut déceler son caractère, et aussi quelques traités philosophiques. Par ailleurs il eut un disciple, Richer de Saint Rémi de Reims qui se piqua de consigner assez fidèlement ses faits et gestes. De sorte que du personnage public nous n'ignorons rien et je gage que sans aller jusqu'à fouiller son parcours comme je l'ai fait, de mémoire vous en savez déjà beaucoup. N'est-il pas l'un de nos maîtres vénérés ?

– Mais des plus obscurs...

– Certes. Gerbert a vu le jour en Aquitaine dans une famille ignoble mais aisée qui put le diriger vers l'abbaye Saint-Géraud d'Aurillac. Ce qu'on ne comprend pas bien c'est pourquoi Borell, comte de Barcelone, voyagea un jour à Aurillac, y remarqua précisément notre Gerbert et l'amena au maître de l'Ecole de Vich, en Catalogne...

– Oliba n'était-il point évêque de Vich ?

– Si, mais il ne le fut qu'en 1017. A Vich, puis peut-être à Ripoll, il suit le quadrivium et surtout approche la science arabe. On le trouve en 970 avec Borell à Rome chez Jean XIII et le comte Otton Ier. Deux ans plus tard il s'installe à Reims où il prend la direction de l'Ecole. Son enseignement fait merveilles : songez qu'outre les auteurs classiques il professait la réthorique, la logique, l'arithmétique, l'astronomie au moyen de sphères qu'il avait confectionnées, de même que la musique avec un monocorde de sa facture.

Reims semble l'avoir séduit au plus haut point. C'est d'ailleurs dans cette ville qu'il revient précipitamment en 983 après avoir été autoritairement nommé à la tête de l'abbaye de Bobbio en Lombardie, établissement qu'il ne sût ni ne put tenir, n'ayant que peu de dispositions pour la gestion des biens temporels, et en butte qu'il fut aux luttes que lui menèrent rapidement les aristocrates locaux.

– Pourtant, s'extasia Peratallada... Bobbio !

– Oui, Bobbio possédait à l'époque la plus riche bibliothèque d'Occident. Mais Gerbert eut le temps d'en profiter et s'en vanta d'ailleurs ostensiblement. De retour à Reims, il s'entremet quelque peu en politique et parfois avec bonheur, mais trop impliqué sans doute, se voit d'abord privé de l'Archevêché de Reims qu'il convoitait pour l'obtenir plus tard par intrigues il faut bien le dire. Il entre en conflit avec Jean XV au sujet de la compétence du pape dans les affaires régulières, problème récurrent s'il en est.

Il doit s'incliner et se réfugier sous l'égide de l'empereur Otton III qui lui confie l'Archevêché de Ravenne. A la mort de Grégoire V, le 9 avril 999, le monarque le coiffe enfin de la Tiare. Il prend nom Sylvestre II.

– Le monarque le coiffe de la Tiare ! Lamentable...

– C'est ainsi. pape actif, il intervient partout en Occident par ses bulles précises et argumentées et crée les Eglises de Pologne et de Hongrie. Il meurt en 1004, non sans laisser à Otton son disciple de nombreux ouvrages philosophiques, dont un traité intitulé « Sur le raisonnable et l'usage de la raison » mais aussi d'autres merveilles comme l'Abacum, l'Ars Subtilissima Arithmeticae, le Livre du Jeu des Echecs ou le Traité des Poids et Mesures...

Voici pour Sylvestre II, alias Gerbert d'Aurillac, l'officiel.

– Edifiant. Mais parfaitement inutile pour ce qui nous concerne, déclara Ramon Lulle, toujours froissé.

– Parle-nous plutôt de l'autre, du nôtre, en fait.

– Richer de Saint Rémi fut son disciple puis son suspect chroniqueur. C'est naturellement lui que j'ai principalement consulté. Mais il est d'autres sources, et parfois des rumeurs. Parmi elles, celle qui voudrait que Gerbert, ce qui au vrai semble peu vraisemblable, n'a point été emmené en Catalogne par un comte de Barcelone de passage à Aurillac, mais qu'il s'est décidé vers l'âge de vingt ans à franchir seul les Pyrénées pour répondre à l'appel de l'enseignement arabe auquel on l'avait initié...

– Il est vrai, dit Peratallada, que l'abbaye d'Aurillac possédait jadis (et le possède peut-être encore) un intéressant laboratoire…

– La légende affirme que le jeune Gerbert, déjà convenablement formé en Auvergne, stupéfia vite ses maîtres par ses aptitudes et son savoir. C'est pourtant comme un fieffé sacripant qu'il serait parvenu à dérober à un vieux savant arabe par des moyens que la morale réprouve, le fameux Abacum ou livre des nombres qui donne dit-on aux hommes un pouvoir magique.

Je vous fais grâce des miracles et merveilles que l'on prête à Gerbert avant et après son accession au trône pontifical ; j'y ai trouvé beaucoup de fantaisie et d'invraisemblances. Ce que l'on sait, et de façon certaine c'est qu'on lui doit par exemple la construction d'un astrolabe et de la première horloge à balancier, ou la fabrication d'orgues hydrauliques… On lui doit aussi la Tête d'Or.

– La Tête d'Or ?

– On dit que Sylvestre II avait coulé dans le cuivre la représentation d'une tête humaine qu'il avait munie d'un mécanisme fonctionnant uniquement sur un calcul avec deux chiffres qu'il avait trouvé dans l'*Abacum* des Arabes, et qui pouvait répondre par oui ou par non à toutes les questions qu'il lui posait, fussent-elles à propos des choses à venir…

– Le *Caput Mortuum* !

– Tout ceci fit trembler les gens de son temps. Quand il mourut en 1004, on résolut de hacher menu sa dépouille avant de l'enterrer, et on le fit disparaître de la liste officielle des papes. Seuls les Templiers aujourd'hui vénèrent encore sa mémoire.

– Mais la Tête d'Or, qu'est-elle devenue ?

– On prétend qu'elle fut détruite avec son maître, on dit aussi qu'après avoir été recueillie par l'anglais Bacon elle est actuellement dans les mains du Maître Albert, à Paris. Tout cela, on le dit. Mais je dis moi qu'elle est aujourd'hui au château de Jocundo que les natifs nomment Joucou, de l'autre côté de la montagne, dans le défilé du Rébenty, sous la garde de la puissante famille d'A Niort…

– Les Maudits !...

– Oui, les Maudits. Les A Niort qui blasonnent d'ailleurs insolemment pour Joucou « de sable à un chef d'or chargé de trois billettes d'or »...

– Nous avançons, nous avançons ! dit soudain Peratallada, passablement excité. Mais y-a-t-il un lien avec Oliba de Besalu ?

– Il se peut, en tout cas. Vich, Ripoll... C'est assez troublant. Mais les dates semblent peu compatibles : songez que Gerbert séjourna en Catalogne vers 970 et il me semble que Oliba n'avait pas encore vu le jour.

– Mais la semence qu'avait laissée à Vich Gerbert d'Aurillac peut avoir été fructueusement recueillie quelques années plus tard par Oliba ! Et puis, il y a mieux : Romuald, le mentor d'Oliba, celui-là même qui créa l'ordre des Camaldules, n'était-il point originaire de Ravenne dont Gerbert fut évêque jusqu'avant son accession au trône pontifical ? Le voilà, le lien !

– C'est possible. Il faudra encore chercher dans ce sens. Chercher aussi en direction des Wisigoths, car encore une fois, Besalu était de cette lignée. Béra, comte de Barcelone et de Vich, marquis de Septimanie qui fonda l'abbaye d'Alet en 813, était surnommé « Prince des Goths ». Je vous rappelle que les Wisigoths affectionnaient l'opus spicatum et que ceci est peut-être relationné avec la parabole des épis de blé et du sabbat qui revenait souvent dans leur liturgie. Mais dis-moi, Ramon, pourquoi tout à l'heure as-tu évoqué le *Caput Mortuum* ?

– Je l'ai fait d'instinct. Cette tête savante m'a rappelé le *Caput Mortuum* de nos maîtres et cette légende assurément allégorique du jeune noble de Sidon qui, ayant forniqué avec le cadavre d'une jeune fille aimée, recueillit le lendemain entre ses cuisses une tête humaine qui répondait à toutes ses interrogations. Ne nous est-il pas dit « la matière première se recueille au sexe d'Isis » ?

Béranger de Prato songea pour sa part que les Blancs Manteaux, et singulièrement ceux de Monzon qui était la patrie de son compagnon Hortenada, étaient réputés détenir une représentation de cet étrange et macabre objet…

– Fort bien frères, rompit l'abbé de Rodes en se frottant les mains. Fort bien, il nous reste à faire ! En attendant dirigeons-nous vers le réfectoire car l'on a sonné sexte.

El vientre ayuno no oye a ninguno !

LA MISSION DE JEAN DE LA VACALERIE

Depuis trois mois que les Blancs Manteaux l'avaient « donné » au monastère Jean de la Vacalerie s'ennuyait ferme. Et puis, il ne se sentait pas à l'aise.

Certes, les frères l'avaient fort courtoisement accueilli (cherche-t-on des noises à qui se présente sous l'égide des Templiers ?) et participait-il entièrement et dans tous ses aspects à la vie de la communauté. Certes avait-il fort convenables gîte et couvert comme il sied d'ailleurs en semblables lieux partout en occident, et ne pouvait-il se plaindre du climat. Toutefois l'endroit l'indisposait. Cette montagne bizarre au pied de laquelle gîtait l'abbaye lui donnait froid dans le dos et ce n'était point la lénifiante légende qui voulait que ses formes étranges soient dues au méticuleux travail d'une cohorte d'anges ailés qui scindèrent un jour de leurs scies d'or l'énorme massif rocheux, qui le rassurait. Ne le rassérénait pas davantage la présence de la Moreneta, la brunette, cette petite statue vraisemblablement prosaïquement noircie par la fumée des cierges qui l'entouraient, que l'on assurait avoir été sculptée par Lucas l'Evangéliste et que les frères vénéraient jusqu'à l'extase dans la crypte. Jean de la Vacalerie avait souvent entendu les Templiers la nommer « Notre-Dame-De-Dessous-La-Terre » et prétendre qu'elle symbolisait la « Pierre Brute du Grand Art », ce qu'il ne cherchait pas à comprendre.

Il fallait bien une telle miraculeuse image de la vierge pour fixer à Montserrat une communauté de moines. Les anachorètes ne faisaient plus florès et les temps étaient passés où de malingres barbus aux pieds nus et au visage émacié se complaisaient à manger des racines près d'une source à l'ombre d'un vieux chêne. Il fallait à présent à toute communauté religieuse ou bien une caisse pleine de reliques diverses et variées qui pouvaient être de vieux os même réduits en poudre, des clous rouillés ou un petit flacon du lait de la Vierge, ou bien quelque effigie miraculeuse qui, s'il était possible, devait pleurer périodiquement et de préférence des larmes de sang. Il en allait de la santé économique du monastère et souvent lorsqu'on n'avait rien on inventait, on dérobait ou on fabriquait, et ceci n'était que pieux statagèmes. Oliba, le Grand Oliba de Besalu, n'avait-il lui-même et de notoriété publique ordonné quelques larcins que recélait encore Saint Michel de Cuxa ?

La Moreneta, on n'en connaissait pas bien l'origine. Ce qu'on savait est qu'elle guérissait de tous les maux pourvu qu'on mît la ferveur adéquate à la vénérer, et la quantité de sols convenue dans les boisseaux qui la flanquaient dans la crypte.

Pour le reste, le monastère ne différait point de ceux que Vacalerie avait surabondamment fréquentés pour des raisons diverses dans sa vie. Sa situation pourtant, écrasé qu'il était contre l'étrange montagne n'était point idéale et il n'avait pu harmonieusement se développer comme ceux de Saint Hilaire, Saint Papoul ou Lagrasse qu'il connaissait bien, aussi lui paraissait-il laid, peu commode et pour tout dire rébarbatif. Il observa que la règle ici était suivie sans trop d'écarts ; il nota même qu'on pratiquait ce qui devenait rare, le « vigil gallus » avant le lever du coq et jusqu'aux complies du soir, « à l'heure où le gallinacé lance son dernier chant ». Le scriptorium était convenablement fréquenté et on y copiait là comme ailleurs et avec application Cicéron, Virgile et Ovide, étant bien établi que chaque lettre tracée avait la vertu de remettre un pêché. On y enseignait aussi, exclusivement en latin, les arts du Trivium qui sont dit « inspirés » et qui correspondent à l'esprit et à la science de l'âme, et ceux du quadrivium qui s'adressent à la matière et à la connaissance du corps. Les petites heures étaient scrupuleusement respectées, et Vacalerie s'en trouvait bien marri : on sonnait furieusement prime au lever du soleil, tierce au milieu de l'après-midi, sexte le soir et none plus tard encore. Quant aux grandes heures, les laudes de l'aurore et les vêpres de l'après-midi, elles requéraient la présence de tous et rares étaient les manquements.

L'abbaye de Montserrat on le voit, était rigoureusement organisée, davantage sans doute que les grands établissements d'outre-monts. Chacun avait sa tâche et aucun ne s'en écartait. Vacalerie dénombra, vaguement amusé car il songeait à une garnison romaine, le prieur et son adjoint, un maître des novices et huit circatores qui les harcelaient de jour comme de nuit, un portier, un cellérier, un camérier qui avait charge des finances, des archives et surtout des reliques dont la vénérée Moreneta qu'il dépoussiérait chaque soir, un sacristain qui gardait les objets du culte, l'aumônier chargé de l'hôpital... mais curieusement point d'herboriste, ce qui était rare. Sans façons et sans qu'on y trouvât à redire, il décida d'en faire fonction puisqu'il s'entendait en simples.

Montserrat était lugubre, trop propre, trop rigide.

Et puis, il y avait souvent ce vent marin, peut-être moins virulent que dans les Corbières, mais qui collait à la peau les moiteurs de la Méditerranée et qui en cette fin d'année, un jour sur deux, enveloppait les dents émoussées de la montagne d'un nimbe inquiétant et comme irréel. Il commençait à s'impatienter, ce qu'il n'avait pas cru possible.

Fort heureusement il parlait un excellent catalan exempt de toute pointe d'accent et personne n'était en mesure de l'identifier comme l'Occitan pure souche qu'il était. Pour tous, il était (comme son nom ne le démentait pas) Jean de la Vacalerie, paysan de Touraine, que les vicissitudes de la vie avaient jeté sur les chemins de Catalogne et qu'avaient dans leur grande bonté recueilli les Templiers de Campagne dans l'Aude, protecteurs entre autres de l'abbaye de Montserrat.

Il avait trente-deux ans mais en paraissait bien moins, était bien fait et délié de membres, de faciès aimable (bien que moins souriant depuis son installation au monastère) et de manières exquises, ce qui de la part d'un brassier surtout provençal, eût pu paraître suspect si on s'intéressait en réalité à lui. Mais aucun des frères qui vaquaient continuellement à leurs occupations diverses, toujours fort affairés comme abeilles en ruche, ne prêtait au vrai attention à ce donat qui accomplissait ponctuellement ses tâches sans rechigner et sans se faire remarquer. N'était cette proéminente verrue qu'il portait entre les yeux, nourrie de poils drus comme les sourcils il eut pu paraître pour parfait bel homme, au port altier, au jarret musclé et au ventre plat.

Sa mission était simple. Pourtant il la répétait dans sa tête depuis plus de dix ans, depuis la mort de son père Bertrand « le machinator ». C'était bien avant encore qu'il lui avait appris par bribes au fil des ans de plus en plus précises, ce que l'Eglise des Cathares attendait de lui.

« Si ceci doit arriver un jour, avait-il dit, un grand honneur écherra sur notre Maison. »

Bertrand avait toujours souhaité que son fils fasse lui-même au plus vite des enfants de façon à transmettre assurément le secret, mais il ne s'était jamais lié d'amour et d'ailleurs sa vie mouvementée ne l'avait pas permis, et le vieil ingénieur était mort sans plus de postérité.

Comme convenu, Vacalerie s'était immédiatement rendu à la Commanderie de Campagne et avait conté toute l'histoire sans en omettre la moindre nuance. Le Commandeur à la barbe blanche l'avait gravement écouté sans paraître surpris, sans desserrer les dents, et l'avait enfin congédié en l'assurant qu'il prenait l'affaire en mains. Ce qu'il fit, après avoir « consulté ».

De longues années plus tard, alors qu'il n'y songeait plus et tandis qu'il revenait d'une mission délicate de l'autre côté du Rhône, il fut appelé à Campagne. Le Commandeur n'était plus le même mais celui-là lui parla comme s'il était une réincarnation de son prédécesseur et comme si leur conversation n'avait été qu'un court instant interrompue. L'heure était venue et il lui fallait se mettre en mouvement. Les ordres cette fois étaient précis et rien n'avait été négligé.

Jean de la Vacalerie s'impatientait parce que la mission, enfin allait prendre une tournure convenable. Convenable surtout à son tempérament qui n'était pas de s'assoupir dans le bourdonnement du monastère et le délicat babil des frères de Montserrat, mais d'user de ses forces et de son énergie en toutes circonstances. Il était un homme d'action et son passé dans les spoulgas de l'Ariège, les précipices des Corbières et les cols des Pyrénées en témoignait. Combien de Revêtus n'avait-il menés par tous les chemins, usant parfois sous leurs yeux offusqués de son large coutelas maure ou de son bourdon ferré, dans le Val d'Aran, à Gérône et jusqu'aux marches de Lombardie ?

Pourtant rien ici ne laissait penser qu'il pût y avoir danger. Tout semblait trop simple et il résolut de se méfier doublement, d'autant que l'affaire dépassait et de loin par son importance et peut être ses conséquences, (mais il ne pouvait en juger) toutes celles qui lui avaient été confiées jusqu'alors.

Car il n'était pas un simple exécutant. Il savait beaucoup.

Il savait que les Cathares, absolument détachés du monde et de ses fastes, avaient été (et demeuraient) les dépositaires de l'immense trésor de leurs prédécesseurs en terre occitane, les Wisigoths ou Goths Savants qui s'étaient emparés de Rome et de ses richesses au début du Ve siècle pour les garder désormais à Toulouse, leur capitale. Il savait que les Wisigoths plus tard défaits par les Francs de Clovis avaient scindé le trésor pour le dissimuler, peut être à Carcassonne, peut-être dans le Razès mais de façon certaine à Tolède leur seconde capitale. Il savait aussi que les Wisigoths étaient Ariens, c'est à dire hérétiques aux yeux de l'Eglise au même titre que les Cathares, et que ceux-ci pouvaient légitimement se targuer de la filiation.

Vacalerie savait beaucoup de choses, que désormais connaissaient les Templiers, même s'ils ne l'avaient pas attendu à ce qu'il lui avait semblé.

Il savait qu'une partie au moins du Trésor, non négligeable, la plus sacrée disait-on, composée des attributs les plus précieux des rois wisigoths, se trouvait donc dans la région de Tolède. Il savait que ce dépôt, visité mais non pas pillé en 711 par les Arabes remplissait encore à lui seul une vaste sépulture dans un très ancien cimetière, et que la tombe était celle d'un prêtre dont il connaissait le nom peu usité : « Fra Ermenegildo ». Mais lui manquait l'essentiel : celui de la localité. Et ce nom, il l'attendait, il viendrait à lui vers l'Epiphanie avec un jeune homme blond qui porterait en bandoulière une « cantimplora » catalane, faite d'une courge évidée et ceinte d'un cordon rouge. Après, il savait ce qu'il avait à faire.

Jean de la Vacalerie savait beaucoup.

Beaucoup en revanche auraient sans doute aimé connaître sa réelle identité.

Il s'appelait en fait Isarn de Baccalaria, fils de Bertrand de Baccalaria, ingénieur de Pierre-Roger de Mirepoix au siège de

Montségur, et petit-fils de Arnaud de Baccalaria, Seigneur de Villars, qui avait reconstruit la citadelle des Cathares en 1204 à la demande expresse des Revêtus[1]...

---

1. Les Baccalaria étaient originaires de Capdenac, dans le lot. Ils avaient rapidement été gagnés à l'hérésie cathare. Déjà au début du siècle, un frère du « machinator », Uc, certes piètre troubadour, avait véhiculé la pensée hérétique sous couvert de sirventès. Réputé pour son habilité à construire des machines de guerre, Bertrand, dont le père Arnaud avait réédifié Montségur en 1204, avait été envoyé à Pierre-Roger de Mirepoix par Bertrand Laroque, Bayle du Comte de Toulouse lui-même.

Bertrand de la Baccalaria était l'ancêtre de l'abbé Nicolas Montfaucon de Villars du diocèse d'Alet, qui publia en 1670 « Le Comte de Gabalis » un roman d'aspect anodin, où il est réputé dévoiler pourtant les secrets des Rose-Croix. De Villars fut mystérieusement assassiné en 1673 sur le chemin de Lyon. Anatole France fait de nombreuses allusions à cet étrange personnage dans la Rôtisserie de la Reine Pédauque où il prend les traits de l'abbé Jérôme Coignard.

Rappelons que la Reine Pédauque est une reine wisigothe légendaire de Toulouse...

Rappelons aussi que c'est le Maréchal de Villars qui acquit, en 1705, le domaine de Vaux le Vicomte de Nicolas Fouquet.

LE FEU DE L'ATHANOR

Pélages poussa le feu sous l'athanor. C'était un geste machinal, car il ne savait pas bien comment œuvrer en ce milieu d'après midi. En tout état de cause, et le froid de novembre étant brutalement tombé sur l'abbaye, il convenait de chauffer le laboratoire.

Et puis Pélages aimait le feu.

« Or, la montagne du Sinaï était toute fumante puisque Yahvé y était descendu dans le feu ; la fumée s'en élevait comme d'une fournaise et toute la montagne tremblait violemment… »

Il s'oublia longtemps en regardant les flammes agiles, un peu bleues à la base, à la superficie des charbons. Il se sentait bien mais s'irritait de n'avoir pas trop d'allant et surtout de n'être pas inspiré.

Pour s'animer, il prit mais assez négligemment le livre ouvert qu'il avait laissé la veille à prudente distance du four, qu'on attribuait à Synésius, évêque de Ptolémaïs au Ve siècle qui avait étudié la Science à Alexandrie avec le savant égyptien Dioscore.

Solve et coagula.

Certes, mais ne l'avait-il fait, et combien de fois, seul ou en présence de Béranger ? Que comprendre de tous ces grimoires qui l'entouraient, qui l'avaient intrigué, enthousiasmé, soulevé de joie, déçu, puis aujourd'hui vidé et qu'il n'était pas loin de voir à présent comme des leurres ? La Déesse Minerve dont la petite cité assise sur le causse entre la Cesse et le Brian porte le nom, avait enseigné à Tirésias la langue des Oiseaux. Ne parlaient-ils cette langue faussement charitable et assurément démoniaque tous ces auteurs dont il voyait les yeux noirs et brillants entre les ouvrages couchés dans la poussière des étagères ? Ils le scrutaient, il le sentait. Et c'était sans doute pour le moquer car ils avaient bellement su faire de sa vie une farandole pitoyable, un branle comique de plus de soixante ans rythmé de faux enthousiasmes et de réelles amertumes qui le laissait à la fin comme un cocon vide et sec. A la réflexion il le savait bien, sans la poudre de projection trouvée voici deux lustres avec le petit braillard dans une panière, il n'aurait pu développer une telle énergie physique et mentale car la chrysopée avait été à la fois pour lui aiguillon et panacée, but et moyen, force et aspiration. Comme femme elle portait en elle et comme enchâssées, séduction, excitation et perte.

Tout et tous l'avaient trompé. Non peut-être sur la finalité, mais sur le cheminement sans doute. A commencer par le simple rituel de la messe qui étrangement rappelle le labeur alchimique, et l'apôtre Jean lui-même, souvent cité par les adeptes quand ils vantent la putréfaction comme opération essentielle : « En vérité, en vérité je vous le dis, si le grain de froment tombant en terre ne meurt pas, il demeure seul ; mais s'il meurt, il porte beaucoup de fruits... »

Son regard errait sans logique sur les cornues et cucurbites, les fours mineurs engorgés de sciure et de fumier de cheval, les toiles des araignées que les vapeurs parfois nocives du laboratoire n'avaient su déloger, les notes qu'il avait toujours à portée de la main, surtout depuis que de Prato l'avait quitté et qu'il se sentait à présent honteux de consulter car elles ne faisaient souvent que reprendre les évidences et banalités que les adeptes connaissent comme la fonction de respirer :

Or = soleil
Argent = lune
Cuivre = Vénus
Fer = Mars
Etain = Jupiter
Plomb = Saturne
Vif Argent = Mercure…

Ses yeux se fixèrent enfin sur la maxime qu'il avait jadis laborieusement gravée sur le mur au dessus de l'athanor : *Festinatio ex parte Diaboli…*

Il pleura. Car à présent il pleurait beaucoup, comme un enfant.

Il avait tout maîtrisé : sublimation, descension, distillation, calcination, dissolution, coagulation, fixation… Tout. Jusqu'à obtenir (mais en était-il encore bien sûr ?) la Petite Transmutation, celle qui d'un clou du fer de sa mule lui avait donné un fragment d'argent. Et voilà qu'il mourait.

Et voilà qu'il mourait, comme était mort voici peu l'un de ses deux seuls amis Guillaume Sicard et comme disparaissait chaque jour de la surface de la terre quantité d'êtres, humains ou non, pour participer à la Grande Putréfaction, au noir chaos de l'Œuvre.

C'est aussi comme un vieil homme qu'il pleurait.

Artéphius pourtant l'avait dit, mais pour sa rudesse, il n'était pas des auteurs qu'il aimât jamais : « Pauvre idiot ! serais-tu assez simple pour croire que nous allons t'enseigner ouvertement et clairement le plus grand et le plus important des secrets, et prendre nos paroles à la lettre ?… » Et Rhazès se moquait-il quand il pérorait « Prends de quelque chose d'inconnu la quantité que tu voudras… » ? Quant à Morien avec son invraisemblable formule toute de litanie de chiffres conclue par un bien senti : « je vous ai tout dit… » n'était-il point qu'un maudit charlatan ? Et Lulle, le fameux Ramon Lulle, ce Catalan des Baléares que tous les adeptes encensaient à commencer par la plupart des frères des abbayes ? Celui-là, le ladre, ne s'ingéniait-il à désigner ses matières par des lettres arbitrairement choisies dans l'alphabet ? : « Prends F, pose dans C, mets le tout en H… » Si tout ceci avait pu intriguer ou même amuser l'irrévérentieux mais pragmatique Béranger de Prato, tout ce fatras de chiffres, de clefs, de procédés d'inversion, d'anagrammes et de devinettes où se cotoyaient tous les éléments du bestiaire astronomique, des rois et des reines forniquant ou plongés dans leur bain, l'avait à la fin lassé, vidé et comme lessivé.

Celui qui savait ne disait rien, celui qui disait ne savait pas, et ce qui se disait n'était que leurres. De charitable il ne restait en fait que Pythagore, mais celui-là aurait pu tout aussi bien être Cathare lorsqu'il déclamait : « Réfléchis sur chaque chose en prenant pour conducteur l'excellente intelligence d'En Haut. Et si tu parviens, après avoir abandonné ton corps, dans le libre éther, tu seras Dieu immortel, l'Incorruptible et à jamais affranchi de la mort »…

Il se prit à hausser les épaules.

Machinalement encore, et parce que de sa vie au fond, jamais il n'avait fait autre chose, il reprit l'une de ses expériences. Il travaillait désormais sans plan, conscient de n'avoir plus qu'à s'en remettre au hasard, convaincu qu'il lui fallait à présent passer en revue tout son savoir ayant rejeté ses espoirs en l'étincelle que pouvait peut-être encore provoquer dans son esprit distendu une improbable anomalie, une incongruité ou un hiatus dans ses travaux si souvent répétés.

Il avait pris une boule de cire dans un porphyre noir, sous une étagère pour recommencer une cération. La cire qui provenait de ses ruches de Ferrals dans la montagne, était durcie par le froid et l'ardeur nouvelle de l'athanor n'avait pas encore eu raison de sa forme. Il avait entrepris de la sublimer avec du mercure, du soufre et de l'arsenic qui lui venait en grande quantité de la mine de Salsigne que possédait l'antédiluvienne et énigmatique Maison des Hautpoul. Sans même y penser il oeuvrait avec délicatesse car ces adjuvants devaient s'unir à la cire et la rendre facilement fusible, sans surtout aucunement perdre de leur humidité. Comme toujours son esprit était tenu captif, et par ailleurs son ouïe avait beaucoup baissé. De sorte qu'il n'entendit rien.

Penché sur son porphyre, suffisamment éclairé par le cierge neuf qui dominait son travail, il ne vit pas s'éteindre la torche de poix qui demeurait toujours allumée au mur, dans son dos, près de la porte.

Quand un bras vigoureux lui ceintura la taille et qu'on lui plaqua un gros coussin sur le visage au risque de lui écraser le nez, il se sentit défaillir, soudain glacé jusqu'au milieu du corps. Ce fut comme une petite mort, fugace mais terrifiante. Il se ressaisit vite pourtant, et son agresseur dût le sentir au raidissement de ses membres.

Idiot suis-je ! se dit-il. Comment ai-je pu me laisser surprendre de la sorte ? Mais enfin, nous y voilà…

L'homme desserra un peu son étreinte, juste pour le laisser respirer sans trop de peine. Qu'avait-il à craindre de ce veil homme qui ressemblait désormais à une crhysalide prête à retourner dans son cocon ? Pressé à présent entre son agresseur et le bord de l'établi, incapable du moindre mouvement, Pélages vit une main blanche aux longs doigts invraisemblables comme ceux que montraient les statues de la rotonde de Rieux s'abattre sur le cierge et l'étouffer. Ne demeurait de clarté dans le laboratoire que celle, frissonnante, des braises incandescentes qui tapissaient à main droite le petit four que l'alchimiste avait préparé pour sa cération. L'inconnu était maigre sans doute car l'abbé ne sentit point de bedaine contre ses vieux os, et grand car quand il parla d'une grosse voix évidemment faussée, il sentit son souffle lui passer au-dessus du crâne.

– A nous, l'abbé. Une seule question, une seule réponse et tu vivras... encore un peu.

Où est Jordi Hortenada ?

Ainsi donc Jean Galand pouvait aller jusque-là...

Pélages maudit encore son imprudence et c'est en rageant mais curieusement sans panique qu'il se prépara à mourir. Savait-il seulement où se trouvait aujourd'hui ce garçon, et s'en était-il d'ailleurs jamais soucié ?

Un assez long moment s'écoula et la pression du coussin sur son visage se fit plus forte. L'air ne passa plus et Pélages ferma les yeux pour profiter du peu qui lui en restait dans les poumons.

C'est presqu'inconcient qu'il entendit alors un petit bruit sec et se sentit fléchir vers l'arrière tandis que l'étau se relâchait. D'autres mains le saisirent doucement aux épaules et il ouvrit les yeux. Il n'y voyait rien naturellement, mais il savait.

– Tu veillis, dit-il en reprenant son souffle. Pour un peu...

Il ralluma le cierge tandis que l'autre redonnait vie à la torche.

Sur le sol gisait un jeune moine à la bure retroussée, un pied dans le fumier et le nez dans un tas de scories.

– Qui est-ce ? demanda l'abbé.

– Sais-je moi ? L'un de tes novices sans doute. Il me semble bien être ce débauché de Ferrals que je t'avais fortement déconseillé.

Pélages haussa ses frêles épaules.

– Qu'importe. Tu l'as... ?

– Certes non, l'abbé ! Tu sais bien que cela ne se peut. Je l'ai tout au plus étourdi...

Il exhiba en souriant le pied luisant d'un candélabre de bois noir.

– Et qu'en faisons-nous ?

– Il fait nuit. Je vais simplement le laisser contre la margelle du puits, au milieu du cloître. Quand il reprendra ses esprits il filera sans demander son reste et en rasant bien soigneusement les murs. Dans quelques jours sans doute il aura sans bruit quitté le monastère... et voilà tout.

Le vieil homme ne put s'empêcher d'envoyer un faible coup de sandale au sbire allongé devant lui.

– Canaille !

– Pas plus que son commanditaire, l'abbé ! dit en riant l'homme de la providence.

– C'est juste.

Jean Galand, tu paieras... Même si ce doit être la dernière créance que de ma vie je recouvrerai.

LES WISIGOTHS

Pedro de Peratallada ménageait ses effets. Il n'était pas peu fier de son rapport c'est-à-dire des ressources de sa bibliothèque, et ceci se voyait au brillant de ses yeux.

– C'est une vaste histoire que celle des Wisigoths, et il n'est certainement pas possible de l'embrasser d'un regard. J'ai consulté des dizaines d'ouvrages dont j'ai tiré pour vous l'essentiel.

Nos Wisigoths sont des Goths Savants (les Ostrogoths, comme vous le savez, qui n'étaient pas plus modestes, s'intitulant Goths Brillants). Ce sont en fait deux branches d'un même peuple qui vient d'au-delà du Danube. Ils se disaient « Fils de l'Ours » (de Arcas, fils de Callisto) et l'image de cet animal figurait sur leurs étendards. Les Huns, barbares s'il en fût, les poussèrent en Occident extrême à partir de l'an 376 de notre ère, date à laquelle il quittent précipitamment les bords du Danube pour traverser la Thrace, la Grèce et la Lombardie. En passant par Rome, en 410, ils prennent presque sans coup férir la cité décadente qui à cette époque attendait un maître, la pillent une semaine de long, et y raflent toutes les richesses qu'elle recèle, à commencer par l'immense trésor du Temple de Jérusalem conquis par l'empereur Titus en 70. Vous savez sans doute car c'est une anecdote fameuse, que la quantité d'or dérobée était telle que lorsqu'une partie seulement en fut mise en circulation, le marché de ce métal s'effondra dans tout le monde connu... Encore Titus n'avait-il vendu que ce que, attendu la masse et le poids il n'avait pu emporter !

Vaincus, les Romains sont contraints de pactiser : comme les Wisigoths qui ne se connaissent plus de limites, arrivés jusqu'à Bordeaux s'apprêtent à pousser jusqu'en Afrique, les anciens maîtres, toujours dominateurs sur les mers les en empêchent mais leur proposent en 416 par l'Empereur Constantin, un traité au terme duquel ils se voient installés en Septimanie (c'est à dire, comme vous ne l'ignorez point, dans les sept villes par ailleurs déjà conquises de Bordeaux, Agen, Angoulême, Saintes, Poitiers, Périgueux et Toulouse) contre l'obligation d'aller combattre les barbares en Espagne pour garantir le limes romain. La capitale du nouveau royaume est Toulouse alors qu'elle avait été brièvement jusque-là Barcelone. Les nouveaux maîtres sont effectivement brillants, raffinés, tolérants et extrêmement organisés ; ils prennent vite et avantageusement la place des Romains décidément tombés au plus profond de l'abîme de l'Histoire. Toulouse et Carcassonne notamment leur doivent beaucoup de leur splendeur d'aujourd'hui et bien des nobles de nos régions ont pour ancêtres les plus valeureux chefs de l'armée wisigothe qui passa jadis le Rhône. Bientôt les Wisigoths s'installent tout le long de la Méditerranée : ils sont à Narbonne en 462 et huit ans plus tard à Tarragone, puis à Pamplune, Sarragosse, Tortosa...

– Permets-moi de t'interrompre, Pedro, dit Lulle comme intrigué. Ma Septimanie à moi n'a pas la même composition car j'y trouve plus vraisemblablement les sept cités épiscopales de Toulouse, Narbonne, Béziers, Agde, Nîmes, Lodève et Uzès, ces deux dernières d'ailleurs, conquises par les Francs bientôt remplacées par Carcassonne, Maguelonne et Elne...

– Je sais. Les auteurs ne s'entendent pas sur ce point. Choisis donc, Ramon, et laisse-moi poursuivre…

– Ce que j'en disais…

– Les nouveaux maîtres s'appuient sur le droit romain, qu'ils ne peuvent qu'admirer, mais ils n'omettent pas de l'organiser, de l'épurer et de le compléter, et aussi d'y glisser les nuances qu'exigent les coutumes des contrées conquises, que l'on appelait « fors » ou « fueros » selon le versant des Pyrénées. La monnaie romaine est dans son essence conservée mais désormais n'ont plus cours que les pièces d'or, l'argent n'étant plus jugé digne de présider aux transactions. Bientôt la Gothie se trouve débarrassée des hordes sauvages qui y sévissaient encore et dont les Romains décadents n'avaient pu avoir raison, bientôt Rome sollicite la protection des rois de Toulouse, bientôt la Ville Rose se couvre d'édifices élégants et prestigieux. On leur doit aussi les places fortes de Carcassonne, Alet, Quéribus, Peyrepertuse, Puylaurens et vraisemblablement Montségur, le nid d'aigle des derniers Cathares. L'archevêché de Narbonne allait d'Uzès à Barcelone ; il eut à sa tête Guifred, un Catalan, fils du comte de Cerdagne et neveu de Oliva de Ripoll-Besalu.

Il faudra attendre la victoire des Francs à Vouillé en 507 pour que le peuple wisigoth cesse son expansion et consente à se replier sur les vastes territoires méridionaux, et des deux côtés des Pyrénées, installant d'abord sa capitale à Arles puis à Narbonne, puis à nouveau à Barcelone et enfin à Tolède, sous Atanagilde. S'ouvre alors une période troublée, ponctuée de guerres civiles et d'interventions étrangères assez vite repoussées, qui donnant naissance à un véritable esprit hispanique, n'affectent pas les réformes de l'Etat qu'organisent avec application les conciles convoqués par le roi et présidés par l'archevêque de Tolède. Ces conciles sont en tous points remarquables et seraient assurément à prendre encore de nos jours en exemple : ils déterminent avec exactitude la succession de la Couronne, établissent le système électif, légalisent les dépositions et les usurpations quand elles deviennent nécessaires, organisent les garanties judiciaires pour les prêtres, les fonctionnaires et les puissants, protègent la famille royale et aussi régulent la condition des juifs.

C'est à cette époque que Isidore de Séville dans ses *Etymologies*, Ildefonse, San Julian de Tolède, Tajon établissent « las normas » de la vie monastique... Ah, certes, les Wisigoths de nos jours encore, sont dignes de nos éloges et de notre admiration ! Songez que Theodoric II lisait Virgile et se vantait d'en apprécier les beautés, alors que les Francs en étaient encore à bâfrer dans les auges de leurs porcs !

– Comme te voilà dithyrambique !

– Inévitablement. Et cette étude que pour vous j'ai menée m'a appris bien des choses. A commencer qu'il faisait sans doute bon vivre sous ces bons rois goths que l'on a voulu dépeindre comme des barbares. Barbares, certes, ils ne l'étaient point. Songez qu'ils professaient l'arianisme qui comme vous le savez (et puisque ici nous pouvons parler librement) est une doctrine théologique des plus subtiles et pour tout dire, des plus dignes d'intérêt... et d'ailleurs je ne nous avais pas attendus pour les honorer comme ils le méritent, puisque comme vous ne pouvez l'ignorer, dans cette abbaye se perpétue à mes risques et périls le rite dit « hispanique » malgré les directives de l'aragonais Sancho Ramirez qui s'attacha voici deux siècles à instaurer la norme canonique de Saint Augustin dans les monastères de la région, en arrachant par ailleurs violemment à leurs sièges les évêques et abbés qui y étaient réfractaires. Si à Sant Juan de la Pena, à Sant Victorian ou à Jaca comme des veaux on s'est soumis, ici à Sant Pere de Rodes, à mon avènement l'on est revenu au rite ancien et je veillerai croyez-le, à ce qu'il en soit ainsi tant que je serai à la tête de cette abbaye.

– Je ne sais pas bien, et d'ailleurs je n'y attache pas grande importance, en quoi diffèrent les deux rites...

– Allons, Ramon... Tu n'ignores pas que le rite « hispanique » ou plutôt « wisigoth » préconise les lectures fréquentes de l'Ancien Testament, établit que la « Sagrada Norma » se divise en neuf parties, impose la communion sous les deux espèces et le pater noster avant la consécration alors que le credo trouve sa place à l'intérieur du canon. Dans mes murs, mes frères, la messe se divise en deux parties bien claires : l'une à l'usage des cathécumènes, l'autre à l'attention des baptisés, et les fidèles participent tout au long du Sacrifice...

– Peratallada, abbé de Rodes... tu pues le fieffé hérétique !

– Et toi aussi, Ramon Lulle, maudit alchimiste ! Perdido !...

Ils rirent tous les deux. Ils étaient bien loin de ces joutes. Ils ne savaient plus s'ils étaient désormais agnostiques ou pourquoi pas enfin gnostiques. Ils avaient trop lu et se trouvaient pour l'heure à faire le tri.

Seul, comme à son habitude, Béranger de Prato demeurait fermé. Il écoutait.

– Précisément, les Wisigoths étaient ariens, dit-il. Par ce fait, auraient-ils un rapport quelconque avec les hérétiques albigeois ?

– Comme Pierre Isarn, hein ? Cela, sans aucun doute. Car effectivement les Wisigoths étaient chrétiens, mais professaient la doctrine d'Arius qu'aujourd'hui encore il nous est prescrit de combattre. Mais beaucoup toutefois, à l'image de Theodoric l'Amale pensaient qu'on ne peut commander la religion, attendu qu'aucun homme n'est forcé de croire malgré lui.

– Euric tourmenta pourtant cruellement ceux qui n'épousaient pas sa foi !

– Frères ! Frères ! Si mieux que moi vous connaissez le sujet, je n'y userai pas davantage ma salive et n'irai pas plus loin...

– Fais excuse, Pedro et poursuis. Parle-nous plutôt de l'arianisme...

Pedro de Peratallada ne fit pas à ses acolytes l'injure de s'étendre sur ce sujet. Chacun d'eux savait naturellement que les disciples d'Arius, prêtre égyptien du début du IVe siècle, s'appuyaient sur le Concile d'Antioche de 270, qui proclamait sans nuances (au vrai y en aurait-il ?) que si le Père a engendré le Fils c'est qu'Il existait avant lui et que donc le rejeton n'est point éternel... Dieu est Unique et Indivisible. Il n'y a de Dieu que Dieu... Mais Arius dérangeait car il n'était que simple sacerdote et que cette évidence vite comprise par le peuple, ne trouvait pas grâce auprès de sa hiérarchie. L'affaire prenant de l'ampleur, empereur Constantin fut invité à trancher. Il se déclara naturellement incompétent et convoqua le fameux Concile de Nicée en 325, lequel, en une formule alambiquée décréta avec beaucoup de sérieux que « Jésus est Fils Unique de Dieu, né du Père avant tous les siècles, Dieu de Dieu, Lumière de la Lumière, vrai Dieu du vrai Dieu, engendré et non créé ; il est consubstantiel au Père et par lui tout a été fait ». Même si ce décret ne fit qu'ajouter au trouble, les disciples d'Arius furent promptement « déplacés ». Pour peu de temps d'ailleurs, car après de nombreuses péripéties il purent revenir sous Constance et surtout s'accrocher aux terres occitanes sous l'égide des Wisigoths qui avaient très rapidement été gagnés à leurs idées et qui firent de l'arianisme la religion de leur immense royaume.

– Et comment donc ce royaume, si puissant, pût-il disparaître aussi rapidement qu'il naquit ?

– Tout ensuite est banal, mais effectivement précipité. Deux familles wisigothes, celle de Chindasvinto et de Wamba, faisant fi des Conciles de Tolède s'affrontèrent bientôt pour l'accession au trône, sans parvenir à se départager. Les descendants de Wamba eurent la funeste idée de faire appel aux musulmans pour les aider à destituer Rodrigo considéré comme usurpateur. Rodrigo fut tué à Guadalete en 711, mais les Wamba, trop faibles et divisés ne surent profiter de la victoire et renoncèrent à leurs droits en faveur du calife de Damas. La suite, vous la connaissez. Il n'y eut plus dès lors de ce côté-ci de la montagne, ni ariens ni catholiques, mais tout un peuple de musulmans car les naturels, qui benoîtement, qui sous la menace, se convertirent immédiatement en masse à la foi des vainqueurs.

– Tout ce que tu nous dis, Pedro, des Wisigoths, loin d'aider à notre démarche, nous plonge un peu plus dans la perplexité. *Todo esto no tiene pies ni cabeza* !

– *Que quieres que te diga, Ramon* ? Comme dit le dicton, on ne fait point de confiture avec de l'eau. Si tout était facile, nos frères ne chercheraient pas depuis la nuit des temps.

– Une chose que tu n'as pas dite, ou sur laquelle tu ne t'es pas étendu, est la provenance de l'or des Wisigoths.

– Je ne comprends pas…

– En 410, les Wisigoths se sont bien emparés de l'or raflé par les Romains à Jérusalem. Ce que vous devez savoir, c'est qu'à l'époque de Salomon, comme de nos jours d'ailleurs, la Palestine ne donnait pas d'or, et que l'Histoire ne dit pas que des tributs aient été payés aux juifs ni qu'ils aient ravagés de riches royaumes circonvoisins. Ce que vous devez savoir, c'est que moi, Ramon Lulle, j'eus naguère entre les mains, à Tanger, une plaque de ce métal provenant de la coupole du Temple de Jérusalem et que je l'ai éprouvée.

– Et ?…

– Oui.

– Ceci, dit de Prato vaguement dépité, ne prouve qu'une chose que nous savions déjà : l'or alchimique existe. Nous savons maintenant que les wisigoths en ont possédé une masse énorme qu'ils ont sans doute dissimulée dans leur dernière capitale, Tolède qu'ils appelaient leur « Urbs Regia », et que les Arabes ou bien ne l'ont pas trouvée, ou bien, curieusement, ne l'ont pas pillée. Ceci toutefois, je vous le rappelle n'est pas notre propos, qui n'est pas de fouiller l'Espagne à la recherche du Missorium ou du Chandelier des juifs. Laissons cela à d'autres.

Poursuivons nos recherches sans désemparer. Pour ma part, je ne les considère pas vaines jusqu'à présent, car déjà, j'ai beaucoup appris.

– Et tu apprendras encore, mon puceau ! Ramon Lulle se leva en se tenant les reins. La position assise, à la longue l'insupportait.

J'ai laissé Pedro à sa péroraison, à son cours d'histoire sans réel intérêt. Il n'a point eu mon parcours ni mes accointances avec les Arabes et s'il a puisé dans les annales des Wisigoths, il a dédaigné ce qui doit nous intéresser : Tolède et son Ecole.

L'alchimie, comme chacun sait, est comme l'air que l'homme respire, ou comme le vent qui naît on ne sait où et va là où il veut. Beaucoup prétendent que les Arabes tiraient des athanors derrière leurs petits chevaux rapides et que même leur jeu d'échecs n'est que l'illustration mathématique de l'Œuvre. Non, mes frères, les mahométans n'ont rien inventé. Ils ont capté, appris, supputé, soupesé et quelque fois parasité, souvent sublimé. A Tolède, ils ont apporté et ils ont pris. Car c'est à Tolède et nulle part ailleurs en Espagne, sur un limon fertile qu'ils ont assis leur fameuse Ecole. Quand en 1085 les rois catholiques les chassèrent de la ville, il s'emparèrent avec avidité des milliers de manuscrits rares que serrait la bibliothèque et que les mécréants n'avaient osé détruire. Vous savez que Gérard de Crémone y installa un fameux groupe de traducteurs qui vulgarisa Aristote et notamment les trois premiers livres de la *Météorologie* que tout adepte conserve à portée de main. Crémone ne se fit pas faute, car l'époque était fort heureusement plus éclairée que la nôtre, de traduire au passage le *Traité de Philosophie* de Domingo Gondisalvo qui définit l'alchimie comme une des branches des sciences de la nature, ou le *Traité des Aluns et des Sels* dont nous usons quotidiennement. L'un de ses acolytes, l'anglais Robert de Chester, s'attela lui au fameux *De compositione alchemiae* qui contient l'histoire de Khalid et de Morien...

– Dans lequel, fit remarquer de Prato, on peut trouver l'adage récurrent : *Festinatio es parte Diaboli...* qui orne le laboratoire de Pélages.

– Peut-être. Plus tard, Daniel de Morley lui-même, après un passage par Oxford et Paris s'installa à son tour à Tolède. Vous connaissez tous deux son *Traité des Sciences de la Nature*. Je l'ai vu sur ta table, Pedro, et je gage que Pélages en a fait son livre de chevet...

– Avant de me le confier, confirma le régisseur.

– Non décidément rien n'est banal dans ce qui nous occupe. Nous tournons, nous divaguons, nous errons, mais comme le fer vers l'aimant nous subissons toujours la même attraction…

– Continuons nos recherches…

L'ENIVRANTE MISSION DE LA-SOGA

Guilhem La-Soga était à son aise. Voilà qui lui plaisait, car enfin, il n'était pas fait pour se faisander dans un monastère et ceci très certainement était la cause de tous ses maux.

Il ne connaissait pas son âge mais on le disait jeune encore même si ceci ne se notait point. Le malheur était qu'il était le fils de Adalaicis, Seigneur faydit de Traussan, Cathare notoire, et qu'en 1268, Guillaume de Choardon-le-Rapace, chevalier, sénéchal de Carcassonne et de Béziers, avait vendu tous les biens de sa famille à Pierre IV abbé de Caunes pour le prix de seize livres tournois, lui-même étant tout naturellement compris dans la vente.

Non pas qu'il ait eu à souffrir, toutes ces années au monastère ! D'emblée il avait été correctement traité, même si on n'omettait pas de lui rappeler qu'il lui convenait d'être doublement docile et zélé aux exercices attendu son ascendance hérétique. Sans doute, en tout cas il en était certain aujourd'hui, avait-il voulu du coup en faire trop en s'appliquant aux mortifications, se couvrant le corps de cilices et se flagellant dans sa cellule comme le meilleur des dominicains alors que certes les bénédictins de Caunes comme d'ailleurs étaient loin eux-mêmes de ces pratiques expiatoires qu'ils détestaient au plus haut point. Son mysticisme heureusement de courte durée, lui avait dérangé l'esprit et fourré dans le crâne l'idée que décidément la faute de ses pères était trop grave, qu'il ne la laverait jamais, ni par son sang ni par ses larmes, et que le mieux sans doute était de libérer enfin la terre de sa lignée, dont il demeurait le seul. Ce n'est qu'in extremis, on l'a vu, au pied de sa potence qu'il avait rencontré enfin sa chance, en la personne de Béranger de Prato.

Si La Soga ne se sentait plus d'aise, c'est que pour la mission il avait jeté la bure aux horties et qu'il chevauchait à bride abattue, la tonsure négligée au vent, le meilleur cheval de l'abbé, le pie de trois ans qu'il aimait et dont à l'écurie il avait la charge exclusive. Il avait à portée de la main contre la jambe une lourde gourde de vin clairet, dans son dos un bon sac de victuailles, et au gousset une petite bourse bien garnie, car Pélages il est vrai, pour son viatique n'avait point barguigné.

Dès Villarlong pourtant, à quelques lieues seulement de Caunes, il pensa convenable de ralentir l'allure. Certes, l'abbé avait dit « ventre à terre», mais la route était longue et il décida de ne pas abuser de ses forces et de celles de sa monture, car enfin l'important était assurément d'arriver sans encombres et il convenait de tenir compte du fait que jusqu'à Carcassonne il ne se trouverait sur le chemin ni maréchal ni ferme dépendant de l'abbaye susceptible de lui prêter aide avec un minimum de discrétion. Il but une gorgée, s'essuya le menton de la manche, et continua tranquillement, à l'amble.

Il faisait froid ce matin de décembre, mais il ne le sentait pas car déjà il avait fréquemment tété à sa gourde. Le ciel était limpide, le soleil montait un peu dans le ciel et à droite, vers la montagne noire, à hauteur de Villeneuve, il voyait au dessus des toits des masures de longs filets de fumée blanche semblables à ceux plus ténus toutefois, qui montaient de toutes parts dans les vignes, car les plus diligents avaient commencé la taille et se débarrassaient par le feu des sarments qu'ils ne pouvaient emporter. Il prit le chemin de Villegly sans hâte mais quand-même sans s'arrêter à bavarder avec les paysans qu'à ce stade de son voyage il connaissait encore et qui le saluaient jovialement en agitant quelque fois non sans malice leur gourde de cuir ce qui, loin de le courroucer le faisait rire aux éclats. A Villalier il démonta et assura son cheval à un anneau de fer au mur de l'auberge, près de la petite église trapue. Déjà il avait faim.

C'est vrai qu'il n'avait quitté l'abbaye qu'au milieu de la matinée, inopinément appelé par Pélages alors qu'il rangeait les souches contre le mur du cellier, vers cers. Il n'avait pas vu l'abbé de près depuis longtemps et en était demeuré effaré ; ne restait du prélat que ses yeux vifs et fébriles qui animaient encore son visage émacié, fripé, et comme séché à la manière des figues d'été que l'on conservait dans le caveau entre les barriques, dans les feuilles de platane. Ratatiné était Pierre IV comme une pomme cuite au four ou plutôt un rameau jeté aux flammes. Sous son vêtement se distinguaient les angles pointus de son corps et ses mains blanches aux doigts secs tremblaient. Sa voix pourtant portait encore, et bien :

– Guilhem, voici ta mission. Elle est simple, rapide, point dangereuse, et à bien y regarder, certainement plaisante pour le pendard que tu es. Prends cette bourse, à l'écurie le cheval que tu veux, et aux cuisines ce qui sûrement te plaira, et file ventre à terre remettre ce pli à Monseigneur l'évêque de Cacassonne en personne. M'entends-tu, Guilhem ? En personne ! Rassure-toi, mon nom t'ouvrira les portes. A toutes fins utiles toutefois, je t'ai accrédité de mon sceau…

Vains Dieux ! La Soga ne se l'était pas fait répéter. Il s'était incliné cérémonieusement et s'était retiré précipitamment puisque l'urgence le commandait. Pélages toutefois l'avait rappelé :

– Guilhem, je compte sur toi. Et je crois devoir te dire que de ta mission dépend la... bonne santé de ton ami Béranger de Prato.

S'agissant de La Soga, cette précision sans doute n'était pas superfétatoire. Elle eut son effet car on l'a vu, il aimait le régisseur boîteux et tenait plus que tout au monde à lui venir en aide. La gravité des propos de l'abbé le troubla un peu, mais seulement jusqu'à son premier gobelet de vin de la journée, cap qu'il passa avec délices et qui lui mit instantanément l'énergie au corps.

A Villalier, personne ne le connaissait car les gens voyageaient peu, adonnés qu'il étaient à leur terre, les pieds dans leur motte, empêchés par leur condition de s'éloigner de leurs lopins et par ailleurs peu soucieux de nouveaux horizons. L'aubergiste ne vivait que des messagers qui passaient assez fréquemment sur cette route directe qui menait, de Narbonne et Béziers en passant par Capestang, Olonzac, Caunes ou La Redorte, à Carcassonne tout à la fois siège épiscopal, du Vicomté et du Tribunal de l'Inquisition. Chacun de ces voyageurs, surtout lorsqu'on le voyait pourvu d'un cheval soigné, même si le harnachement ne parlait pas, se trouvait immanquablement missionné par un personnage important et il convenait certes de lui faire bonne figure et de lui réserver le meilleur de la maison. La Soga le savait, qui se trouvait pourtant bien pourvu de provisions de bouche, et avait décidé de ne pas s'en priver. D'un seul coup d'œil, il vit qu'il avait été bien inspiré ; plus tard il bénit le ciel de lui avoir donné et l'idée et l'irrépressible envie de faire halte céans.

Car passé le seuil, son regard accrocha les litanies de saucisses noires, sèches et lourdes sans doute comme des massues qui pendaient au plafond, autour des énormes jambons d'Espagne et des boudins d'abâts, dans un foisonnement de bottes d'oignons et d'herbes diverses que l'on avait mises à sécher. A l'opposé de l'imposante cheminée qui donnait bien, l'aubergiste avait installé sur deux chevalets un respectable tonneau au robinet duquel pendait une coupelle culottée de noir... Sur une crédence près du fût se trouvaient alignés comme à la parade de vieux cruchons de terre cuite, bien ébrêchés, mais idoines et fort aimables. La Soga se frotta les mains et, sans façon et sans y être invité, alla se placer près de la fenêtre ; la meilleure table, au centre de la pièce et la plus proche de la cheminée étant naturellement déjà occupée. Trois quidams commodément vêtus de cuir fourré, d'aspect patibulaire et de manières taciturnes y bâfraient à grand bruit, passablement avinés dès le début du repas, ce que le moine trouva sympathique et tout naturel attendu le froid qui régnait dehors.

L'aubergiste, un petit homme maigre et triste qui jurait dans le décor, plaça devant lui un bol de soupe fumante et assez épaisse, une écuelle de bois grande comme une auge à cochon, un lot considérable de charcuteries de toutes sortes et de belles tranches de pain gris et se retira sans un mot, non sans avoir lorgné du côté de la grande table pour s'assurer que les trois gueulards ne manquaient de rien.

La Soga avait avalé sa soupe et commençait de réduire avec entrain de son canif une belle saucisse de foie sèche lorsque son oreille capta un nom qu'il connaissait bien.

– De Prato dis-tu ? C'est lombard çà, non ?

– Ou espagnol, peu importe après tout.

Celui des trois braillards qui venait de répondre avait le visage balafré d'une oreille au menton et portait ostensiblement à la ceinture un coutelas gainé large comme la paume de la main. Comme tel, assis, il dépassait encore d'un pouce le petit aubergiste chétif. La Soga se prit à plaindre le cheval qui avait à le porter.

– Car enfin, ce qui nous importe est de lui mettre la main au collet et de le mener au plus vite, avec son acolyte surtout, à Jean Galand. Le reste n'est pas de notre ressort.

– Où sont-ils à cette heure, ces deux patarins ?

– Nous n'en savons rien, et l'inquisiteur ne nous dit qu'une chose : à Caunes, l'un des jeunes moines de l'abbaye doit nous donner de précieux indices. Si cela ne se peut, il nous faudra user de notre flair, comme à l'accoutumée. Le compagnon de de Prato est aragonais et tout laisse à penser qu'ils se dirigent vers la Catalogne espagnole... Achevons vite, car les jours sont courts et il nous reste de l'ouvrage.

Quand à grand vacarme, ils eurent repoussé leurs chaises en arrière, vidé debout une dernière fois leurs gobelets, jeté quelques pièces sur la table jonchée de reliefs et quitté la salle sans même un regard vers lui, La Soga acheva à son tour placidement son repas, se cura lentement les dents de son canif, l'essuya de sa manche et le fit disparaître dans une des poches de son vêtement. Le petit homme malingre nettoyait la table ; il le paya en louant et la qualité de ses cochonailles et, malicieusement l'amabilité de son accueil, et sortit dans le soleil.

Ainsi donc, de Prato se trouvait impliqué dans une sombre affaire intéressant à la fois l'abbé de Caunes et l'inquisiteur de Carcassonne... et dans laquelle allait bientôt tremper, grâce à lui, l'évêque en personne... La Soga en demeura tout excité. Il n'avait pas la prétention de comprendre les choses, mais il était au moins sûr que le régisseur n'était très certainement point plus hérétique que son cheval, ayant toujours démontré (mais certes avec prudence) une rare indépendance et jusqu'à un scepticisme narquois à l'égard des préceptes religieux quels qu'ils soient. Par ailleurs et le mois dernier encore, juste avant son départ, les deux hommes s'étaient partagé avec entrain au réfectoire une belle pièce de bœuf qui avait grillé sur les souches avec des rousillous du Cros. Quant à ce qui était des femmes... il ne jurerait pas...

Non. Il y avait autre chose. Et connaissant de Prato qui affectait de ne se passionner de rien, quelque chose d'énorme, inouï ; il pouvait en être certain. Tout bien pesé pourtant, le moine sybarite n'était pas inquiet : les deux pseudo-hérétiques avaient quitté l'abbaye depuis de nombreuses semaines et les sbires de l'inquisiteur pouvaient toujours courir… Il n'en négligea pas pour autant sa mission, à laquelle il avait ajouté une sérieuse enquête à mener à son retour à l'abbaye du côté des donats, et reprit son chemin vers Bezons avec le curieux sentiment d'être sûrement pour la première fois de sa vie utile à quelqu'un.

Il ne put arriver à l'évêché qui se trouvait dans la cité qu'à la nuit tombante. Il se vit naturellement opposer l'heure par les gardes goguenards qui l'invitèrent d'abord sans même l'écouter à revenir le lendemain. Sans se démonter, La Soga leur colla sous le nez le sauf-conduit de l'abbé de Caunes et les choses prirent une autre tournure. Il attendit tout de même longtemps à la poterne en battant la semelle. Il ne vit rien alors qu'à la clarté de la lune les formes un peu trompeuses des bâtiments dont disposait Othon de Saint Hilaire : le gigantesque palais épiscopal dans lequel il n'en doutait pas il allait bientôt pénétrer, la tour carrée qui le flanquait et l'église Saint Nazaire qu'il connaissait bien pour y avoir assisté à de nombreuses messes quand Pélages, qui visitait autrefois son ami Saint Hilaire, le prenait dans son escorte. La tour aussi ne lui était pas étrangère car avec quelques moines de la suite aussi désœuvrés que lui, il l'avait longement visitée en attendant l'abbé. Il savait qu'elle venait d'être bâtie de belles pierres de grès très dur, et que sa fonction était éminemment défensive ; on l'avait copieusement munie de meurtrières et de crénelages au champ de tir dégagé au dessous des hourds permettant, chose rare, à deux lignes d'archers de défendre les ouvrages puisque lesdits hourds possédaient leurs meurtrières au-dessus des mâchicoulis. Ceux parmi les moines qui se piquaient d'architecture avaient expliqué que les tourelles d'angle donnaient un tir divergent et que la tour enfin, avait l'avantage d'enfiler le chemin militaire entre les deux enceintes et de le couper totalement au besoin. Les temps n'étaient point apaisés encore et « l'évêque » le savait.

Mais du Palais, La Soga ignorait tout.

Il n'en sut pas davantage mais n'en fut pas pour autant chagriné lorsqu'enfin Othon de Saint Hilaire en personne le reçut, car l'entretien eut lieu dans une petite pièce, certes commode et bien chauffée mais tout austère et chichement meublée qu'il devina être la porterie. Comme toujours l'évêque était suivi à deux pas de son fameux Tarik, un maure sourd et muet de plus de six pieds, au regard farouche et à la barbe noire et pointue que lui avait offert voici de nombreuses années le roi d'Aragon.

Ce qu'ignorait alors La Soga, comme la plupart d'ailleurs des Carcassonnais, était que celui que l'on appelait Monseigneur l'évêque n'était en fait que co-adjuteur depuis de longues années ; le siège épiscopal de la ville étant curieusement vacant depuis la mort de Gautier de Montbrun. Quelques uns très informés, comme notamment l'inquisiteur Galand et bien entendu Pélages, savaient que Saint Hilaire avait été désigné à ce poste par Nicolas III en personne et sans conseil de quiconque et qu'à la mort du souverain pontife emporté voici cinq ans par une attaque cérébrale, Martin IV l'y avait tout naturellement confirmé et avec quelqu'empressement semblait-il.

Les mauvaises langues, et il s'en trouvait beaucoup car il n'était point aimé, prétendaient que le co-adjuteur n'avait jamais reçu la prêtrise, qu'il n'entendait rien à la liturgie et n'affectait pas même de la singer, se contentant de présider aux messes que disait son chapelain et seulement lorsque s'étant présenté quelque personnage de marque en son palais, il ne pouvait l'éviter.

Othon de Saint Hilaire avait promené son grand corps décharné entre les murs, sans jamais s'asseoir. Il avait l'air pressé. Il portait sur le crâne pour se protéger du froid une petite calotte de peau jaunâtre parfaitement ridicule que son visiteur affecta de ne pas fixer de crainte de paraître irrévérencieux. Il paraissait jeune encore, mais son teint ne plaidait point en faveur d'une santé florissante.

La Soga pensa qu'il avait la tête triangulaire de la Vierge-à-la-Mandorle de l'église de Rieux. D'ailleurs il en avait aussi les mains, au doigts démesurés, fins et comme sans os.

– Comment se porte donc mon excellent ami Pierre IV Pélages, abbé de Caunes en Minervois ? dit-il d'emblée, presque jovial.

Le moine s'était un peu courbé, cérémonieusement.

– Mal, Monseigneur... Très mal, si je puis me permettre...

– Oui. Mais pourquoi aussi te posai-je cette question ? Je le savais... Qu'as-tu de lui, pour moi ?

– Voici, Monseigneur.

Et il lui tendit le parchemin, en rouleau, duquel pendait un sceau de cire rouge.

L'« évêque » le prit sans hâte et le lut. Le texte était long.

La Soga vit sa face blêmir encore et dans ses yeux, soudain, la lueur glacée qu'il avait perçue dans le regard de son père, Adalaicis de Traussan quand le sénéchal Guillaume de Choardon était venu au manoir pour proclamer sa dépossession.

Othon de Saint Hilaire[1] roula à nouveau le parchemin, le serra dans sa main droite et fixa le messager dans les yeux :

– Va maintenant, dit-il simplement, tout est entre mes mains.

---

1. Othon de Saint Hilaire est un personnage imaginé par l'auteur, avec d'autant plus d'aisance que le siège épiscopal de Carcassonne semble être demeuré curieusement vacant de 1278 (Gautier de Montbrun) jusqu'en 1291 (Pierre de la Chapelle Taillefer) comme le lui a aimablement confirmé M. Georges Bruyère, archiviste diocésain.

LES « FAMILIERS[1] » DE COUFFOULENS

Les trois hommes, peu amènes, avaient démonté devant la vieille église d'Escales. Le balafré s'impatientait. Il avait fait mander depuis longtemps le curé mais on ne le trouvait pas ; on le disait aux champs avec les brassiers ce qui paraissait tout à fait invraisemblable à cette époque de l'année.

En battant bruyamment la semelle, il firent rapidement le tour de l'édifice mais l'harmonie des trois nefs que prolongeaient la belle abside, les deux absidioles semi-circulaires et les collatéraux voûtés d'arêtes n'avaient rien pour accrocher leur regard. Il virent enfin au loin le curé chenu qui tentait de courir un peu, claudiquant bas, en moulinant des bras.

– Messeigneurs ! Messeigneurs ! dit-il dans un souffle, veuillez m'excuser, mais j'aidais à la récolte des choux et...

– Ta gueule ! dit le balafré que les deux autres appelaient Geoffrey. C'est moi qui parle.

---

1. On appelait « familiers » les sbires à la charge de l'inquisiteur, chargés des plus basses besognes. C'était le plus souvent des crapules issues des bas fonds.

Le vieux curé se mit à trembler, mais ce n'était pas de froid.

– Dis-nous où se dirigeaient les deux hommes, un grand boîteux aux yeux gris et un jeune espagnol qui t'ont visité voici quelques semaines et retourne à tes choux...

Ses deux compagnons demeuraient indifférents à la scène qui, étant trop banale, ne les amusait pas.

– Mais, Seigneur, je ne vois pas...

Geoffrey le balafré prit d'une main le prêtre à la gorge et serra un peu. Juste assez.

– À... à Fontfroide...

– Eh bien voilà !

Il tapota la joue du vieil homme et dit à ses hommes :

– Compris ? A Fontfroide !

Ils avaient de bons chevaux et la bourse bien garnie. Galand ne lésinait pas lorsqu'ils les envoyait en mission. Ils les avait trouvés à Couffoulens, dans une petite métairie où ils végétaient sans négliger quelques rapines pour améliorer leur ordinaire qui était de bâfrer et follâtrer de jour comme de nuit dans les bouges les plus infâmes de Carcassonne. Tuer ou mutiler pour quelques sols ne les chagrinait pas, pas plus que de vendre hommes, femmes ou enfants à l'Inquisition pour garnir un peu les geôles de leur maître.

Ici toutefois, au milieu de l'hiver, dans les plaines glacées de l'Est occitan, s'ils se trouvaient en fonds ils n'avaient point le loisir d'en profiter et il leur tardait de gagner une ville quelconque pour s'abrutir de vin, de femmes et de rixes. Geoffrey pourtant ne leur avait pas laissé d'espoirs :

– Vous resterez sages, mes agneaux, jusqu'à notre retour à Carcassonne ! Pas question d'aller nous perdre à Narbonne à moins que nos fugitifs nous y mènent, mais j'en doute... Après il n'y a plus rien. Perpignan peut-être ? Mais nous verrons...

Les deux autres, Amaury et Damas, semblaient être deux frères. En tout cas avaient-ils la même sale gueule et les mêmes petits yeux noirs et brillants enfoncés dans le crâne.

Ils se déplaçaient vite car ils étaient bons cavaliers et rudes et résistants. Ils avaient bon espoir d'accomplir leur mission rapidement et sans trop de problèmes. L'affaire en tout état de cause se présentait bien.

A l'abbaye de Caunes, ils avaient tout de suite mis la main sur le jeune Isarn, de Ferrals, qui rassemblait ses hardes et faisait ses paquets. Il n'en finissait plus de maudire, fort imprudemment d'ailleurs, et l'abbé et l'inquisiteur et tous les moines de la terre, en exhibant la grosse bosse sanguinolente qu'il avait derrière le crâne et qui disait-il l'empêchait de se coucher.

– On ne m'y reprendra pas, sachez-le, à de semblables besognes ! Comment aurais-je pu penser que ce vieux fou était secrètement protégé par un homme de main ? A l'espionner tout ce temps je risquais tout bonnement ma peau et je n'en savais rien ! Tout cela pour quelques sols qui d'ailleurs ne me servent de rien dans ce trou du cul du monde !…

Les trois familiers ne le comprenaient que trop.

Ce n'était pas à proprement dire son sujet mais Geoffrey, tout de même, eut soin de noter de rapporter tout ceci à Jean Galand.

– N'aie crainte, Isarn ; une enquête sera faite et nous saurons ce qu'il s'est passé cette nuit-là…

– Peu me chaut ! Je serai loin… Au diable tous ces tonsurés et quel que soit leur rang… Je suis jeune et n'envisage point de macérer dans un monastère.

– Soit. Prends ceci pour alourdir ton pécule et oublier ta bosse (il lui glissa quelques sols de melgueil dans la pogne), et dis-nous enfin ce que tu sais de Béranger de Prato et Jordi Hortenada…

Isarn ne savait pas grand chose ; il les avait entendu parler à voix basse la veille de leur départ, de la vieille église d'Escales.

Et la traque avait commencé.

BÉRANGER DE PRATO ET JORDI HORTENADA

Béranger de Prato s'était échappé. Il était fatigué de tourner les pages des vieux livres de Pedro de Peratallada, de scruter les murs antiques de l'abbaye, et aussi pour l'heure, de la compagnie des deux alchimistes. Il voulait prendre l'air et pas celui du monastère. Il voulait aussi parler à Jordi.

Il le trouva assis en compagnie de Fra Juan sur le perron de la petite église, occupé à tresser un petit panier. Le prêtre se présenta timidement et sans même chercher un prétexte, s'éclipsa.

– Pas causant… dit de Prato.

– Non. Je ne sais pas pourquoi et je ne veux pas le savoir, il fuit la compagnie des hommes et lui préfère celle des chèvres qui peuplent la montagne et des mouettes qui chient sur les terrasses comme pour favoriser la pousse de ses herbes médicinales.

– Ceci peut se comprendre. En tout cas, ça se respecte.

Mais dis-moi, pourtant tu as su l'apprivoiser…

– Je ne lui demande rien, il ne me demande rien… *y basta*.

De Prato se dit que pour qui précisément avait à questionner, l'affaire se présentait mal.

– Nous n'avançons pas avec notre « opus spicatum ». Ceci ne t'étonnera pas. Je ne sais pas encore ce que je fais ici, dans ce décor certes admirable (et celà je ne le regrette pas) à caresser les murs et m'user les yeux dans les grimoires... Je vais retourner bientôt je crois à Caunes. Que feras-tu, toi ?

– Ce que j'ai à faire.

– Certes, et je ne cherche point à te prendre ton secret. Il me semble pourtant que ton but est plus sérieux que le mien. Qu'il soit en tout cas plus accessible ne fait aucun doute. Comme je n'ai aucun doute sur le fait que ce sont les Templiers de Monzon qui t'ont versé sur ce chemin...

– Je suis de Monzon. Et il y a des Templiers à Monzon. *Punto final.*

De Prato sourit presque. Il ne tirerait rien de son compagnon et c'était mieux ainsi. Chacun, il le savait, devait à présent suivre sa route ; c'était d'ailleurs sur cette base et dans ces conditions qu'avait commencé leur périple. Ils avaient voyagé de longues semaines par les mêmes chemins poudreux d'Occitanie et de Catalogne ; jamais ils n'avaient évoqué leurs missions et jamais ils ne s'étaient questionnés.

De Prato savait que Jordi lui avait été donné par Pélages pour lui servir d'interprète, et qu'inversement en sa qualité de secrétaire de l'abbé de Caunes il cautionnait le blond aragonais, se portant implicitement garant de l'orthodoxie de sa foi. Mais par ailleurs tout ceci constituait un énorme risque pour Pierre IV et demeurait incompréhensible.

Ils s'appréciaient et ceci se voyait dans leurs yeux.

Ils marchèrent un peu.

De Prato soudain s'arrêta, et saisit le bras de son jeune compagnon.

– Jordi, prends bien garde ; les Templiers ne jouent pas, et je gage que tu ne sais de ta mission que ce qu'ils ont bien voulu te dire... Je ne comprends pas d'ailleurs pourquoi tu leur sers ainsi d'instrument sur ces chemins d'Espagne. Les hommes de tous acabits ne leur manquent pourtant pas…

Jordi leva les yeux car le régisseur le dominait d'une tête. Il parut touché de sa sollicitude car c'est d'une voix moins farouche qu'il s'entendit répondre :

– Le réseau Templier n'est que mon vecteur ; la mission est celle des miens.

– … des Cathares ? Mais, Jordi, ils ne sont plus…

– Je le sais. Je sais aussi que le secret existait avant eux et qu'après eux il me faut le transmettre. Béranger… Béranger, tu es mon seul confident ; n'en abuse pas.

– Je ne le veux pas. Je voudrais seulement que tu ne pâtisses pas d'une entreprise qui te dépasse et dans laquelle tu prends seul tous les risques.

– Je n'ai pas le choix, Béranger… Je n'ai pas le choix sauf à renier ma lignée ; d'autres ont décidé pour moi. Mais je m'en sortirai… C'est vrai que je me sentirais mieux si je connaissais le sens de ma mission ; au moins saurais-je peut-être de qui et de quoi me garder… Mais peu importe et rassure-toi, dans quelques jours au plus tout sera terminé et je regagnerai Monzon.

– C'est mon plus cher souhait. Jordane, n'est-ce pas ?

– Oui.

Et son visage s'éclaira.

Le jeune garçon prit à son tour le poignet de son ami.

– Oui, dit-il fermement, je reverrai Jordane. Mais s'il se passait… quoique ce soit, si j'en étais empêché, je veux… je souhaite, que tu lui dises que mes actes étaient justes et que ma parole était droite. Tu la reconnaitras ; elle est brune et petite, ses dents sont des perles et ses yeux gris comme les tiens mais jouent avec l'azur du ciel d'Aragon. Sa maison touche à la ferme de la Commanderie.

Tu lui diras seulement que je l'aimais et que si je lui fais défaut c'est bien malgré moi. Oui, tu lui diras simplement que je l'aime…

Puis il fit un petit signe de la tête comme pour chasser un mauvais rêve :

– Mais je reviendrai.

– Jordi Hortenada, nous nous quittons ici. *Suerte, amigo* !

– *A ti, « ojos grises »* ! *Manana sera otro dia.*

Ils s'embrassèrent à la manière des espagnols, à grandes tapes dans le dos.

Au monastère accroché à la montagne l'abbé et le philosophe continuaient de jouter à grand renfort de citations et de moulinets de plaideurs.

– Ce sont curieusement les Anglais, dit Lulle, qui les premiers comprirent l'importance de l'Ecole de Tolède. Robert de Chester y traduisit le Coran et étudia les mathématiques et l'astronomie. Abélard de Bath s'y instruisit des sciences de la nature et Daniel de Morley y écrivit son important traité.

– L'amabilité du climat, sans doute…

– Il est vrai que pour ces hommes du nord Tolède était déjà en soi un trésor de la nature… Je ne crois pas toutefois que Michel Scot s'y rendît en villégiature. D'Oxford, de Paris puis de Bologne, il s'établit pour un temps dans l'ancienne capitale des Wisigoths pour y apprendre l'arabe et y puiser de quoi écrire en un temps éclair un grand ouvrage d'astrologie, de nombreuses traductions et les deux traités d'alchimie que nous lui connaissons…

– Ce qui demeurera toujours pour moi un mystère soupira Peratallada, est l'engoûment soudain des Arabes pour l'alchimie dès leurs premiers pas sur la péninsule. Indéniablement, ils ne l'avaient point dans leurs besaces en traversant le détroit et certes leurs philosophes qui la connaissaient, ne savaient d'elle au travers des Grecs antiques qui avaient compilé le meilleur des civilisations égyptienne, babylonienne et iranienne, que ses spéculations éthérées. Car enfin dans les ouvrages les plus anciens que nous possédons, il n'est question que de salut, de pureté et d'initiation gnostique…

– L'héritage wisigoth, Ramon...

– Peut-être. Sûrement...

– Car est-il purement gnostique Geber, lorsqu'il qualifie d'ignorants ceux qui nient l'alchimie opérative ? Lorsqu'il nous décrit les six métaux en ayant soin d'exclure de sa liste le mercure puisque, affirme-t-il, « un métal est un corps minéral fusible qui peut être travaillé en tous sens au marteau » ?

– Ceci est vrai. Et c'est d'un esprit tout-à-fait pratique qu'il nous enseigne la méthode qu'il a mise au point, en conseillant sa médecine spéciale « la teinture blanche » que semble avoir atteint Pélages à ce jour et qui est la transmutation en argent, et la « teinture rouge » qui est notre Ineffable But.

Lulle fouillait comme négligemment dans la bibliothèque.

– C'est ici, en Espagne et nulle part ailleurs que les Arabes, de philosophes sont devenus adeptes. C'est ici qu'ils ont mené à bien leurs plus importantes expériences et fixé leur logique et leur enseignement. Rien ne permet de penser que les autochtones, que j'appellerais encore Ibères, aient pu les initier à quoi que ce soit. Rien non plus ne permet de dire que les Wisigoths maîtrisaient ou pratiquaient notre art. Ce qui semble au contraire évident est que la conjonction des deux peuples fut déterminante dans notre sujet.

– Comme une... réaction ?

– Oui, comme une véritable réaction, opération que nous connaissons parfaitement. Je reviens à Geber. En Afrique, les Arabes pratiquent le jeu d'échecs et tiennent des cours raffinées dans leurs palais de stuc. Ils déclament des poèmes et entretiennent d'invraisemblables massifs de roses et de jasmin. En Andalousie et plus tard dans le pays de Tolède, s'ils n'en dédaignent point pour autant la vie douce des patios ombragés, les voici soudain penchés sur les athanors, les mains dans le charbon. Et voici Geber, qui loin de nous conter les charmes de sa belle nous enseigne la métallurgie :

« Le soleil (or) est formé d'un vif-argent (mercure) très subtil, et de peu de soufre fort pur, fixe et clair, qui a une rougeur nette, qui est altéré et changé en sa nature et qui fixe et tient cet argent-vif. Mais il y a pourtant plus de vif-argent que de soufre dans la composition de l'or ; ce qui se connaît par la facilité qu'a l'argent-vif de s'attacher à l'or, ce que ne fait pas le soufre... » Peut-on être plus technique ?

– Je sais tout cela. Et tout cela, comme cette prétendue piste de l'*opus spicatum* ne nous mène à rien. Ces considérations « historiques » au contraire, fort intéressantes au demeurant, nous éloignent il me semble de nos travaux. Pour ma part, je pense reprendre mes expériences sur la quintessence ; ceci me semble prometteur. C'est en tout cas ce qui jusqu'à présent m'a donné plus de satisfaction.

– Ah oui, la quintessence...

– Certes ! dit Peratallada, comme pincé. Cette voie te semblerait-elle vaine ?

– Non, car elle est l'issue elle-même ! Tout corps contient une quintessence qui est le principe actif et subtil de son existence propre. On en trouve déjà l'idée dans Aristote. Mais dire que l'on travaille sur la quintessence est-il autre chose que dire que l'on travaille sur le Grand Œuvre ? « Quintessence » dans les textes, n'est-il point employé au sens de « Pierre Philosophale » ?

Vexé, l'abbé se fit mordant :

– Me voilà mouché. Mais peux-tu me dire, toi, Ramon Lulle, le docteur illuminé, l'état d'avancement de tes propres travaux, si toutefois tu ne me juges point indiscret ?...

Le vieil alchimiste sourit vaguement.

– Comme j'ai pu le dire à de Prato, je n'ai pas à ce jour consigné mes réflexions sur l'Œuvre. Je le ferai prochainement car il me faut à présent me poser pour reprendre mon souffle. Comme aussi l'a fait remarquer le subtil intendant de Pélages, on ne me voit point dans mes voyages encombré de cornues et de cucurbites. Je « n'exerce » donc pas présentement mais j'envisage naturellement de retourner dès que possible sur mon île où j'ai laissé mon laboratoire. Je reprendrai le labeur en y développant ma « théorie » qui est, en substance, que la nature a fixé un temps pour la conception, la grossesse et l'enfantement. Ainsi l'alchimiste, après avoir fécondé la matière première doit attendre le terme de la naissance. Quand la Pierre est née, il doit la nourrir comme un enfant jusqu'à ce qu'elle puisse supporter un grand feu. En outre, m'appuyant sur le quatrième livre de la *Météorologie* d'Aristote, je dirai que notre pierre a subi trois transformations avant de devenir la matière propre à créer l'élixir. Ces trois transformations s'opèrent par trois digestions. La Pierre devient d'abord liquide et semble à l'huile, et de même que cette transformation se produit dans la cavité du cœur, la première digestion se produit aussi dans l'organe qui lui est propre, sous l'influence de la chaleur. La seconde digestion se fait par quatre sucs. Chez les animaux, elle se fait à l'intérieur du foie ; pour nous, elle a lieu dans la tête de l'alambic et par une descente dans le récipient. La troisième digestion c'est la transformation des sucs en soufre pur ; or, tout de même que chez les animaux, la chaleur et l'humidité des aliments se transforment en sang, puis en essence et en substance de vie qui se répand dans les membres…

– Ainsi prétends-tu, par analogie avec les fonctions du corps humain ou animal…

– Certes ! Il est vrai que ce que les forces naturelles et célestes font dans les vases naturels, c'est à dire les lieux où l'on trouve les métaux à l'état naturel, elles le font aussi à l'intérieur des vases artificiels quand ceux-ci sont façonnés à la manière des vases naturels ! On me prête ce postulat et je veux bien en prendre la paternité. Mais encore faut-il faire bien attention, dans la fabrication ou la transmutation d'un métal, de se placer sous une influence céleste propice qui a le pouvoir de changer l'aspect terreux du métal en un aspect brillant. Ceci je l'ai maintes fois proclamé et certains vont jusqu'à dire que je l'ai écrit. C'est faux mais ceci ne saurait tarder car, avançant dans l'âge je me dois d'être charitable par respect pour nos maîtres.

– L'as-tu convenablement expérimentée, cette « théorie » ?

– Que crois-tu ? Tant que tu n'es pas arrivé à une parfaite connaissance de ce que tu recherches au moyen d'expériences répétées, patientes et évidentes, la nature ne t'invitera pas à s'asseoir à sa table somptueuse...

– Je suis heureux de constater que malgré ton discours résolument spéculatif et pourquoi pas « illuminé » à de Prato, tu t'apprêtes comme chacun de nous à pousser les fours à nouveau.

– Naturellement. La réflexion préalable est essentielle, mais comme on peut lire dans le *De Perfecto Magisterio* : « Efforce-toi mon fils d'être non pas un sophiste mais un philosophe, d'apprendre à connaître les vertus des choses non seulement par la réflexion mais aussi par l'expérience. La réflexion sans l'expérience ne sert à rien tandis que l'expérience sans la réflexion peut être utile. » C'est par exemple par la seule expérience que Geber a découvert l'acide nitique...

– Il est vrai, reprit Béranger de Prato qui était revenu dans la pièce, qu'avant lui les Arabes ne connaissaient que les acides organiques comme le vinaigre, l'urine et le jus de fruits verts. C'est toujours sa combinaison « une livre de vitriol, une demie-livre de salpêtre et un quart de livre d'alun » que nous utilisons Pélages et moi, et je dois dire qu'elle nous donne entière satisfaction.

– Te voilà donc, de Prato, dit Peratallada visiblement de mauvaise humeur. Où t'étais-tu mis ?

– Je prenais l'air de la baie...

– Si nous t'ennuyons...

– Non pas. Mais je vous rappelle le but de ma mission et nous n'en prenons point le chemin, il me semble. Et ce que vous déclamez l'un et l'autre, votre science et vos disputes ne m'apprennent rien.

– Ah oui, ton *opus spicatum*... ou plutôt, celui de Pélages et de son ami Pierre Isarn le Revêtu !...

– Ne soit pas sarcastique Ramon.

– Je ne le suis point. Et d'ailleurs mon frère, je ne mésestime pas les Cathares. Comme vous l'imaginez, et fidèle à ma réputation que je ne renie pas de « docteur illuminé » je les ai récemment étudiés, dans le traité de Jean de Lugio qu'a ensuite tenté de réfuter Raynier Sacconi dans sa *Summa de Catharis*. En cherchant un peu on trouvera certainement cette laborieuse réfutation dans ta bibliothèque, Pedro, mais certes pas son objet qui a été détruit par les dominicains comme c'en est le mauvais usage.

Peratallada acquiesça d'un battement de cils.

– Qui était ce Jean de Lugio ?

– Un patarin de la secte dite des Albanenses (soit venus d'Albanie, soit disciples d'un de leurs évêques nommé Albanus) qui vivaient au début de ce siècle à Desenzano près du lac de Garde. Lui était de Bergame, « fils majeur » de Belesmanza de Vérone qui professait un dualisme absolu et radical. Plus mitigé, Jean de Lugio se sépara sans fracas de son évêque et consigna sa pensée dans un volumineux traité que quelques-uns dont votre serviteur, possèdent encore et véhiculent sous le manteau. Mais je crois que des deux manières de concevoir le dualisme, vous êtes suffisamment abreuvés...

– Certes.

– Ce qui importe est sa façon d'appréhender la création, et vous savez que ceci m'intéresse toujours au plus haut point. Jean de Lugio pensait que Dieu dispose d'un autre monde que le monde matériel, vulnérable certes aux coups du démon, mais fait d'une matière plus pure que celle qui constitue le monde visible[1]. C'est je crois dans ce monde qu'il nous faut, nous autres « artistes », pénétrer.

– Et donc y demeurer, dit de Prato. Mais dans ces conditions, à quoi bon œuvrer sur nos matières ?

– Ce monde éthéré de de Lugio, fils, il nous faut y accéder soit par ascèse, soit par tout autre artifice pourvu qu'il soit pieux et bon, et y puiser le ferment de notre magistère...

– La *materia prima*...

---

1. Sur Jean de Lugio (et la doctrine Cathare en général) : *La Philosophie du Catharisme*, René Nelli, Payot.

– Non, la matière est la matière. Je veux dire la révélation, le catalyseur souvent appelé Pierre Philosophale que j'évoquais lorsque je faisais état voici quelques jours de Thomas d'Aquin.

– ... par pure ascèse ou tout autre artifice, dis-tu ?

– Je pense ainsi à Pierre Isarn et aux autres hérétiques qui sont morts sur les bûchers d'Occitanie. On a suffisamment dit qu'ils ne souffraient pas dans les flammes ; on a même osé parler de « mort joyeuse ». Je crois, oui je crois fermement qu'ils connaissaient l'autre monde du Cathare Jean de Lugio, qu'ils pouvaient s'y glisser comme en un sûr refuge et aussi en revenir, à volonté.

– ... avec la révélation !

– Peu leur importait ; ils n'avaient point le souci d'en user. Ignorez-vous les termes de la longue prière des hérétiques du comté de Foix ? Elle commence par ces mots :

« Père Saint, Dieu juste des bons esprits, toi qui jamais ne te trompas ni ne mentis, ni n'erras, ni ne doutas, de peur que nous ne prenions la mort dans le monde du Dieu étranger, puisque nous ne sommes pas de ce monde et que le monde n'est pas de nous, donne-nous à connaître ce que tu connais et à aimer ce que tu aimes. »

– ... alors, dit de Prato comme dans un rêve et les yeux embrumés, dans ce postulat, peut-être peut-on penser que la contemplation prolongée d'un mur de pierres plates disposées en épis serait propice à une méditation profonde pouvant entrouvrir les portes de ce monde étrange ?

– Ce que les Grecs anciens appelaient l'hypnose ?

– Sait-on jamais ? Mais dans ce cas on obtiendrait le même résultat en s'abîmant dans la contemplation d'une pomme de pin ou du rayon d'une ruche...

– Oui, et alors ? Est-ce pour autant dénué de sens ? Et si ce n'était que cela, le secret de l'*opus spicatum* ?

De Prato s'ébroua.

– Demain, dit-il, je reprendrai le chemin du Minervois.

Malgré lui, Ramon Lulle jeta un long regard à de Prato. Ce jeune homme qui ne souriait jamais le fascinait sans qu'il sache se l'expliquer.

Il ne put toutefois s'empêcher de penser qu'il est écrit à la XXᵉ sourate du Coran : « les yeux gris sont de mauvais augure… »

Quand le régisseur se retira, Lulle dit faiblement :
– Ce garçon aux yeux de glace, aimable comme la porte d'un cachot, me ramène à Arnaud… La même sûreté de soi, la même suffisance… Justifiées, par ailleurs…
Pedro de Peratallada savait qu'il parlait de Arnaud de Villeneuve qui avait été son maître et qui le demeurait sans doute. C'est avec lui que Lulle avait composé l'alcool, c'est ensemble qu'ils avaient découvert par hasard car là n'était pas leur but, que l'on pouvait y incorporer certains principes odorants végétaux par macération pour en faire des remèdes. Il savait aussi que les deux hommes étaient pour l'heure en froid ; Arnaud de Villeneuve qui exerçait alors sa médecine à Montpellier s'étant affronté au Catalan à propos de ce qu'il appelait « son imitation servile des Arabes » que lui refusait avec hauteur.
Mais Arnaud de Villeneuve était un obstiné qui ne lâchait jamais pied dans la controverse et qui pouvait même être blessant, et chacun savait que Lulle qui l'aimait toujours et admirait beaucoup craignait présentement pour lui qui venait d'être condamné par l'université de Paris comme hérétique, pour avoir osé proclamer que « les services rendus à l'humanité par un bon médecin sont préférables à ce que les prêtres appellent prières, sacrements et œuvres pies »… Il était en outre, et cela était bien plus grave quoique parfaitement ridicule, suspecté d'avoir tenté de créer un « homonculus » à l'aide de drogues déposées dans une citrouille…

Chacun savait que le docteur illuminé portait toujours au doigt majeur le sceau de Arnaud de Villeneuve, où l'on distinguait l'étoile de Salomon au centre d'un nuage en forme de rose héraldique, une sorte de cairn et deux triangles opposés par les bases.

À L'ABBAYE DE FONTFROIDE

Geoffrey-le-Balafré n'aimait pas les édifices religieux. Il ne savait pas l'expliquer et d'ailleurs ne cherchait jamais rien à comprendre qui ne fût utile à ses missions. Il se surprit pourtant à apprécier Fontfroide... sans certes être pour autant gagné par la grâce et l'envie de s'y faire moine. L'édifice, planté dans la rocaille et la guarrigue, possédait une église gigantesque comme jamais il n'en avait vue hors de Carcassonne et son cloître, taillé dans les grès rose et ocre de la région était un enchantement sous le soleil d'hiver.

L'abbaye gîtait à quelques lieues seulement de Narbonne, dans un petit vallon, là où les Corbières s'estompent vers la mer. D'abord dépendante de Grandselve et donc du comté de Toulouse, elle s'était vite et tout naturellement vouée aux vicomtes de Narbonne dont elle était devenue le sanctuaire familial. D'ailleurs, comment pouvait-elle encore demeurer sous la coupe de Grandselve alors qu'elle avait elle-même fondé Poblet, aujourd'hui richissime nécopole des rois d'Aragon ?

Fontfroide était riche. On disait qu'elle possédait dans la région plus de vingt-cinq granges fortifiées et des étables qui abritaient plus de vingt mille moutons. Son pouvoir commençait là où s'achevaient ceux de Caunes et de Lagrasse, et de cette limite jusqu'à la mer tout lui appartenait.

A cette époque le monastère abritait une centaine de moines et plus de trois cents convers qui le parcouraient en tous sens et à toute heure du jour et de la nuit, qui vaquant à de simples occupations domestiques, qui courant à matines, qui rangeant le bûcher, qui enseignant dans une travée du cloître en déambulant au milieu d'une nuée de moinillons. Ce fameux cloître, les sbires de Jean Galand avaient souhaité le voir ; on disait en effet que ses galeries voûtées ouvraient sur un préau par de petites arcades reposant sur des colonnes de marbre blanc, et que les illustres personnages qui visitaient ordinairement le vicomte ou l'archevêque de Narbonne venaient souvent à dos de mule et par les plus mauvais sentiers le contempler à la tombée du jour. Mais ceci leur fut refusé et accrut leur mécontentement.

L'abbaye surtout jouissait d'un immense prestige depuis que l'un de ses frères, Pierre de Castelnau, qui avait été nommé par le pape pour en découdre avec les Cathares, avait été martyrisé au passage du Petit Rhône à Saint Gilles près de quatre-vingts ans plus tôt, ce tragique événement ayant provoqué la terrible croisade dont les effets étaient encore perceptibles dans l'Occitanie entière.

A leur grande surprise le père abbé ne daigna pas les recevoir. Geoffrey eut beau tonner, rugir, voire glapir en agitant sa lettre de créance, il dut se contenter du Prieur Bertrand d'Ornaisons, un natif rougeaud qui ne se démonta pas.

– Que me vaut l'honneur ?…

– Et à moi, répondit sèchement le balafré, que me vaut ce dédain de l'abbé ?

– Mon fils, je vous traiterai comme le ferait le père abbé. Vous n'étiez pas annoncés, il n'est pas disponible, et ceci ne mérite pas un tel courroux… Et la recommandation dont vous vous réclamez de l'inquisiteur de Carcassonne ne vous autorise pas l'arrogance.

Il n'était pas question cette fois de serrer le prieur au collet et Geoffrey à grand'peine se réfréna. Il ravala un peu sa morgue, comprenant malgré tout que peut-être Carcassonne n'était pas le centre du monde et Jean Galand l'homme le plus puissant de la terre. D'ailleurs, à présent, Fontfroide l'impressionnait.

Il expliqua posément sa mission.

Bertrand d'Ornaisons l'écouta, les yeux baissés puis dit en s'efforçant d'être aimable :

– Effectivement ces deux hommes, recommandés eux, par Pierre IV Pélages abbé de Caunes, ont visité cette abbaye voici quelques semaines. Ils nous ont semblé s'intéresser surtout à l'architecture de cette maison et le boîteux que vous appelez de Prato a longuement consulté notre bibliothèque. Ils ne sont restés que deux jours.

– Quelle était alors leur destination ?

– Je l'ignore. Ils allaient vers le sud, indéniablement…

C'était étrange. Le prieur ne savait rien. Tous les autres moines ou presque qu'ils avaient interrogés et qui eux craignaient les hommes de l'inquisiteur, savaient pourtant que les deux hérétiques avaient demandé le chemin de Portel des Corbières…

A Portel qui pour l'heure reconstruisait son église sur les ruines d'un temple gothique, ils furent mieux renseignés. On les envoya vers la mer, à Pech Maho qui possédait encore de nombreux vestiges de l'occupation des Romains et conservait le souvenir de ses anciens maîtres wisigoths. De là, en maugréant car ils ne comprenaient rien à cet étrange périple, ils descendirent mais par Salses, dans le Pays Catalan.

PEYRE JAFFUS ET SON SECRET

C'était sans doute un grand risque que courait Jean Galand.
A cette époque et dans les circonstances présentes, se promener comme il le faisait sur les chemins du Malepère sur une
mule, sans armes et sans plus d'escorte que celle de Gaucelm,
constituait une forme de suicide. Cependant, il n'avait pas peur.

Il n'avait pas peur parce qu'il s'était affublé comme son acolyte d'un méchant habit puant et troué de toutes parts et que par
ailleurs vraisemblablement peu de gens pouvaient se vanter
d'avoir un jour croisé ses yeux.

Il ne sentait pas la crainte parce qu'il allait vivre sans doute
la journée la plus excitante de sa vie.

Pourtant il ne l'ignorait pas, il était l'homme le plus détesté
du Carcassès entier depuis que voici près de deux ans il avait
résolu, avec le soutien de son mentor Bernard de Castanet,
évêque d'Albi, d'initier une formidable enquête pour hérésie
dans toute la région. Jean Galand voulait en effet laisser sa trace

dans le pays à l'instar d'un Guillaume Arnaud et des grands inquisiteurs qui l'avaient précédé et qui avaient su pour un temps purifier les terres chrétiennes d'Occitanie. Juste laisser son empreinte pour les siècles des siècles ; ceci valait pour l'Histoire.

Pour ce qui était de sa fortune, il avait d'autres fers au feu.

Il est vrai que peu de ses contemporains lui voulaient du bien. S'il semblait (mais ceci était faux) se désintéresser du menu fretin, il avait inculpé ces deux dernières années au titre de leurs sympathies hérétiques plus de neuf cents personnes à Carcassonne et ses dépendances immédiates, parmi lesquelles nombre d'écclésiastiques, nobles, marchands et capitouls qui ne rêvaient sans doute que de le trucider ou plus raisonnablement l'empoisonner à la première occasion. C'est ainsi qu'il préparait lui-même ses repas et qu'il entrenait d'ailleurs autant par plaisir que par nécessité un petit potager auquel on n'accédait que par ses appartements. Il savait, car naturellement il était correctement informé, que ces nobles personnages exaspérés par ce qu'ils nommaient ses excès de zèle en avaient appelé à Martin IV et que le pape les avait éconduits, n'ayant naturellement point trouvé de motif à déjuger son inquisiteur. C'était d'ailleurs une constante chez les hérétiques lorsqu'ils étaient percés à jour dans leurs turpitudes que de tenter cette démarche à la curie ; Bernard de Castanet lui-même en savait quelque chose qui faisait pour l'heure l'objet de procès qui ne parvenaient point à le chagriner et dans lesquels il assurait au contraire nager comme un poisson dans l'eau.

Jean Galand avait aussi à se méfier, il le savait, du trouble Othon de Saint Hilaire dont malgré ses investigations discrètes il n'avait jamais pu rien savoir, ni de la lignée ni du cursus, qui lui faisait figure aimable mais tout en lui donnant toujours cette impression de l'avoir à l'œil. Et l'étrange co-adjuteur fricotait ostensiblement avec ces bourgeois de Carcassonne qu'il avait pour la plupart inculpés…

Mais l'inquisiteur effaça sans peine de son esprit notables de la cité, co-adjuteur et souverain pontife. S'il se trouvait sur sa méchante mule sur le chemin de Cépie (car par prudence, lui qui était un excellent cavalier, s'était interdit son fringant coursier), c'était, en compagnie de son précieux secrétaire Benoît Gaucelm, pour percer enfin le grand mystère qui l'obsédait depuis plus de quinze ans, qui lui prenait la tête et volait le sommeil davantage que la résurgence supposée de l'hérésie cathare en Carcassès, en Minervois, dans l'entièreté du comté Toulousain ou bien même tout le monde connu.

C'est la route de Rennes en fait qu'ils prenaient sachant toutefois qu'ils n'iraient pas jusque-là. Non pas des Bains de Rennes, mais de ce qui restait de l'antique Reddae des Wisigoths sur un promontoire, un peu au-delà de Couiza. Et cette Rennes-là, Galand la connaissait bien à présent car toute la semaine, avant que soit sue la date du rendez-vous, il avait passé la plupart de ses nuits, avec Gaucelm et sous sa direction, à se documenter sur la cité et le Razès en général. Il en savait tout, et tout participait à son excitation.

La région avait été très tôt peuplée et les romains s'y étaient rapidement installés pour y exploiter les nombreuses mines de cuivre, de plomb, d'argent et d'or, métaux qu'ils semblaient avoir travaillés sur place, démontrant s'il le fallait encore leur admirables aptitudes en matière de métallurgie. Avant eux les Ibères qu'avaient même précédés des adorateurs d'Isis, y avaient trouvé le mercure dont on tire le sel alcali qui est comme chacun sait le véritable « nitre » des alchimistes.

– J'ai lu que les Wisigoths auraient enfoui un formidable trésor à Rennes… Il n'est pas celui que je cherche, qui est celui des hérétiques de Montségur, mais si je devais m'en contenter…

– Peut-être est-ce le même… répondit calmement Gaucelm qui montait une même méchante mule, quelques pas derrière. Mais j'en doute. Je crois savoir que ce dépôt n'y est pas demeuré, mais qu'il a au contraire été transporté à Ravenne, en Lombardie. On le dit à présent près de Tolède.

– Ravenne... Ravenne... N'est-ce point la cité des Camaldules ?

– Si, Seigneur. Et de Saint Romuald qui fut intime du grand abbé Oliba de Besalu. A ce propos, veuillez noter que les abbayes de Saint Hilaire qui se trouve à quelques lieues de Cépie où nous nous rendons, et d'Alet près de Rennes, étaient naguère dépendances de Saint Michel de Cuxa qui fut fondée par Oliba. C'est son successeur Garin, lié d'amitié avec l'alchimiste Gerbert d'Aurillac devenu pape sous le nom de Sylvestre II, qui attira sur ces terres des personnages aussi illustres que le doge de Venise Pierre Orseolo, et Romuald...

– Les Camaldules je crois, menaient une vie contemplative... On n'en prétendait pas moins que l'Ordre était devenu très rapidement immensément riche...

– Ne nous égarons pas, Seigneur...

– Et comment veux-tu ne point divaguer de la cervelle devant tous ces indices qui se coupent et se recoupent sans cesse et nous mènent tous dans la même direction ? Et comment garder l'esprit serein devant la description des dépouilles du Temple de Jérusalem que les Wisigoths avaient raflées aux Romains et que Clovis ne sût leur dérober ? Je te cite de mémoire l'Ancien Testament : « un portique de vingt coudées de long sur cent vingt de haut entièrement recouvert d'or à l'intérieur comme les poutres, les seuils, les parois et les battants des portes, dix chandeliers d'or, cent coupes d'or comme l'étaient l'autel, les tables, les lampes, la vaisselle et deux cents boucliers... »

– ... « le poids de l'or qui arrivait chaque année à Salomon était de 666 talents d'or ; outre ce qu'il retirait des négociants et des marchands qui en apportaient, de tous les rois d'Arabie et des gouverneurs du pays qui apportaient de l'or et de l'argent à Salomon... Salomon fut plus grand que tous les autres rois de la terre par les richesses et la sagesse. Tous les rois de la terre cherchaient à voir Salomon, et chacun d'eux apportait son présent, des objets d'argent et objets d'or. Salomon régna quarante ans à Jérusalem, sur tout Israël… »

– Je vois que nous avons la même obsession…

– C'est pour moi d'un intérêt purement historique, Seigneur.

– Hmm… Parle-moi plutôt des Wisigoths.

– Ils ont laissé de nombreuses traces dans le paysage. A commencer par le château de Blanchefort, près de Rennes, malheureusement ruiné aujourd'hui, fortement affecté voici soixante-dix ans lors de la croisade. On dit qu'à Rennes-même ils avaient deux forteresses de quatre tours, et deux églises, car ils étaient chrétiens quoique ariens comme vous ne l'ignorez pas. Leurs terres sont à présent pour partie à la famille de Pierre de Voisins qui fut sénéchal pour le Razès de Simon de Montfort, et pour l'autre partie aux A Niort, seigneurs de Joucou, ou Jocundo dans le Rébenty.

– Les « Maudits » ? Encore eux ! Mais n'ont-ils enfin été balayés de la surface de la terre ? Mes inculpés de Carcassonne sont des agneaux bêlants comparés à cette engeance !

– Voyons, Seigneur… Comment pouvez-vous ignorer qu'ils comparurent devant le Tribunal de l'Inquisition que présidait Monseigneur Guilhem Arnaud voici près d'un demi-siècle, qu'ils y furent certes lourdement condamnés mais que les sentences ne furent jamais appliquées ? Ne savez-vous que parmi leurs juges se trouvait l'abbé de Saint Michel de Cuxa ? Et n'avez-vous su que voici deux ans Philippe le Hardi que les Espagnols nomment Felipe el Atrevido, roi de France, a séjourné en compagnie de son fils le beau Philippe à Campagne sur Aude puis à Brenac chez les A Niort, avant de se rendre en Catalogne où il guerroye pour l'heure ? L'héritier du trône est paraît-il demeuré très attaché à l'un de leurs fils, Udaud, je crois…

Faut-il enfin vous dire que selon l'Histoire ou peut-être la légende, la famille d'A Niort descend des anciens comtes de Foix et des rois d'Aragon, eux-mêmes de la lignée de Clovis et du mythique Mérovée ?… En tout état de cause, il est avéré que Guillaume d'A Niort épousa en 1131 la nièce de Béranger

IV comte de Barcelone et que Géraud d'A Niort convola en 1218 avec une princesse d'Aragon... alors que comme vous le savez, Philippe le Hardi est lui-même époux d'Isabelle, fille de Jacques d'Aragon... En cette aventure, pensez-y bien Seigneur, pendant qu'il est temps encore, tout en cherchant le trésor des Cathares qui fut celui sans doute des Wisigoths eux-mêmes, via les Romains détenteurs des sacrés attributs des prêtres d'Israël, vous troublez dangereusement un mystère dynastique qui nous dépasse de très loin...

Jean Galand, agacé, haussa les épaules mais demeura pensif.

Les A Niort, les Templiers... Le roi de France lui-même... L'affaire décidément était grosse. Jusqu'où pourrait-il aller trop loin ? Sa crainte désormais était là.

– Es-tu sûr au moins, d'avoir retrouvé la trace de Poitevin ?

– Certain. Comme je vous l'avais expliqué, voici quelques semaines je l'avais perdu dans les environs de Couiza. En fait il n'en était point très éloigné ; il s'était fixé à Coustaussa, sur le petit promontoire qui regarde Rennes. Plus jamais il ne s'en éloigna. Comme Hugo mais sans toutefois prendre femme, il laissa l'impression d'un fort honnête chrétien, ne se faisant pas faute de manger en public des côtelettes d'agneau ou des escargots grillés sur les souches à la mode de ce pays. Il gîtait près de l'église. Il s'employa comme brassier tant qu'il eut les forces de le faire puis, fort âgé, se coucha un soir pour mourir non sans avoir appelé à son chevet le prêtre dont il était devenu l'ami.

– Paix à son âme ! Et je suppose bien que le fourbe est enterré en terre chrétienne !

– Le prêtre saura vous le confirmer. Car ce curé aujourd'hui affecté à Cépie, à présent chenu, fort malade et lui-même guetté par la mort et qu'ont retrouvé sans trop de difficultés nos « familiers », ayant appris que l'inquisiteur s'intéresse à Poitevin et à ceux qui l'ont approché, tremble de tous ses membres à l'idée d'avoir été même involontairement complice d'un dangereux hérétique. Dépositaire prétend-il d'un formidable secret à lui livré dans l'absolue discrétion de la confession, il n'entend pas quitter ce monde sans se débarrasser de ce poids qui l'oppresse depuis tant d'années. Et ceci, dit-il, il ne peut le faire qu'en faveur de Monseigneur Galand.

L'inquisiteur poussa un petit soupir.

– Allons, peut-être est-il encore de bons chrétiens...

C'est de petit matin qu'ils avaient discrètement quitté la cité. Galand avait tout organisé, minutieusement et fort discrètement. Il avait congédié son camérier sous prétexte qu'il avait à tenir un important conciliabule nocturne qui ne souffrait point sa présence, fait préparer les mules derrière ses appartements et copieusement aviner les gardes de la poterne. Le soleil se levait à peine des Corbières qu'ils étaient à hauteur de Cavanac déjà, mais de l'autre côté de l'Aude ; et après avoir passé sans aucunement attirer l'attention à Preixan pris dans les brumes, engourdi dans la torpeur de l'hiver, ils entraient dans Rouffiac à quelques lieues de Cépie. Ils n'avaient qu'à suivre la rivière. Le ciel ne s'ouvrait pas encore, chargé de gros nuages noirs statiques et menaçants, mais ils ne s'en souciaient point. Au moins le vent s'était-il calmé et ne fustigeait-il pas le visage comme la veille qui avait été jour de tempête.

Ils laissèrent à main droite le château de Paza qui appartenait à l'évêque depuis que le vicomte de Carcassonne en avait fait don à Franco un peu avant l'an Mil, et toujours le long de l'Aude s'engagèrent sur le chemin de Cépie, non sans avoir pris très rapidement une frugale collation qui, l'excitation à son comble, leur restait collée au gosier.

Sans avoir croisé que quelques brassiers déguenillés et une longue litanie de moines déchaux qui vraisemblablement, venant de Limoux, remontaient à grand train à Carcassonne et qu'ils saluèrent bien bas, il atteignirent vers le milieu de l'après midi les premières masures de Cépie. Le froid n'était pas tombé mais pourtant le soleil était soudain apparu comme un signe du ciel en déchirant les brumes.

Le bourg ne payait pas de mine et Jean Galand décida de ne pas y demeurer plus que le temps nécessaire. Il avait prévu de gîter le soir à Couffoulens chez le chef de ses « familiers » qu'il venait d'envoyer enquêter à l'abbaye de Caunes.

– Où allons-nous ?

– Près de la vieille église existe une forge désaffectée. Il est convenu que le curé vous y recevra. Mais demeurez ici, Seigneur ; j'irai m'assurer que tout est conforme à ce qui a été dit.

– Soit.

Jean Galand tremblait un peu. D'excitation sans doute, car assurément il était pour l'heure insensible au souffle du vent qui lui hérissait les poils de la nuque. Se pouvait-il que sous peu il fusse détenteur d'un des plus formidables secrets de la Chrétienté, à la quête duquel s'échinaient sans doute depuis bien longtemps les hommes les plus considérables de cette terre secrète ? Son seul souci était à présent de se débarrasser ensuite proprement de Benoît Gaucelm.

A Couffoulens sans doute il en trouverait le moyen.

Lorsque revint souriant le jeune secrétaire, il aiguillonna sa mule avec rage pour se porter à sa rencontre.

– C'est bon ?

– C'est bon. Il vous attend. Ne vous étonnez pas, il sera dans le noir car la lumière du jour blesse ses yeux. Il vous suffira d'entrouvir le volet lorsque vous serez à son chevet. Il ne souhaite pas que je vous accompagne.

– Je ne le souhaite pas davantage. Mais sois tranquille, je te sais gré de ta collaboration et saurai m'occuper de toi comme tu le mérites.

Gaucelm baissa le front en signe de gratitude.

Le bourg semblait désert. Les quelques masures blotties autour de l'église et de la forge étaient fermées. On n'entendait aucun bruit. Seules picoraient en silence ici et là quelques petites poules brunes que sa mule ne sût effrayer. Comme convenu, Gaucelm au moyen de quelques piécettes avait fait le ménage et les rares paysans s'étaient égaillés sûrement dans la nature.

Il ouvrit la double porte de la grange, fermée par une traverse vermoulue glissée dans le chambranle et fit quelques pas. Effectivement il ne distingua au loin que le fin cadre d'une fenêtre close dans laquelle donnait le soleil.

Il ne pouvait certes souhaiter plus de discrétion.

— Es-tu là, Peyre Jaffus ?

— Là, Seigneur, près de la fenêtre… répondit le vieux prêtre d'une voix chevrotante.

Jean Galand avança résolument, mais avec précaution. Le sol était meuble et il se pouvait que dans cette forge désaffectée traîna sous ses pieds quelque vieil outil rouillé susceptible de percer ses vieilles sandales de brassier. Il étendait aussi les bras devant lui, maudissant secrètement le curé valétudinaire et son affection qui le faisaient naviguer ainsi dans la plus totale obscurité. Lorsqu'il butta enfin sur ce qu'il devina être la couche du vieux prêtre, il s'appuya au mur et, excédé, ouvrit sans ménagement le volet.

Peyre Jaffus était vêtu, allongé sur un méchant grabat. Vieux certes il ne l'était point. La quarantaine tout au plus, et bien portée à ce qu'il semblait. Visiblement il s'en fallait de beaucoup aussi qu'il en fût à la dernière extrêmité. La lueur inquiète que Galand vit immédiatement dans ses yeux mobiles lui glaça d'un coup l'échine.

Quelque chose n'allait pas.

De peur de quitter des yeux le quidam fort gaillard qui semblait n'attendre que ce moment pour lui sauter à la gorge, il n'osait se retourner. Pourtant, dans son dos, il avait entendu…

Il cria, sèchement :

– Gaucelm !

C'était vain, et même ridicule et il le savait bien. Car déjà il avait compris.

Derrière lui, un peu à droite, il avait cette fois perçu comme un rire étouffé, un gloussement. Sans détacher son regard de l'homme allongé il recula de quelques pas puis tourna enfin la tête. Il s'attendait à tout et effectivement ne montra pas d'étonnement.

Il y avait là, à quelques coudées, au milieu d'un fatras de tonnelles éventrées et de cerclages rouillés, sous un rideau hideux de toiles d'araignées antédiluviennes, un gracieux groupe de mégères, trois, déguenillées, dépoitraillées, chaussées de noirs sabots et couvertes de chapeaux de paille dont les rats abondamment semblaient avoir fait pitance. L'une d'elles, presque nue tant les oripeaux qu'elle portait partaient en lambeaux, montrait ses seins plats, ridés, affalés sur la ceinture. De leurs bouches édentées sortaient comme par spasmes de petits ricanements nerveux où perçaient sans doute autant d'inquiétude que de jubilation. Quand elles s'écartèrent d'un mouvement sembla-t-il concerté, l'inquisiteur distingua comme il s'y attendait presque à présent, un grand plateau de bois posé sur deux tréteaux, sur lequel était allongé un enfant nu qui semblait dormir. Près de sa tête un énorme crucifix d'ébène, sur son ventre, un sabre.

Jean Galand disposait d'une intelligence rare. Son esprit demeurait toujours tendu et rien, jamais ne le distrayait d'une analyse concise. Il avait bien compris.

Il savait aussi que tout ceci n'avait de sens que si les deux vantaux derrière lui à présent s'ouvraient.

Les vantaux s'ouvrirent, brutalement, et la lumière du jour pénétra dans la forge pour l'inonder soudain. Jean Galand, complétement ébloui ne vit rien pendant un long moment mais il entendit.

Ce qu'il entendit ne fut que glapissements, imprécations, cris de haine et de dégoût. Quand enfin ses pupilles purent accepter la cruelle lumière du soleil d'hiver, il vit devant lui dans la porte, les bras écartés et le menton dressé, Othon de Saint Hilaire qui le regardait.

Le co-adjuteur semblait avoir soudain grandi. Ses bras en croix, sa maigreur, son visage navré, évoquaient les gigantesques Christ de bois noir qui peuplaient alors les monastères de Catalogne. Instinctivement Jean Galand avait baissé le chef ; non par contrition certes, mais comme pour reconnaître sa défaite et peut-être aussi l'habileté de son adversaire.

Othon de Saint Hilaire ne parlait pas. Il ne semblait pour l'heure que soucieux de contenir la foule qui vociférait dans son dos. L'inquisiteur le savait et il n'avait pas même à se tordre le cou pour le vérifier, il y avait là pour le moins Bertrand de Grazailles, le ventripotent hobereau du plateau qui surplombait la cité, Guilhem de Cavanac et son fils Guilhem-Arnaud, Géraut de Bezons-le-boîteux, et Imbert d'Arzens, et Alzeu de Grèzes qui brandissait sa lourde épée rouillée. Les suivaient les gras marchands de Carcassonne : Bonnafous le drapier, Gautier le pelletier et Assémat qui tressait les cordes à La Redorte, et Rogier l'équarisseur de Blomac, et Amiel de la bastide neuve, et Gayraud le corroyer... Ceux-là n'avaient pas d'armes et levaient le poing. Ne menaçaient pas mais affectaient de prier les yeux fermés tous ces petits curés de la cité, de la bastide, des bourgs et faubourgs que Saint Hilaire avait traînés dans son sillage pour faire nombre... De plus loin encore hurlait une populace nombreuse, sortie d'on ne savait où alors que quelque temps plus avant le village était désert... Il les connaissait bien, tous ces gueulards. Tous, sans exception (et certes, il en manquait !) il les avait personnellement lui, Jean Galand inquisiteur de Carcassonne, inculpés pour crime d'hérérie ou au moins sympathies hérétiques avérées.

Il ne se sortirait pas facilement de ce mauvais pas.

– A mort, Galand ! A mort !

– Oui, et ne balançons pas ! Ici, tout de suite !

Assémat qui était précautionneux avait apporté une de ses plus belles cordes et l'agitait gaillardement au-dessus de sa tête.

Guilhem de Cavanac qui était grand et dont la voix portait loin, s'avança et s'adressa au nom de tous à Othon de Saint Hilaire.

– Monseigneur, ce qui se passe ou devait se passer ici est ors et puant et il n'est pas concevable que cet homme vive un instant de plus... Livrez-le nous ; justice sera promptement faite.

Un grondement monta de la foule. Chacun acquiesçait à ces bonnes paroles.

Othon de Saint Hilaire, les bras toujours écartés, se tourna vers le seigneur de Cavanac. Il semblait très réellement affecté et quelques uns prétendirent que ses yeux étaient mouillés.

– Il en sera fait comme l'exigent et la Justice de Dieu et celle des hommes... dit-il d'une voix blanche. Toutefois, il nous faut connaître la profondeur de la dépravation de ces infâmes et fouailler le Mal jusqu'à sa racine.

Il revint vers l'inquisiteur.

– Galand ! Galand ! dit-il comme en gémissant et en dodelinant du chef. Vous étiez mon frère en Jésus-Christ ! Puis-je, comme tous ceux qui sont ici en croire mes yeux ? Ainsi donc mes informateurs n'ont point failli ! Déjà depuis de nombreux mois, on affirmait que j'étais la victime désignée de vos sales « messes de Sant Secari ». Malgré mon état de santé qui depuis peu ne cesse de m'inquiéter, jamais ne n'ai voulu apporter crédit à ce que je pensais n'être que d'immondes calomnies...

– Des messes de Sant Secari, Monseigneur, allons donc ! Il ne manquait plus que cela !

– Ne me parlez pas de la sorte ! Suppôt de Satan !

Et d'un geste théâtral Saint Hilaire se voila la face d'une main aux doigts écartés.

Derrière lui les curés se signaient en jetant de côté des regards apeurés. Ils savaient eux, ce qu'est la messe de Sant Secari contre laquelle plusieurs conciles avaient fulminé sans succès. Ils savaient que trois, sept ou neuf messes en l'honneur de ce Saint Dessécheur en lui recommandant la personne dont on voulait se débarrasser aboutissaient immanquablement et en peu de temps à sa mort de consomption…

– Mais laissons ma propre personne, qui importe peu.

Cavanac ! Occupez-vous de l'enfant qui je crois, fort heureusement n'a été qu'enherbé et chargez-vous de ces trois sorcières et de ce curieux grabataire.

Galand ! Eu égard à ce que vous êtes, à ce qui est (ou était) votre charge, et bien malgré moi qui vous ai déjà jugé, je vous propose de vous justifier ! Que faites-vous enfin ici, seul, sans escorte, dans cet… accoutrement et avec ces scélérats ?

Galand était fait. Tout n'était que comédie, et de cette comédie il connaissait assurément l'ordonnateur : Pierre IV Pélages, abbé de Caunes Minervois.

Il ne s'en sortirait pas. La seule chance qu'il lui restait était de rentrer à Carcassonne. Car il pouvait tout aussi bien laisser sa peau, tout de suite, à Cépie.

– Je peux tout expliquer. Mais à vous seul Monseigneur, car les choses sont graves.

– Bien naturellement elles le sont !

Othon de Saint Hilaire se tourna vers la foule.

– Mes seigneurs, mes frères ! Il est dit dans la Bible : « Ne criez pas et ne faites pas entendre votre voix, qu'il ne sorte pas un mot de votre bouche jusqu'au jour où je vous dirai "poussez le cri de guerre !" Alors vous pousserez le cri de guerre. » Ce qui se préparait ici, vous l'avez vu tous, exige un châtiment exemplaire. Et ce châtiment viendra et votre courroux sera apaisé, j'en fais le serment. Toutefois, il faut que cet homme nous livre ses abjects secrets et que soient démantelés enfin les réseaux de lubricité et de sorcellerie dont il pourrait bien être le chef infâme sous couvert de ses fonctions éminentes. Il convient avec lui d'agir prudemment, avec conscience et méthode…

Beaucoup rechignèrent car ils voulaient sa mort et en avaient d'excellentes raisons. Le co-adjuteur sut trouver les mots qu'il fallait.

– Pour ma part, et avant même d'aller plus loin dans cette malheureuse affaire, je dois vous confesser mon absolue certitude de la scélératesse de cet homme. Il est patent que Jean Galand n'était pas digne d'accéder à la charge d'inquisiteur de la Foi et qu'il n'y parvint que par sombres artifices. A dater de ce jour, toutes les procédures qu'il a pu initier dedans et hors les murs de Carcassonne sont nulles et non avenues et je veillerai personnellement à ce que ses registres soient détruits. Jean Galand a cessé de faire le mal.

Cette fois la foule s'écarta et l'inquisiteur déchu put, non sans essuyer quelques coups et beaucoup d'injures, se diriger entravé vers une sorte de litière close de tentures épaisses préparée pour lui sur le chemin et à laquelle on avait attelé deux mules.

En passant devant le co-adjuteur il trouva la force de lui dire dans un souffle :

– Saint Hilaire ! Je suis fait… mais au procès…

Il avait fait quelques pas lorsqu'il entendit le prélat murmurer :

– Procès ?…

Dans la litière sombre l'attendaient Tarik, le serviteur maure sourd et muet de Saint Hilaire, et Benoît Gaucelm, souriant.

– Canaille ! Combien t'a-t-il payé ma peau ?

L'archiviste ne se départit pas de son gentil sourire.

– Payer ? Mon oncle est bien trop pingre pour sortir sa bourse quelque soit la faveur qu'on lui fasse !

– Ton oncle ?

– Certes. Aurais-je omis de vous dire que Othon est le frère de ma mère, Guiraude ? L'un et l'autre sont issus de Alzeu de Saint Hilaire et Adalaïs d'A Niort, elle-même fille de Guillaume-Bernard frère des « Maudits »…

C'est dans le Pays Catalan que les « familiers » de Jean Galand éclatèrent de rage. Cette fois, c'était trop.

Certes la piste était facile. Désormais, ils sautaient quasiment de bourg en bourg ; ils en voyaient quelque fois deux ou trois sur la même journée. Ils montaient et démontaient comme des déments, se sentant ballotés en tous sens, sans logique, comme si on se jouait de leur nerfs.

Avant la montagne, ils eurent à visiter les cures (toujours les cures, les églises, les prieurés, les édifices religieux quelconques, grands et petits) de Brouillas, Cabanes, Sant Andreu de Sureda, Sant Genis les Fonts, Sant Marti de Fenollar... où l'on avait vu les deux fugitifs. Ils avaient négligé le prieuré de Serrabonne, au-dessus de Bouleternere parce que décidément ils étaient fatigués et qu'il fallait paraît-il grimper durant des heures sur un méchant chemin de mule. Un moinillon de Salses pourtant leur avait recommandé l'édifice comme étant l'un des plus anciens de la région, et présentant une admirable maçonnerie en arêtes de poisson comme celles qui curieusement composaient au moins en partie toutes les constructions qu'ils avaient pu voir sur le chemin des patarins. Après la montagne et alors qu'ils étaient entrés dans la juridiction de l'inquisiteur de Gérone, ils furent dirigés sur Santa Maria de Panissars, Forn del Vidre, Sant Pere Pla de l'Arca… Qu'avaient-ils donc à faire ces deux paroissiens, à visiter ainsi les tas de vieilles pierres de Catalogne ?

Amaury et Damas qui s'étaient concertés, ne voulaient plus suivre. Depuis longtemps ils rechignaient et Geoffrey avait du les menacer.

– Comment expliquerez-vous à Jean Galand qu'après lui avoir pris la moitié du salaire vous rentrez bredouilles faute seulement de persévérance ? A mon avis, vous ne reverrez pas la métairie de Couffoulens…

– Qui te dit que nous rentrerons à Carcassonne ?

– Et où irez-vous balourds, pour vous tenir hors d'atteinte de l'inquisiteur ?

Et puis, comment ne comprenez-vous que désormais, à marches forcées, nous ne sommes plus qu'à quelques jours de ces deux hommes qui n'ont point de montures ? Aurions-nous fait tout ce trajet en errant comme des canards sans tête pour rentrer une main devant, une main derrière et l'oreille basse à Carcassonne ?

A Sant Pere Pla de l'Arca on leur désigna Sant Pere de Rodes.

L'homme de main de Montserrat

A présent Jean de la Vacalerie se posait des questions.

Le jeune pèlerin à la cantimplora n'était toujours pas apparu et il craignait pour sa mission. Il n'y avait rien à faire pourtant ; il ne pouvait aller à sa rencontre et, c'était naturellement mieux ainsi, il ne disposait d'aucun contact sauf à revenir vers la Commanderie de Campagne.

Il résolut de ronger son frein.

Fort heureusement il s'était depuis longtemps pris de passion pour les simples, leur cueillette et leur utilisation dans les remèdes et autres « aguas fuertes » et se distrayait en jouant à l'herboriste du monastère, fonction qui semblait ne plus avoir de titulaire ce qui était rare dans une telle maison. Toutefois, ne voulant prendre aucune responsabilité conséquente, il avait bien clairement précisé qu'il n'entendait point se charger des autres attributions ordinaires de l'herboriste qui étaient par exemple les bains, l'hôpital et les soins prodigués ou le potager. Il savait que dans certains monastères les frères cultivaient eux-mêmes leurs plantes médicinales ; lui préférait s'en remettre à la générosité spontanée de la nature ce qui d'ailleurs n'était pas un vain mot sur la serre de Montserrat, prétendant avec fermeté que les simples sauvages avaient plus à donner que les chétives herbes domestiquées dans les courtils. Vacalerie ne songeait pas un instant demeurer céans plus d'une saison, aussi n'utilisait-il que des tisanes ou décoctions, laissant à d'autres le soin de la conservation en bocaux. Nombre de frères en effet, quoique peu avertis en la matière, avaient pris depuis longtemps l'habitude de serrer dans des récipients de verre qui des racines de petite oseille avec laquelle on soigne les catharres, qui de la bardane souveraine contre l'eczéma, qui de la bistorte qui sait vaincre la diarrhée. Lui aimait triturer les herbes de ses mains et les réduire sèches en petits fragments qu'il glissait dans de minuscules poches de lin qu'il offrait aux frères. Beaucoup l'appréciaient à Montserrat et il savait que ceci pouvait lui être utile.

Jean de la Vacalerie n'était pas en effet qu'un guerrier. Certes, dans le sillage des faydits, des fugitifs et des bons hommes pourchassés il s'était férocement employé, de Prades à la Montagne Noire et de Fitou en Lauragais, sans jamais hésiter, sans jamais frémir et encore moins larmoyer sur les victimes tendres ou aguerries de ses coups de main. Il se savait utile ; il se savait aussi perdu, irrémédiablement, au sens de la conception du salut qu'avaient les Cathares et qu'il ne connaissait que trop. Il disait volontiers que si l'on voulait des Purs il fallait nettoyer autour d'eux et tant mieux s'ils n'en savaient rien. Déjà son aïeul avait imaginé les formidables machines de défense de Montségur qui, de leurs pierres, avaient éclaté les crânes des assaillants comme pignes au milieu du feu. Qui l'en avait blâmé ? Pas certes les seigneurs de Mirepoix ni les farouches A Niort ! Quant aux hérétiques, ils ne posaient pas même leurs regards sur ces bois mortifères ; leurs yeux perçaient, mais les âmes et les cœurs… Des passions humaines, de la cruauté, des désirs, de la luxure ou des plus simples instants de bonheur ils ne savaient rien car ils n'étaient pas de ce monde.

Vacalerie était un homme de main. Jusqu'alors, il n'avait que rarement failli. Toujours il oeuvrait dans l'ombre là où on le requérait, et souvent aussi de son propre chef alors que l'on ne l'attendait pas. De ses commanditaires il ne connaissait rien car ses ordres n'étaient jamais directs et c'était mieux ainsi. On ne le sollicitait qu'à bon escient il le savait, et toujours il avait conservé son entier libre arbitre. Au vrai, toutes ses missions jusqu'à présent l'avaient trouvé bien disposé et enthousiaste et il ne pouvait se défendre d'en éprouver quelque fierté.

Il n'était point payé. Il trouvait toujours avant même qu'il en éprouvât nécessité, comme tombée du ciel, une petite bourse rebondie à portée de main. Rien de bien important, juste de quoi vivre sans souci, pas assez pour s'empiffrer ou même se fixer un peu. Il n'en avait cure ; c'était sa vie et il n'en souhaitait pas d'autre. C'est vrai qu'il ne se connaissait qu'une passion, celle des simples qui l'avait gagné comme insidieusement alors qu'il écumait les garrigues sèches des Corbières et du Fenouillèdes.

Là une vieille matrone lui avait enseigné les vertus des crapaudines, romaine, à feuille d'hysope ou en forme de scorodoine qui tantôt annuelles germent à l'automne et sont consommées en infusion pour leurs propriétés digestives malgré leur parfum âcre de punaise écrasée, ou vivaces montent jusqu'au genoux comme des touffes de thym.

Ici un revêtu qu'il menait en Lombardie lui avait collé soudain sous le nez une branche de calament alors qu'il se plaignait de digérer mal un gâteau de froment un peu « passé ». Le calament depuis avait pris place dans toutes ses médications et aussi dans son vestiaire qu'il savait rafraîchir de son odeur mentholée. Il se souvenait aussi de ce cours magistral de l'ancêtre de Caudiès, ridé comme une vieille pomme et dont on ne voyait plus les yeux sous la broussaille des sourcils, qui ne jurait que par le cade dont l'huile soulage puissamment les chevaux blessés par les harnais et les selles.

Du ciste aux feuilles vert foncé et collantes il n'ignorait rien des attraits aromatiques. Il l'appelait d'ailleurs comme beaucoup d'herboristes consommés « l'ambre végétal ». Quant au pistachier que les Grecs connaissaient, au grand étonnement de beaucoup il le préconisait avec bonheur pour éviter l'altération du vin. Sa préférence toutefois allait au myrte, légèrement balsamique, omniprésent sur le pourtour méditerranéen, dont il avait fait jadis d'énormes moissons dans le massif de la Clape, et dont il savait accomoder les baies à toutes les sauces car pour ne rien gâter, il était aussi fin cuisinier.

Comme chaque jour depuis début janvier il se posta le panier sous le bras, à l'aplomb du chemin d'accès au monastère en affectant d'examiner avec grand soin les lichens qui mangeaient la pierre grise de la Serre.

Comme chaque jour, d'un œil, il suivait le tracé sinueux de l'étroit sentier.

FROID ACCUEIL À SANT PERE

Cette fois, Geoffrey était satisfait.

On l'avait annoncé à Pedro de Peratallada, et il semblait disposé à le recevoir. Fort heureusement, car il était de mauvaise humeur. Les montures avaient rechigné au milieu du chemin ; elles étaient fatiguées et la montée au monastère était plus que rude. C'était aussi des chevaux qui ne connaissaient la montagne que depuis peu et n'avaient certes jamais vu la mer du haut d'un tel belvédère, et ils roulaient des yeux apeurés vers la corniche en frémissant de l'échine. Les trois hommes avaient dû démonter et les tenir au licol pour achever le chemin à pied. Amaury et Damas juraient abominablement, mais le Balafré ne les entendait plus. Il estimait avoir des chances de cueillir les deux hérétiques à Sant Pere-même si comme il pouvait le penser ils étaient fourbus et avaient décidé de s'y reposer quelques jours.

Pedro de Peratallada apparut rapidement à la porterie, un ample sourire dans la barbe blanche. Il salua les trois hommes et les invita dans une grande salle de l'hôpital, correctement chauffée et baignée de soleil.

D'un geste nonchalant il restitua au chef des familiers son parchemin d'accréditation. Il crut bon d'utiliser le provençal.

– J'ai entendu parler de Jean Galand. On le dit méticuleux à l'extrême, et d'une efficacité rare. Mais, ce me semble, nous ne sommes pas ici dans son... territoire de chasse ?...

– Certes non père abbé, dit Geoffrey. Je ne l'ai pas fait encore pour ne pas perdre de temps, mais il m'est loisible de m'adresser à Monseigneur l'inquisiteur de Gérone qui n'a rien à refuser à mon maître, pour en obtenir les pouvoirs qui me feraient défaut.

– A Dieu ne plaise, cher fils ! Laissons-là ces formalités et venons-en au fait. « Al grano », comme l'on dit ici.

– Soit. C'est fort simple. J'ai mission de ramener à Carcassonne deux dangereux hérétiques qui ont noms Beranger de Prato et Jordi Hortenada, l'un boiteux aux yeux gris, l'autre blond, jeune et frêle au parler castillan, qui ont récemment franchi la montagne venant au Minervois et qui d'après mes informations, gîtent ou ont gîté dans ce monastère se présentant sans doute à vous comme d'aimables pélerins recommandés par l'abbé de Caunes.

Peratallada ne cilla pas. Il prit son temps pour répondre et Geoffrey n'omit pas de le noter.

– Je ne connais pas ces hommes. Comme vous le voyez, l'hôpital à cette époque de l'année est vide car personne ne nous visite depuis la fin de l'automne. Vous avez été mal informés.

– Cette fois c'est bon, dit péremptoirement Amaury. La piste s'achève ici et je n'en suis pas fâché. Et s'il n'est pas possible de rentrer à Carcassonne, je ne crois pas que Galand viendra me chercher noises à Perpignan ou même à Barcelone. Je me suis pris à apprécier ce pays et son climat me convient parfaitement. Je crois être capable de m'employer de ce côté-ci de la montagne avec autant de profit que dans le Carcassès...

– Ça va pour moi aussi, dit Damas. De toute façon, j'ai écumé Carcassonne des faubourgs à la cité et je commençais de m'y ennuyer.

Geoffrey ne répondit pas. Il n'avait pas besoin de ces deux-là. Et s'il lui fallait de l'aide, il saurait en trouver. Il se contenta de hausser les épaules.

Tandis qu'ils redescendaient péniblement vers la baie, les chevaux freinant des quatre fers, le Balafré prit le chemin du petit village de Santa Elena.

Ce Pedro de Peratallada n'était pas clair. Il protégeait il en était sûr, les deux hommes comme avait tenté plus mollement de le faire l'abbé de Fontfroide quelques jours plus avant. Depuis longtemps il avait compris qu'il était sur une grosse affaire et que tous les prélats qu'elle concernait y trempaient jusqu'au cou.

Il avait flairé quelque chose de colossal et la défection de ses deux sbires, au fond, lui convenait bougrement. Il se disait à présent que s'il pouvait jouer fin, peut-être saurait-il tirer bien meilleur profit de ceux qu'il pourchassait que de son commanditaire... Mais, comme toujours pour se replacer sur la trace des deux hommes, il ne pouvait compter que sur des indiscrétions de menu fretin, de moinillons ou de paysans qui ne voyaient pas malice mais prudence bien comprise à renseigner le chef des « familiers » de l'inquisiteur.

A Santa Elena il ne vit d'abord que les gosses qui grimpaient derrière les chèvres à flanc de montagne, et deux vieilles rabougries assises sur le pas de leur porte et qui semblaient mâcher de l'herbe en regardant la pointe de leurs pieds. Hommes et femmes en âge de travailler s'employaient sans doute ou au monastère ou au château de Sant Salvador dont en levant la tête on pouvait apercevoir au loin les tours crénelées. Il allait redescendre vers l'abbaye lorsqu'il vit Fra Juan s'approcher, son grand panier d'osier sous le bras, scrutant les vivaces qui bordaient le fossé.

Fra Juan sûrement ne l'avait pas vu monter le raidillon qui menait à l'église ; la gueule que présentait le balafré ne l'eût pas engagé à se présenter devant lui. Mais il était trop tard et il ne pouvait plus l'éviter.

– Le bonjour, curé.

– Le bonjour mon fils, répondit le prêtre, un trémolo dans la voix.

– Service de l'inquisiteur...

Le ciel, encore une fois, tombait sur la tête du vieil homme. L'Inquisition encore... Ici !

Son trouble n'était que trop évident, et Geoffrey décida d'en profiter aussitôt.

– Tu sais ce que cela veut dire, n'est-ce pas ?

Fra Juan perdit la tête. Seuls ceux qui connaissaient son histoire l'auraient compris... Il se livra tout entier, comme un bœuf à l'abattoir :

– Pitié, mon fils ! J'ai déjà tout dit. Je ne sais plus rien !... Si j'ai fauté, j'ai payé... Vois mes bras, mes jambes...

Sans pudeur, il avait ôté son vêtement et se présentait nu devant le sicaire.

Geoffrey en perdit le sourire. La belle ouvrage ! Ce gars-là avait été tourmenté avec une application et une férocité dont il ne croyait pas capables les bourreaux mêmes de Jean Galand. Et le « traitement » semblait récent...

– Mon fils ! Jamais je ne fus cathare, mais certes et comme tu le sais, je soignai un jour dans mon monastère un quidam qui s'était présenté à la poterne à demi mangé par les chiens des dominicains, et qui du reste en mourut bientôt... Les bontés naturelles que j'eus pour cet homme me furent imputées en crime d'hérésie, et cela, crois-moi, je l'ai durement payé... Je te jure, mon fils, j'ai tout dit au notaire... je ne connais point d'autres patarins et ne sais rien de leurs rites ou croyances... Crois-moi... Laisse-moi...

Et il se mit à pleurer.

Il était mûr.

– Tout dit ? Voire. Si tu me parlais de Béranger de Prato et Jordi Hortenada ?...

* *
*

Maintenant, Jean de la Vacalerie s'ennuyait ferme. Les journées entières à fureter sur le plateau, dans la garrigue, à cueillir à présent par alibi tout ce qui se présentait à sa vue car son intérêt pour l'herboristerie commençait de s'émousser, semblaient avoir eu raison de son énergie. Vacalerie était un homme d'action qui ne balançait jamais dans un dilemme, aimait avoir à décider promptement et s'employer justement. Justement, au vrai il n'en savait rien, car des péripéties de sa vie il reconnaissait volontiers quelques échecs, tant parce que les ordres avaient été trop flous qu'en raison d'éléments impondérables qui ne manquaient jamais inopinément pour compliquer les choses. Toujours était-il que cette inaction de plus de deux mois lui pesait à présent fortement et d'ailleurs, devenait gênante.

Gênante car il avait été introduit à Montserrat par les Templiers de Campagne qui l'avaient présenté à l'abbé alors que certes il était loin d'en donner l'impression, comme un convalescent qui relevait d'une méchante maladie des bronches et que le climat de la Catalogne, son vin et ses charcuteries renommés devaient rapidement remettre sur pieds avec quelques onces de gras de plus. L'abbé n'en avait pas demandé davantage ; on n'indisposait pas les Templiers. Toutefois il sentait bien qu'on le lorgnait de l'œil et que sa présence désormais intriguait, non pas les frères mais au moins le prieur et l'aumônier qui semblaient avoir mission de le surveiller aussi discrètement que possible mais qui toutefois avaient de gros sabots.

Ceci était fréquent dans ce qu'il appelait ses aventures : alors qu'il songeait à plier bagages avant que les choses se compliquent, ne s'accordant que les quelques jours de janvier qui restaient, il vit apparaître sur le chemin un quidam qui accrocha enfin son regard. C'est qu'il en avait vu des pèlerins qui montaient de l'aube au crépuscule au monastère ! D'instinct pourtant, il avait laissé de côté ceux qui voyageaient en bandes dissipées en chantant et moulinant du bourdon, ceux au contraire qui se mortifiaient, se flagellaient et s'agenouillaient tous les dix pas pour réciter un chapelet, et ceux aussi qui visiblement avaient abondamment connu la morsure des verges de l'Inquisition et qui, de guingois, le cuir sans doute mal refermé, venaient faire attester de l'accomplissement de leur peine présentée comme une grâce, qui était de vénérer la Moreneta de Montserrat pieds nus et en chemise de chanvre.

Celui qui s'avançait était seul.

Comme il s'approchait, Vacalerie sentit la vigueur revenir dans ses membres et comme un félin, les nerfs de tous son corps se tendre comme la corde d'un arc. L'action, enfin !

C'était un jeune homme, blondinet, qui semblait assez frêle et fatigué, chaussé de sandales. Il s'aidait aussi d'un bourdon auquel balançait la « cantimplora » des Catalans que de loin on pouvait prendre pour un bilboquet de bois. Quand il fut un peu plus près, Vacalerie distingua une petite tache rouge dans le cintre de la gourde.

Il fourra une grosse brassée d'herbes quelconques dans son panier et regagna en hâte l'abbaye car le contact devait paraître fortuit et naturel, et au milieu des moines s'il se pouvait.

Jordi se posa sur une grosse borne de marbre juste devant la porterne, pour souffler un peu. Il s'était décidé à en finir et était venu à marches forcées depuis Sant Pere de Rodes sans s'accorder plus de repos que nécessaire et sans trop s'alimenter aussi car depuis qu'il était seul dans cette contrée inconnue, sans se l'avouer il avait l'estomac noué. Que tout s'accomplisse enfin et que sa propre vie commence... Ce secret qu'il portait ne lui appartenait pas ; il ne savait pas d'ailleurs à qui il était destiné. Ce qu'il savait est qu'il devait le laisser à un quidam dont il avait l'exact signalement et dont le signe le plus distinctif était une énorme verrue entre les yeux. Pour le reste... Son souci était d'accomplir le vœu de son père et de revenir dès que possible à Jordane.

Il ne tarda pas à se lever en soupirant. Il n'appréciait guère on l'a vu les édifices religieux et celui-là l'oppressait au plus haut point. Il fit subrepticement un petit signe de la main, comme pour jeter un caillou par dessus son épaule. « *Aunque se hunda el mundo...* » pensa-t-il.

Puis il heurta l'huis de son bourdon.

Le portier l'accueillit à peine aimablement, comme tous ceux qui l'avaient précédé depuis le petit matin. Il est vrai que son office n'avait rien d'agréable qui était de faire le tri de tous les pieds poudreux, pouilleux et croûteux qui se présentaient à lui à longueur d'année et qu'il fallait diriger d'abord avec fermeté vers les étuves (et ceci n'était pas toujours aisé) car l'abbé n'acceptait pas la vermine dans sa Maison. Ce n'est qu'ensuite, pourvus d'un méchant vêtement fort roide mais propre, qu'ils pouvaient accéder au réfectoire puis à l'hôpital, avant d'enfin descendre à la crypte pour se prosterner un très court instant devant la petite Vierge Noire.

Jordi ne put échapper à ce rituel d'admission. Il en fut même heureux, ayant par ailleurs besoin d'un bon bain.

Jean de la Vacalerie d'un coin de la cour, l'avait vu entrer aux étuves et attendait. Il s'était assis en tailleur à-même le sol pavé et affectait de trier sa récolte du matin. Quand Jordi sortit du vieux bâtiment revêtu d'une coule beige, le bourdon en main, il se leva presque d'un bond.

Alors qu'il cheminait benoîtement dans sa direction, son panier sous le bras et le nez en l'air, il entendit derrière son dos une voix puissante :

– C'est lui ! Qu'on se saisisse de cet homme !

Vacalerie d'instinct, laissa tomber son bras droit et palpa son coutelas sous son vêtement. Il se retourna vivement, car quoique l'ordre fût donné en provençal, tous les moines présents fixaient leurs regards derrière lui, un peu à gauche, sur un colosse tout vêtu de cuir qui tenait à la main une sorte de cravache brune et qui pointait du doigt le jeune pèlerin à la cantimplora.

Vacalerie fit discrètement quelques pas en arrière et se maintint coi. Il connaissait cet homme. Il l'avait vu deux jours plus avant se présenter aussi à la poterne et brandir un large parchemin avant d'être admis incontinent dans les appartements de l'abbé. Le balafré patibulaire avait laissé son gigantesque cheval roux au portier et chacun avait pu déplorer son état ; l'animal dont les flancs avaient été labourés, était couvert de sueur et dodelinait lamentablement de la tête comme s'il avait conscience d'avoir accompli le dernier voyage de sa vie. Il avait aussi entendu le quidam invectiver les moines qui s'étaient immédiatement occupés de sa monture. C'était indubitablement un Occitan et son parler était celui de la plaine, vraisemblablement de Carcassonne, en tout cas n'était-il point tinté de l'accent rocailleux des Corbières ni des intonations des Catalans. Comme on ne le comprenait pas, il s'était emporté en brandissant sa cravache comme un matamore qui ne craint ni homme ni Dieu.

Jean de la Vacalerie s'était promis de le tenir à l'œil.

Jordi s'était arrêté, les bras ballants. Tout de suite deux moines l'avaient ceinturé sans se poser de questions. Il ne fit aucun geste. Il semblait interloqué. Vite, ensuite, il se résigna.

Geoffrey visiblement satisfait, s'approcha. Il dépassait de plus d'un pied le chef blond de son jeune captif. De son index il lui leva le menton qui tremblait un peu.

– Te voilà donc, Jordi Hortenada ! Tu as paraît-il, bien des choses à nous dire, à moi et à mon maître Jean Galand inquisiteur de Carcassonne... Mais l'endroit n'est point approprié...

Il s'adressa aux deux vigoureux moines qui tenaient serré le jeune pèlerin :

– Qu'on l'installe dans un cachot quelconque ; même ici il doit s'en trouver, sûrement... Je lui rendrai bientôt visite...

Le pseudo-herboriste de Montserrat demeura pensif.

Voilà qui n'était pas prévu. Pas prévu mais logique après tout. Il connaissait la nature du secret que portait Jordi et il ne pouvait douter que toutes les forces du Mal s'étaient liguées pour le lui prendre.

Ce secret lui, Jean de la Vacalerie, ne le connaîtrait jamais. Mais personne hors lui, ne le percerait. Il y veillerait.

Le Balafré passa rapidement par les appartements de l'abbé.

Pontus d'Olot n'aimait pas les complications et cette histoire l'indisposait. De même qu'il ne tenait pas à chercher noises aux Templiers, il ne voyait pas d'inconvénients à complaire en tout à l'inquisiteur de Gérone sous le couvert duquel semblait agir ce sbire de Jean Galand. Il entendit sans écouter le rapport que lui fit le sombre « familier » et consentit d'un battement de cils à ce qu'il interrogeât dès le lendemain le captif dans sa cellule. Comme Geoffrey se retirait sans trop de cérémonie, son atroce sourire aux lèvres, Olot crut bon tout de même, d'avertir :

– J'apprécierais toutefois que cet entretien fût conduit avec humanité... qu'en tout cas, il ne causât point scandale dans ma communauté... Car enfin, nous ne sommes pas ici au « strictissimus » de Carcassonne...

– N'ayez crainte, Père. Ce que je n'obtiendrai pas benoîtement de mon prisonnier dans vos murs, je saurai l'arracher sur le chemin du retour. Je n'envisage pas de demeurer à Montserrat au-delà de deux jours.

– Ce sera mieux ainsi.

Geoffrey regagna sa cellule. Tous à Montserrat à l'exception des pélerins parqués à l'hôpital, gîtaient dans de petites pièces individuelles, comme l'habitude s'en était prise désormais dans de nombreux monastères. Il ne se fit pas faute de dévorer dans toute sa longueur une large saucisse de sanglier qu'il débita avec délectation de son couteau au manche de cuir tressé et de descendre en deux rasades la pinte de vin noir que l'on avait posée sur la petite table de pin au chevet de sa couche.

Il s'étendit tout habillé, comme à son habitude et longtemps chercha en vain le sommeil.

– A moi de jouer. Ce gamin est une mine, un trésor. J'en suis sûr. Je connais bien Galand ; il n'a que faire d'un hérétique, ses cachots en sont pleins et s'il le veut et il le clame assez, il peut y jeter la moitié des plus importants personnages de Carcassonne.

Galand veut ce petit Hortenada. Pierre IV, le richissime abbé de Caunes le missionne en Catalogne avec son propre intendant. L'abbé de Fontfroide, celui de Sant Pere de Rodes et bien d'autres encore le protègent. Je cueille le morveux à Montserrat… dont l'abbé, de notoriété publique est l'obligé des Templiers…

Demain, pour Jordi Hortenada, la journée sera rude.

Il n'y avait naturellement pas d'hommes d'armes au monastère. Aussi dans le long couloir sombre qui menait au cloître ne se trouvait-il que deux donats qui conversaient devant la cellule aux porte et fenêtre ferrées que l'on appelait « la celda » et que l'on réservait aux pélerins violents ou avinés. Jean les connaissait bien et comme avec beaucoup il entrenait avec les deux hommes de fort cordiales relations.

– Où vas-tu Vacalerie ?, dit l'un d'eux en prenant un air sévère et suspicieux.

– Où je vais ? Mais à l'herboristerie, balourd ! N'en est-ce pas le chemin ?

– Si fait... mais je ne sais si désormais... enfin maintenant que cette cellule est occupée...

– Ah oui, ce gamin... Mais que crains-tu, Renato ? Qu'après vous avoir tous deux estourbis, je le prenne sur mon dos ? Et qu'en ferais-je ?

Renato, par son silence, se rangea au bon sens.

– Dis-moi toi, Guifred, dit l'herboriste à l'autre donat, t'es-tu bien trouvé de ma décotion de pas d'âne ?

– Si fait, si fait Vacalerie ! Et pardonne-moi de ne t'en avoir avisé. En deux jours ma toux est passée ! Je n'en reviens pas. Crois moi, Fra Juan n'avait pas et de loin tes talents, et s'il n'était que de moi je veillerais à ce que tu demeures longtemps dans ce monastère !

– Ce n'est rien. C'est si facile... Peu d'indispositions en réalité résistent aux simples.

– Comment, facile ? reprit Renato. Tu veux dire que tu peux aisément soulager par tes plantes les maux les plus pernicieux et enracinés ? J'ai peine à le croire...

– Puisque je te le dis ! affirma son acolyte.

Vacalerie vit la faille.

– Toi, Renato tu as quelque chose à me dire...

– C'est que... je ne crois pas à la magie, fût-elle blanche...

– Ecoute-moi, Renato. Avec la valériane j'ai guéri ici de nombreux catarrhes, avec la gentiane je fais digérer le Prieur.. demande-lui ! Et Fra Alfonso qui comme chacun sait penche beaucoup pour la cruche, ne lui ai-je soulagé le foie avec ma décoction d'écorces de sureau ?

– C'est vrai Renato, c'est comme il te dit ! Tout est vrai ! reprit l'autre, enthousiaste.

– Alors, Renato ?

– Alors... Bon ! Après tout Guifred et moi sommes amis de longue date et toi, comme herboriste tu te dois d'être discret, n'est-ce pas ?

– Naturellement...

– Ah ! C'est ridicule ; je n'y crois pas...

– Mais encore...

Renato jeta autour de lui quelques regards furtifs et dit à voix basse :

– Il se trouve que tout donat que je suis, je connais au village une jeune bergère...

– un beau morceau !

– Ca va, Guifred, ça va !... une jeune bergère dis-je, avec laquelle j'entretiens une... étroite relation.

– Je vois.

– Elle a dix huit ans, ou guère plus... et moi, j'entre dans ma quarantième cinquième année...

– Je vois.

– Non, tu ne vois pas ! dit excédé Renato. Sais-tu ce que c'est que de perdre inopinément l'ardeur au déduit ?

– Et tu te retournes les sens pour ce petit inconvénient dont le remède se trouve assurément dans la nature, sous tes pieds ?

– Tu veux vraiment dire...

– J'affirme. J'affirme qu'avec la préparation que je te porterai dans deux ou trois jours, qui pour tout te dire contiendra beaucoup de cebolla et qu'il te conviendra surtout de prendre chaude et humide, tu banderas comme un ours et à la demande...

– Si cela se pouvait, crois bien que... mais encore une fois, j'ai peine à croire qu'une telle vertu puisse tenir dans une botte d'oignons...

– Homme de peu de foi !

Ici, Vacalerie qui se trouvait à proximité de la porte de la cellule éleva fortement la voix, comme pour asseoir davantage son discours et montrer son agacement :

– Regarde : sais-tu que l'herbe contenue dans ce petit sachet qui tient au creux de ma main, ingurgitée avec un peu d'eau, te tuerait en un « santiamen » ? Veux-tu essayer ?

– Non, certes !

– Ah ! Voilà que tu crois…

Jordi avait cessé de pleurer. Il n'était au fond qu'un gosse et n'avait pas été préparé à cette épreuve. Il ne s'en sortirait pas, il ne pouvait pas en douter. Il avait la fièvre. Il avait peur.

Il ne parvenait plus à fixer son esprit, à penser. Ni à Jordane, ni à son père, ni au secret, et il se maudissait pour cela. Tout désormais lui était étranger ; il allait souffrir, il allait mourir et il avait peur. Il n'avait plus la force de se tenir debout et gisait sur sa méchante litière de paille. Il sombra dans une angoissante et agitée torpeur.

Il dut même s'assoupir car il sursauta quand la « bolsa » frappa son épaule. C'était une petite bourse de toile grise. On la lui avait jetée sans doute par la fenêtre aux barreaux de fer.

Il sourit douloureusement.

L'homme à la verrue qu'il ne verrait jamais, mais dont il connaissait la voix...

Sans hésiter car il craignait de réfléchir, il ouvrit le petit sac, recueillit la poudre au creux de sa main, prit la cruche qui se trouvait près de lui et murmura : « Jordane. »

Quand le lendemain on enleva son corps, on vit qu'il portait incongrument au poignet un petit bracelet fait de laine et de perles d'os, et Renato s'en chargea.

Il pensa qu'il plairait à sa jeune bergère.

Jean de la Vacalerie met un terme à sa mission

Jean de la Vacalerie estima que, comme disent les Espagnols, il convenait au plus vite de « mettre de la terre » entre le monastère et lui. Sa prestation devant la porte de la cellule devait à présent être abondamment commentée et il se souciait peu de prendre la place de l'infortuné Jordi sur la paillasse du cachot.

Et puis à son sens, sa mission n'était pas achevée.

Il avait immédiatement récupéré sa monture à l'écurie et prit le large. Une seule route menait rondement en Catalogne d'outre-monts : celle qui, par Manresa contournait par le nord le petit massif de Sant Llorenc pour se piquer sur le chemin de Tona en direction de Vic. De là, par Olot, on gagnait facilement Figueras pour franchir peu après le Pertuis des Pyrénées.

Le Balafré qui vraisemblablement ne connaissait pas la région n'irait pas se compliquer la vie à errer par les chemins muletiers. Par ailleurs, se trouvant démobilisé, il n'avait pas à s'attarder dans le Barcelonais.

Peu après le pont de Castellbell, Jean de la Vacalerie ralentit l'allure. Il ne craignait rien ; il savait bien que Pontus d'Olot, suffisamment soulagé de son départ, ne ferait rien contre lui.

A Castellgali, il avisa un bosquet de chênes verts fort dense que le chemin semblait partager en deux parties égales. Il trouva l'endroit fort convenable et démonta. Son cheval attaché à l'extrémité du petit bois, il revint sans hâte s'asseoir sur un énorme bloc de grès qui coiffait un talus surplombant la route. Calmement, il prit de sous son vêtement son large coutelas maure, le dégaina et se mit lentement à l'aiguiser sur le rocher.

De l'autre main il avait cassé une brindille de romarin et s'en curait les dents.

Il n'attendit pas longtemps.

Quand il vit apparaître au loin le gigantesque roussin et son cavalier noir, il s'applatit au sol. Sur l'ongle de son pouce il s'assura de la qualité de son affûtage.

La fin de Pierre IV Pelages

– Lorsque sur ses directives, Pierre de Russol eut lu devant les frères rassemblés l'étrange prière qu'il nous sembla avoir lui-même composée :

« Univers, soit attentif à ma prière. Terre, ouvre-toi, que la masse des eaux s'ouvre à moi. Arbres, ne tremblez pas : je veux louer le Seigneur de la Création, le Tout et l'Un. Que les Cieux s'ouvrent et que les vents de taisent. Que toutes les facultés qui sont en moi célèbrent le Tout et l'Un ! », on l'inhuma là, sous le cloître, selon son désir exprimé de longue date. Le matin, il nous avait dit en citant la Bible comme à son habitude « Nu, je suis sorti du sein maternel, nu j'y retournerai. Yahvé avait donné, Yahvé a repris. Que le nom de Yahvé soit béni... »

Selon son souhait donc il a été déposé nu comme au premier jour de sa vie au fond de la fosse, non pourtant comme il l'avait pensé à même la glaise, mais sur un merveilleux dallage en opus spicatum dont nous ignorions l'existence, qui s'est alors présenté à nous et a eu raison de nos bêches...

De Prato leva la tête et regarda le ciel au travers des branches agitées de l'olivier centenaire qui ombrageait le grand puits.

Et Béranger de Prato, l'homme qui ne souriait jamais s'emporta dans un énorme éclat de rire qui se fracassa aux quatre murs du cloître de l'abbaye de Caunes, au grand scandale des frères qui l'entouraient.

« Tu sauras, quand tu auras enfin donné contre l'opus spicatum... »[1]

Une main lourde, amie, s'était abattue sur son épaule. Arsendis.

– Lui sait, à présent, dit le vieil homme. Comme le lui avait prédit Pierre Isarn il sait enfin ce qui nous est caché, et notre pauvre savoir désormais n'a plus d'intérêt pour lui.

Viens.

Brune n'était pas dans la masure du Casserot. Brune d'ailleurs n'était jamais là quand les deux hommes avaient à parler.

Ils prirent place chacun sur un banc, séparés par la large table noire. Arnaud Arsendis avait servi le vin et posé devant son jeune ami une corbeille de fruits secs.

– On dit que Pélages était un adepte fortuné. Fortuné certes il l'était et à plus d'un titre : tout d'abord, ne présidait-il aux destinées d'une des plus riches abbayes du Languedoc ? Ensuite, au regard de sa Science dont je ne puis juger, ne s'était-il approché plus qu'aucun de ses contemporains des Grands Mystères, même s'il a échoué de peu ? N'a-t-il point vu, de ses propres yeux et même s'il n'en fut que l'instrument, l'accomplissement de ce qu'il appelait « Le Magistère » ? N'a-t-il bénéficié de longues années durant de ses bienfaits qu'il eut la

---

1. L'Europe, la Région Languedoc-Roussillon, le Conseil Général de l'Aude, et dans la mesure de ses modestes mais méritables moyens la Commune de Caunes-Minervois ont entrepris depuis de nombreuses années déjà la restauration de l'Abbaye qui est aujourd'hui ouverte à la visite. On y peut voir dans le cloître, assez en-dessous du niveau du sol actuel et désormais remarquablement accessible, une magnifique calade en opus spicatum.

sagesse de ne consacrer qu'à la vigueur de son corps et à l'acuité de son esprit ?

Enfin n'a-t-il vécu envié, respecté et craint des plus hauts personnages de son temps dont le rang éclipsait pourtant de beaucoup le sien ?...

– Oui, et pourquoi ?

– C'est de moi qu'il tenait cette puissance.

– De toi ?

– De moi et de ceux qui m'ont trouvé ce refuge dès la chute de Montségur, en m'imposant dans les bagages de Raymond d'Autignac et de Raymond de Faric qui avaient été chargés de mon interrogatoire et l'avaient fort courtoisement mené dès que Pierre-Roger de Mirepoix m'avait autorisé à leur proposer le marché...

– Le marché ?

– Certes ! Une cache à vie près du monastère de Caunes, contre l'usage modéré mais à discrétion de l'un des trois trésors des Wisigoths confiés à la garde des Cathares, continuateurs des ariens dont ils étaient.

– Étais-tu si important ?

– Le siège de Montségur fut long. Il autorisa de nombreuses conversions, une restructuration complète de ce qu'on pourrait appeler par commodité notre clergé, et permit aussi d'échafauder bien des plans dont la finalité était bien entendu et la survivance même à long terme de l'Eglise, et naturellement la sauvegarde des trois dépôts.

Ce que peu savaient, même sur le Pog, était que de soudard à la solde des seigneurs d'A Niort, puis de défenseur acharné de la dernière citadelle des Cathares, Bertrand Marti avait fait enfin de moi son Fils Majeur avec mission de « le continuer » le plus longtemps, le plus discrètement et le plus efficacement possible. C'est ainsi toutes ces années, avec la complicité passive de Pélages dont par ailleurs j'assurai la protection physique, au nez et à la barbe de l'inquisiteur, de l'évêque et du monde entier, de cette masure discrète au milieu du cimetière du Casserot, je gère à ma façon mais ma foi assez correctement ce qu'il reste de l'église cathare du Comté de Toulouse... Beaucoup de jeunes revêtus sont passés ici, ont été missionnés par moi et maintiennent avec leur « maison » de fréquents et discrets contacts qui me confortent dans la certitude du bien fondé de la décision de Bertrand Marti. L'église cathare, je le sais à présent, ne mourra jamais... Au besoin, et jusqu'à peu, mes hommes « ravitaillaient » aussi discrètement Pierre IV car ils savaient où puiser...

De Prato restait rêveur.

– Mais Brune ?

– Brune est ma sœur en religion. On l'a préservée du bûcher auquel elle aspirait de toute son âme pour me servir de fausse épouse, ce qui suffit souvent tu le sais, à plomber les mauvaises langues.

– Mais comment Pierre IV...

– Pouvait-il tolérer ces agissements à quelques coudées de son abbaye ? Pierre IV Pélages était un alchimiste. Un vrai, et tu sais ce que cela signifie.

Et puis, Pierre IV avait un jour rencontré Pierre Isarn... Pélages, même s'il l'ignorait, était des nôtres.

– Qui est Jordi Horteneda ?

– Jordi ? Un pauvre garçon emporté par le torrent de la vie. Il est mort dans une geôle de Montserrat, je viens de l'apprendre.

Béranger de Prato frémit. Il avait aimé ce gamin qui semblait avoir la vie chevillée au corps...

– Comment est-ce possible ? Quel était son crime ?...

– Sans réellement le savoir, Jordi détenait une partie du secret des Wisigoths. Sa mission n'était que de la transmettre... mais les forces du Mal en ont décidé autrement...

– A-t-il...

– Été tourmenté ? Non. J'avais à Montserrat un homme efficace, aguerri à toutes épreuves comme j'ai pu l'être dans le passé. Il ne l'a pas permis. Il n'a pu sauver Jordi mais a veillé à ce qu'il parvienne à Bonne Fin sans souffrances et en emportant avec lui son secret.

Béranger de Prato pleura. Longtemps, sans sanglots, sans larmes. Sans pudeur aussi.

Jamais jusqu'à ce jour il n'avait rit ; et jamais il n'avait pleuré.

– Qu'attends-tu de moi qui ne suis rien, qui n'ai plus rien que la vie, Brune et toi ?

– Brune et moi nous faisons vieux… Commence déjà à nous faire une place douillette dans ta mémoire, fils…

– Qu'attends-tu de moi ?

– Tu as voyagé, beaucoup lu, œuvré je le pense utilement avec Pélages, erré à la suite d'une chimère soit, mais aussi supputé, écouté, réfléchi, envisagé, apprécié et fait le tri… Ta naissance est un mystère et tu possèdes je le sais l'intelligence innée des choses cachées, anciennes et à venir. Tu n'es certes point cathare et ne le seras sans doute jamais mais peu m'importe. Aucun de nous n'a la prétention de détenir la vérité. Nous ne cherchons qu'à préserver l'enseignement de nos devanciers, qui nous semble digne et bon.

Pour la défense de notre Foi j'ai agi comme j'avais mission de le faire et ne suis point inquiet. Elle est en sommeil mais sa force inneffable est intacte et elle reprendra ses droits dans le cœur et l'esprit des hommes quand l'heure viendra et aussi souvent qu'il le faudra…

Reste le Secret. J'ai le tort sans doute de m'en soucier moins, mais il fait aussi partie de ma mission.

Je t'expliquerai comment Bertrand Marti l'a astucieusement éclaté un soir de mars à Montségur. Si astucieusement que personne à ce jour, dans ces temps et contrées troublés n'a su le percer. Si subtilement aussi qu'après la fin de Jordi, à l'heure où je te parle j'en ai perdu le fil de trame… Ta mission sera, comme aurait-dit Pélages, et suivant votre expression courante d'alchimistes, de reconstituer le corps épars d'Osiris…

– Il me faudra un solide viatique…

– Tu l'auras. Et crois moi, je ne te dirigerai point où tu perdras ton temps…

Béranger de Prato, à sa grande surprise, n'eut pas dans un premier temps à s'éloigner de Caunes.

Il passa quelques mois au château voisin de Félines où il put consulter à satiété l'abondante bibliothèque sans toutefois qu'on l'autorisât à prendre des notes, ce qui ne le chagrina point, eu égard à sa prodigieuse mémoire.

Ensuite, introduit par le seigneur de Félines, il fut accueilli par Ramon de Négri de la Redorte, qui lui confia de vieux grimoires espagnols qu'il parvint assez facilement à déchiffrer. La famille de Négri était en effet venue d'Espagne avant la Croisade, l'un de ses membres accompagnant le Prince Don Manrico, fils de Pedro de la souche des rois de Castille qui venait d'épouser la Comtesse de Narbonne. On disait que les Négri venaient juste d'être investis de la seigneurie de Joucou à la suite des A Niort qui avaient dû s'effacer devant Lambert de Thury, sénéchal de l'Ost de France...

Ensuite Béranger de Prato séjourna chez les Hautpoul[2], dont la Maison était l'une des plus anciennes et des plus illustres du pays et possédait la mine d'or de Salsigne. Les Hautpoul, qui blasonnaient plaisamment « Aux Poules » étaient si puissants qu'on les avait surnommés les « rois de la montagne Noire... »

Ensuite...

Un jour il s'exila. Il vécut longtemps dans la Juderia de Gérone, outre monts, où il rencontra sans déplaisir de nombreux alchimistes néophytes auxquels il enseigna, comme en s'amusant.

---

2. Les Hautpoul, qui s'allieront plus tard aux Félines, sont outre les Capétiens, une des quatre familles de noblesse immémoriale de France (Harcourt de Normandie, Beaumont du Dauphiné, Comminges). Mais il serait curieux de s'intéresser au rang, dans ce « classement » de la famille d'A Niort...

Il est à noter que les Créquy (ou Créqui) qui se mouvaient dans la nébuleuse « Fouquet » avaient curieusement à la fin du xviie siècle le titre de Marquis de Blanchefort, près de Rennes le Château, alors que ses maîtres en étaient indéniablement les Seigneurs d'Hautpoul (cf. Gérard de Sède, puis Franck Marie).

Là encore il lut et apprit, davantage peut être en six mois qu'en deux ans auprès de Pierre Pélages. Fidèle à la parole donnée, il se rendit aussi à Monzon et ceci ne fut pas certes la partie la plus agréable de son périple.

Rappelé dans les Corbières (car « on » le guidait sans cesse), il y vécut un long moment dans la région d'Alet et à proximité des Gorges du Rébenty et gîta aussi à la Commanderie de Campagne. Là, beaucoup se souviennent l'avoir vu errer dans la garrigue autour des Bains de Rennes, à étudier paraissait-il la botanique ou arpenter le versant des collines avec une agilité que semblait ne pas autoriser sa claudication, à répertorier les vestiges des anciens qui avaient peuplé ces terres, ou à dessiner les pierres aux formes étranges que peut-être ils y avaient dressées. Chacun le savait passionné par l'histoire de la haute vallée de l'Aude à laquelle à la Commanderie il consacrait ostensiblement toutes ses matinées, et on le pensait ainsi tout naturellement avide d'approfondir ses recherches sur le terrain.

Pourvu par les frères d'une solide monture qu'il avait rapidement maîtrisée sans qu'on l'y aidât, à la fin de la journée il s'installait invariablement à Coustaussa dans une petite auberge dont les fenêtres donnaient sur Rennes, les vallées de l'Aude et de la Sals, pour, semblait-il, y recopier ses notes quoiqu'on ne le vît point souvent écrire mais plutôt s'abîmer jusqu'au coucher du soleil dans la contemplation de la montagne, en face. Car c'est bien l'antique montagne de Reddae qui semblait le fasciner. Il donnait l'impression de vouloir la posséder ou s'y fondre. En tout cas, outre quelques herbes rares ou quelques pierres aux angles nets qu'il jetait négligemment dans ses poches, n'y cherchait-il rien. Depuis longtemps, pour lui, elle avait parlé.

A la mi octobre 1307 il se trouvait à la Commanderie de Douzens quand un vieux « Blanc Manteau » qui n'était point parmi les dignitaires mais certes le chevalier de loin le plus respecté, lui ordonna abruptement de quitter les lieux séance tenante sans rien emporter que sa cervelle et un quignon de pain. Bien lui en prit, car du Temple de Douzens deux jours plus tard il ne restait plus rien…

Ses pérégrinations intriguaient et il le savait. Partout désormais « on » avait l'œil sur lui. On dirigeait certes ses pas vers les centres Occitans du Savoir, mais on le chassait aussi. Les Forces du Mal le traquaient et les frères s'épuisaient à le protéger.

Chargé d'ans enfin, il décida de disparaître. D'ailleurs s'il ne savait pas assez, il savait beaucoup, trop déjà pour une vie d'homme.

L'année où dans les tortures périt dans la cité des vicomtes Bernard Délicieux qui avait été professeur de théologie au couvent des Frères Mineurs et qui toujours s'était battu contre les excès de l'Inquisition, il se posa enfin à Carcassonne, près de l'Eglise Notre Dame où avaient été massacrés une trentaine de prêtres lors du siège entrepris par Trencavel le Jeune en 1240, et par prudence changea de nom.

Il prit pour épouse une jeune veuve du faubourg qui gîtait avec les siens près de la porte Narbonnaise et en eut un fils.

Ce fils comme lui porta le nom de Vital ou Vitalis de Carcassonne, mais bien vite, comme lui et eu égard tant aux circonstances de sa naissance qu'il se plaisait à conter qu'à son lieu de résidence, les gens l'appelèrent Vital de Nostre-Dame,

…Votre Serviteur…

BERNARDIN-FRANÇOIS FOUQUET, XIᴱ ABBÉ COMMENDATAIRE DE CAUNES EN MINERVOIS, NOMMÉ PAR LE ROI

Décidément oui, ce 13 mai 1727 était un grand jour pour Bernardin-François de la Bouchefollière[1].

Non moins habile et aussi bien introduit semble-t-il que le cousin Louis-Charles de Belle-Isle aujourd'hui curieusement seigneur de Lézignan-Corbières (ce qui pouvait rassurer quant à l'ignorance dans laquelle était heureusement désormais la Couronne sur ces sujets depuis la mort du roi Soleil) le jeune ecclesiastique venait de réussir lui, un coup de maître.

Par petites touches, sans jamais être pesant, en usant du temps, de toutes ses relations et de la faveur retrouvée de la

---

1. Bernardin-François Fouquet fut nommé à la tête de l'Abbaye de Caunes le 27 avril 1727. De simple prêtre à Rennes, docteur en théologie « de la maison et société de Sorbonne » dont il fut prieur en 1730, il devint agent général du clergé en 1735, archevêque d'Embrun en 1741, prince et Grand Chambellan du Saint Empire et Conseiller du Roi en tous ses conseils. Il résigna sa charge à Caunes en 1769.

Famille, il venait d'obtenir, ce vingt sept avril, la charge d'abbé Commendataire de Caunes en Minervois.

Dès cette nomination, et comme pour bien marquer son intérêt pour cette fonction, il avait innocemment fait mander au desservant de l'église abbatiale, un certain Pierre Gept, qu'il désirait un inventaire exhaustif du trésor et de tous les objets considérables ou non qu'elle pouvait encore recéler.

L'inventaire venait de lui parvenir.

Au nombre des reliques poussièreuses, ciboires bosselés, chasubles mitées et autres vieilleries sans intérêt, se trouvait une petite boîte d'ivoire « à charnières de cuivre, gravée de signes et animaux étranges... »

Comme dans un rêve, il avança son bras d'un geste sûr vers la riche bibliothèque et y puisa un de ses gros volumes gainés de cuir noir, sans même en examiner la tranche. Sans davantage le compulser, il l'ouvrit à la page qu'il avait depuis longtemps marquée d'une image sainte, de celles qu'il distribuait aux enfants après la messe, et lit à voix haute :

« Transmutation effectuée le 1er janvier 1676 par Georges des Closets devant Jean Vauquelin :

« ... en même temps, il tire de son gousset une petite boîte d'ivoire en forme de tabatière. Il l'ouvre, et avec la pointe du couteau commun qu'à Caen on appelle « jambette », il prend en cette boîte un peu de poudre de projection dont elle était presque pleine et ayant pris du papier que j'avais près de moi.... »

Il claqua l'ouvrage d'un geste brusque. Il connaissait la suite, et surabondamment. Ses sources les plus sérieuses étaient toutes semblables, et souvent il y avait trouvé mention de ces curieux petits récipients en ivoire .

Tout s'articulait. Trop bien.

Comme extasié, il leva les yeux vers le gigantesque tableau qu'il avait fait accrocher au dessus du meuble et qui était une mauvaise copie du Pillage du Temple de Jérusalem de Nicolas Poussin qui lui venait de son oncle le Surintendant, et qu'attendu sa piètre facture, les hommes du roi n'avaient pas cru bon de saisir.

Il rangea soigneusement dans un tiroir de son secrétaire le manuscrit de Vitalis de Carcassonne, remit le gros livre noir à sa place sur l'étagère et s'en vint relire le texte de la lettre qu'il avait écrite de sa main le matin-même dans le but de se présenter à son nouveau voisin, François d'Hautpoul, marquis de Blanchefort, seigneur de Rennes-le-Château[2] dont de nombreuses terres joignaient celles de l'abbaye de Caunes, qui avait, paraît-il sensiblement son âge et avec lequel il ne doutait pas initier une fructueuse collaboration...

Il comptait bien se rendre au plus tôt à Caunes, et s'il le fallait à Rennes ou à Hautpoul. Il n'omettrait pas d'emporter dans ses bagages la copie du rapport secret à lui aussi confié post mortem par l'excellent Pomponne, et commandé par Colbert en 1692 à propos des travaux des fondeurs d'or suédois qu'il avait discrètement envoyés dans le Razès sur les terres du défunt Marquis auteur de l'actuel, et dont personne n'avait jamais plus entendu parler.

Et c'est ainsi que Bernardin-François de la Bouchefollière, à son tour, enfourcha la chimère de Fouquet.

L'examen de sa vie, qui fut longue et semée de grâces et d'honneurs, n'en demeure pas moins édifiant...

---

2. En 1644, François Pierre d'Hautpoul, Baron de Rennes, rédige son testament. Il y joint les archives familiales constituées notamment de titres de propriété remontant au XIᵉ siècle. Gérard de Sède nous dit que ce testament aurait été « égaré » pour réapparaître... en 1780 chez un notaire de Esperaza qui refuse d'en divulguer le contenu. En 1695 le petit-fils de François Pierre d'Hautpoul décède à son tour laissant quatre fils : Blaise, Charles, François et Joseph, mais c'est curieusement François qui n'est que troisième dans l'ordre des naissances qui s'installe au château de Rennes et prend le titre de Marquis de Blanchefort. A son tour il occulte et durant 48 ans (ceci semble décidément une manie héréditaire) le testament de son père que personne par ailleurs ne songe à lui réclamer...

Les Templiers du Roussillon et de Majorque soutiendront un moment le projet, sans cesse remis en chantier, d'un grand ensemble politique occitano-aragonais. Mais nous sommes alors à la fin du XIIIe et au début du XIVe siècle, et plutôt qu'aux Cathares, cet épisode se relie sans doute, à l'extraordinaire affaire de l'Or de Rennes.

Gérard de Sède
Lettre à l'auteur, 21 janvier 1975

NOTES

GUARRAZAR : En 1858, à Guarrazar près de Tolède en Espagne, au lieudit « Fuente de Guarrazar » on découvrit par hasard dans la tombe anonyme d'un prêtre, un trésor composé de vingt six couronnes votives faites d'or et de pierres précieuses, et divers pendentifs. Ce qui reste de ce dépôt est actuellement visible en partie au musée de Madrid et en partie au musée de Cluny à Paris (partagé qu'il fut en son temps entre Franco et Pétain).

CAUNES ET SON MARBRE : Le Roi-Soleil montra en tout état de cause un réel intérêt pour Caunes, frappé qu'il fut par la beauté de son marbre incarnat qu'avait redécouvert dans les environs le fameux abbé Jean d'Alibert en 1633. Louis XIV et plus tard Louis XV l'utilisèrent d'abondance à Versailles, au Grand et au Petit Trianon. Une carrière, à la Terralbe, sur les hauteurs de Caunes, porte encore aujourd'hui le nom de Carrière du roi.

(Il semble aussi à l'auteur avoir remarqué un mobilier de ce marbre rouge qu'il connaît si bien à Vaux-le-Vicomte...)

L'abbé d'Alibert, pour l'exploitation des Carrières, s'était en quelque sorte associé à un habile marbrier de Savone en Italie, célèbre pour ses réalisations en marbre de Carrare (et qui en reconnaissance, avait offert une magnifique statue de la vierge à la Chapelle Notre Dame du Cros qui gîte dans un vallon à deux kilomètres de Caunes).

C'est à Savone que Notradamus fit une de ses plus déroutantes prophéties.

APARTÉ. PONTUS DE LA GARDIE : Mais est-ce bien aparté que d'évoquer ici Pontus de la Gardie qui, à l'époque de Bernardin-François Fouquet, était encore un personnage comme en attestent les dictionnaires de Bayle (1696) et de Moreri (1674) qui le citent à l'égal d'un du Guesclin ?

Pons ou Pontus de la Gardie était originaire de Caunes. Il y est probablement né au centre du bourg dans une belle maison de pierres que l'on vient d'identifier. Ce qui est sûr, c'est qu'il est mort noyé quelque part en Suède, en 1585.

Pontus de la Gardie, fils d'un petit bourgeois du Minervois appelé Jacques Ecoupérier ou Escopérier, est en effet devenu après moultes péripéties tant militaires que diplomatiques, rien moins que vice-roi de Suède... C'est d'ailleurs lors de son ascension qu'il avait décidé de changer de patronyme pour adopter le nom plus seyant d'une métairie qu'il possédait à Russol, près de Laure.

C'est vers 1560, nous dit le petit opuscule *Pontus de la Gardie* de l'Association des Amis des Archives de l'Aude, qu'assez soudainement les Escopérier avaient pris de l'étoffe et s'étaient « ennoblis » enfin, après avoir quelque peu végété dans le négoce. « Qu'y eut-il à la source de la richesse de Jacques Escoupérier ? » peut-on y lire...

Pontus de la Gardie, au faîte de sa gloire et comme ceci était somme toute assez naturel, avait entrepris d'enjoliver un peu son arbre généalogique pour le mettre en adéquation avec sa position désormais considérable.

C'est ainsi que dans le document lamentablement falsifié que l'on possède aujourd'hui, on voit figurer outre une Jeanne d'Hautpoul, une Catherine de Sainte Colombe (qui pourrait bien être d'ailleurs la seconde ou la troisième épouse de son père).

Ce qui est vrai en revanche, c'est que son fils, Magnus-Gabriel de la Gardie, demeuré puissant à la Cour de Suède, épousa en 1648 la Princesse Marie-Ephrosyne de Deux-Ponts.

Nous passons sur la famille Hautpoul déjà citée dans notre ouvrage...

Mais nous retenons, à l'attention des passionnés de « l'Affaire de Rennes » et surtout des « Lupinistes » et des aficionados de Maurice Leblanc que :

– Sainte Colombe, charmant village de l'Est cité par Georgette Leblanc* dans *Le Choix de la Vie* est, d'après Philippe de Cherisey « le centre du triangle d'Or Stenay-Gisors-Rennes. Le Méridien est un axe qui coupe ce triangle et passe à Rennes les Bains marqué en ce lieu par le tombeau sur la route d'Arques, dit « de Poussin ».

– Deux-Ponts (voir *813*, roman codé de Maurice Leblanc) : « loin d'être une ville allemande fictive, Deux-Ponts "Zweibrücken" existe bel et bien dans le Palatinat, sur la même latitude d'ailleurs que Gisors (à 2' près !). » Patrick Ferté. Arsène Lupin, Supérieur Inconnu. (Pour notre part, nous n'irons pas si loin : il existe à Caunes un quartier communément appelé « entre les Deux Ponts ».)

---

* Georgette Leblanc était la digne sœur de Maurice Leblanc. Chacun sait que cette mélomane à la plume alerte fut la compagne de Maeterlinck, mais surtout l'amie de la fameuse cantatrice Emma Calvé, elle-même probablement au moins intime du fameux curé de Rennes, Béranger Saunière.

BIBLIOGRAPHIE

CAUNES ET SON ABBAYE :
- Mahul.
- *Histoire de l'abbaye de Caunes*, Louis Béziat, 1879. Récente réédition par le Cahier de l'Association Culturelle du Pays Vielmurois.
- *Caunes à Travers l'Histoire*, Jean Vera.
- *Caunes Minervois, Mœurs et Coutumes*, Jean Vera.
- *L'abbaye de Caunes en Minervois*, Bernard Dudot, S.E.R.

ALCHIMIE :
- *Le Grand Art de l'Alchimie*, Jacques Sadoul, Albin Michel.
- *Le Trésor des Alchimistes*, Jacques Sadoul, Publications Premières.
- *Transmutations Alchimiques*, Bernard Husson, J'Ai Lu.
- *L'Alchimie au Moyen Age*, Wilhem Ganzenmuller, Marabout.
- *Le Livre de l'Ange*, Eric Muraise, Julliard.

Ramon Lulle :
Prodigios Mystericos Mallorquines, Juan G. Atienza, Historia, septiembre 1978.

Catharisme en général :
De nombreux auteurs traitent ce sujet, parmi lesquels : Duvernoy, Roquebert, Bordonove, Ladame, Belperron, Nelli, Paladilhe, L. Ladurie, D. Roché...

Catharisme en Catalogne Espagnole :
Boletin de la Real Academia de Buenas Letras de Barcelona (1959-1960).

Cité de Carcassonne :
La cité de Carcassonne, Viollet le Duc, S.R.E.S. Vérités Anciennes.

Sant Pere de Rodes :
– *Monasterio de Sant Pere de Rodes, Guia. Historia y Arquitectonica*, Departament de Cultura, Generalitat de Catalunya.
– *El monasterio de Sant Pere de Roda*, Immaculada Lores Otzet, Farell Editors.

Opus spicatum :
– *El Ampurdan, Cuna del Arte Romanico*, A. Deulofeu, Instituto de Estudios Ampurdaneses.

Abbayes :
– *Monastères. Des pierres pour la prière*, Michel Bouttier, Desclée de Brouwer.
– *La France Romane*, Marc Déceneux, Hervé Champollion, éditions Ouest France.
– *Les abbayes de France*, Géo.
– *Pèlerinage en Art Roman*, André Gastaud-Jaffus, Jacques Grancher.

- *Historia de Montserrat*, Anselm M. Albareda, Publications : Abbadia de Montserrat. 1974.

WISIGOTHS :
- *La Géographie du Pouvoir dans l'Espagne Wisigothique*, Céline Martin, Septentrion.
- *La Septimanie sous la domination Wisigothe*, A. Germain, Bélisane.

FOUQUET :
L'indispensable *Fouquet* de Jean-Christian Petitfils, Perrin.

FRANÇOIS MICHEL, DE SALON DE PROVENCE :
Sur l'extraordinaire histoire de François Michel et son entrevue avec Louis XIV à Versailles en avril 1697, lire : *François Michel, de Salon de Provence. Le maréchal ferrant reçu par Louis XIV*, Jean Pierre Tennevin, éditions Marcel Petit. C.P.M.

Cet ouvrage a été achevé d'imprimer sur Roto-Page
par l'Imprimerie Floch à Mayenne
pour le compte des Éditions Sud Ouest

Dépôt légal : mai 2008
N° d'édition : 25032.01.03.05.08 – N° d'impression : 71255
Imprimé en France